Rebecca Michéle

Der Tod schreibt mit

DER TOD SCHREIBT MIT

Ein Cornwall-Krimi von
Rebecca Michéle

goldfinch verlag

Das für dieses Buch eingesetzte Papier ist ein Produkt
aus nachhaltiger Forstwirtschaft.

2. Auflage 2013

Herausgeber: Goldfinch Verlag, Frankfurt am Main

Herstellung: Goldfinch Verlag, Frankfurt am Main
Lektorat: Julia Kaufhold, Hamburg
Korrektorat: Birgit Rentz, Itzehoe
Umschlaggestaltung: Hagen Verleger, Kiel
Covermotive: © Bigstockphoto
Druck: Aalexx Buchproduktion GmbH, Großburgwedel

Bibliografische Information der Deutschen Bibliothek:
Die Deutsche Bibliothek verzeichnet diese Publikation in der Deutschen Nationalbibliografie, detaillierte bibliografische Daten sind im Internet über http://dnb.ddb.de abrufbar

ISBN: 978-3-940258-19-9
www.goldfinchbooks.de

1

Jeden Nachmittag um exakt fünf Uhr richtete Mabel Clarence das Tablett für den High Tea, wie auch an diesem neblig-trüben Mittwoch Anfang Dezember: zwei süße, warme Scones, Erdbeermarmelade, eine ordentliche Portion Clotted Cream und natürlich eine Kanne Darjeeling-Tee – den trank Victor Daniels am liebsten. Der Tierarzt nahm den Tee samt Gebäck deshalb so spät zu sich, weil er nicht zu Abend aß, jedenfalls nicht viel. Er bevorzugte ein reichhaltiges Frühstück und ein ebensolches Mittagessen. Mabel war das recht, so musste sie am Abend nicht kochen, und ihre Arbeit war nach dem Tee beendet. Besonders heute kam ihr das sehr gelegen, da sie sich für den Abend etwas vorgenommen hatte.

Das Tablett in den Händen stieg sie vorsichtig die steilen Stufen hinunter, die von Victors Wohnräumen in die Praxis führten. Mit dem rechten Ellenbogen drückte sie auf die Klinke der Tür zum hellen, modern eingerichteten Behandlungszimmer.

„Ihr Tee, Victor."

Der grauhaarige Tierarzt schaute auf und lächelte. „Ah, ist es schon wieder so spät?"

„Exakt fünf Uhr, wie immer." Mabel lächelte und stellte das Tablett auf den Schreibtisch, schenkte aus der Kanne Tee ein und schnitt einen Scone in der Mitte durch.

Victor sah zum Fenster und seufzte. „Draußen ist es

schon dunkel. Ach, ich mag trübe Tage gar nicht, besonders dann nicht, wenn es auch tagsüber nicht richtig hell wird." Dann widmete er sich dem duftenden Backwerk. „Ist das immer noch Ihre selbst gemachte Erdbeermarmelade?"

„Selbstverständlich!" Mabel gab sich entrüstet. „Im Sommer habe ich so viel eingekocht, dass es auf jeden Fall bis zum nächsten Frühjahr reicht."

Victor bestrich eine Hälfte des Scones dick mit der hellroten Marmelade, gab darüber eine etwa doppelt so dicke Schicht Clotted Cream und biss hinein. „Köstlich!", murmelte er mit vollem Mund. „Schon wegen des Cream Teas lohnt es sich, in Cornwall zu leben. Nirgendwo sonst schmeckt er so köstlich."

Mabel verzichtete auf die Bemerkung, Victor sei ihres Wissens nach nur wenig gereist und könne die Speisen in anderen Regionen daher kaum beurteilen. Außerdem war sie in Eile. Sie blickte auf ihre Armbanduhr. „Ich geh dann jetzt, Victor."

„So früh heute?"

Mabel nickte. „Heute ist doch die Autorenlesung in Higher Barton. Vor zwei Tagen habe ich Ihnen gesagt, dass ich heute pünktlich gehen muss. Das Geschirr spüle ich morgen früh ab."

„Richtig, dieser Schreiberling stellt sein neues Werk vor. Ich wusste gar nicht, dass Sie sich für so etwas interessieren." Victor biss abermals herzhaft in seinen Scone.

„Es soll sich um einen historischen Roman handeln", antwortete Mabel. „Eigentlich nicht unbedingt mein Geschmack, doch ich möchte sehen, wie die Veranstaltung im Herrenhaus ankommt."

„Sicher ebenso gut wie das Treffen der West-Country-Dermatologen im Sommer und die Hochzeit vor fünf Wochen." Victor schenkte sich eine zweite Tasse Tee ein, nahm einen Schluck und fuhr dann fort: „Es war eine gute Idee, Higher Barton der Öffentlichkeit zur Verfügung zu stellen."

In diesem Moment ertönte die Praxisklingel. Victor, genüsslich am zweiten Scone kauend, runzelte die Stirn. „Verflixt, die Praxis ist am Mittwochnachmittag doch geschlossen."

„Sicher ein Notfall", entgegnete Mabel und ging zur Tür. „Ich kümmere mich darum, Diana ist ja schon gegangen."

Diana Scott war Victors Sprechstundenhilfe, die stundenweise in der Praxis arbeitete. Ohne eine Antwort abzuwarten, denn Victor Daniels würde niemals ein notleidendes Tier abweisen, nur weil er Feierabend hatte, öffnete sie die Tür. Draußen stand der wohl am seltsamsten gekleidete Mann, den Mabel je gesehen hatte. Wie sie im schwachen Licht der über der Tür angebrachten Lampe erkennen konnte, trug er über einer lilafarbenen Cordhose eine fleckige grüne Jacke. Ein hellgelbes Tuch war um seinen Hals geschlungen, und auf dem Kopf saß eine braune Kappe, die ebenso wie seine restliche Kleidung lange keine Waschmaschine mehr von innen gesehen haben konnte. Die Wangen seines langen, schmalen Gesichtes waren eingefallen und voller grauer Bartstoppeln. Dies alles erfasste Mabel binnen weniger Sekunden, dann wurde ihre Aufmerksamkeit auf den Hund gelenkt, den der Mann in den Armen trug.

„Ist der Doc da?"

Unwillkürlich zog Mabel die Nase hoch, als sie seine Alkoholfahne roch.

„Debby ist verletzt, sie blutet stark."

„Kommen Sie rein, Hickery." Der Tierarzt war hinter Mabel getreten. „Was ist es dieses Mal?"

„Ach, Doc, Debby ist in Scherben getreten. Irgendwelche blöden Teenies haben am Rand von Roger's Wood Flaschen weggeschmissen, und als Debby jagen wollte ..." Die Stimme des Mannes nahm einen weinerlichen Unterton an. „Sie hat schon so viel Blut verloren ... Ich habe Angst, Doc, Debby ist doch mein Ein und Alles."

Das um die rechte Vorderpfote des Hundes gewickelte und nicht gerade saubere Geschirrtuch war blutdurchtränkt, und die Augen des Hundes waren halb geschlossen. Das arme Tier – offenbar war es ein Mischling, denn Mabel konnte seine Rasse nicht einordnen – musste große Schmerzen leiden und schien sehr schwach.

Sie tauschte einen Blick mit Victor. „Soll ich ...?"

Er nickte, und Mabel eilte voraus in das Behandlungszimmer, um alles vorzubereiten. Es war nicht das erste Mal, dass sie dem Tierarzt assistierte. Eigentlich war sie als Haushälterin bei ihm angestellt, aber immer wieder kamen Notfälle außerhalb der offiziellen Praxiszeiten, und Mabel sprang dann gerne ein. Über vierzig Jahre hatte sie als Krankenschwester gearbeitet, und als sie vor zwei Jahren in Pension gegangen war, hatte ihr diese Tätigkeit gefehlt. Vergessen war die Autorenlesung, zu der Mabel eigentlich schon längst unterwegs sein sollte, denn hier benötigte eine arme Kreatur unverzüglich Hilfe.

Im grellen Licht der Untersuchungslampe sah sich Victor die Pfote der Hündin an. Debby verhielt sich auffällig ruhig, sie zuckte und jaulte nur kurz, als Victor das Blut von der Verletzung tupfte.

„Es handelt sich um drei tiefe Schnitte", sagte er dann. „Sie hat zwar viel Blut verloren, wird es aber überleben. Ich werde die Wunden nähen, und Sie müssen dafür sorgen, dass Debby die nächsten zwei Wochen die Pfote so wenig wie möglich belastet. Dann wird sie bald wieder völlig in Ordnung sein."

Der Mann wischte sich fahrig über die Augen, als wollte er seine Tränen verbergen. „Danke, Doc, ich könnte es nicht ertragen, Debby auch noch zu verlieren. Sie liebt mich so, wie ich bin." Traurigkeit und ein bitterer Unterton mischten sich in seine Worte.

Mabel konzentrierte sich auf den Hund, und sie und Victor arbeiteten Hand in Hand, als hätten sie ihr Leben lang nichts anderes getan. Mabel reichte ihm die aufgezogene Spritze mit der Lokalanästhesie, Desinfektionsmittel und schließlich Nadel und Faden. Debby gab keinen Mucks von sich. Wenig später prangte ein dicker, weißer Verband an ihrer Pfote, und Victor strich der Hündin sanft über die dunkle Schnauze.

„Das war's, meine Kleine, hast du brav gemacht." Seine sonst eher barsche Stimme nahm den zärtlichen, beinahe liebevollen Klang an, den Mabel kannte, wenn Victor mit seinen Patienten sprach. „In ein paar Wochen bist du wieder ganz die Alte."

„Danke, Doc." Der bunt gekleidete Mann räusperte sich verlegen.

„Kommen Sie am Freitagvormittag zum Verbandswechsel", sagte Victor. „Und achten Sie darauf, dass Debby sich so wenig wie möglich bewegt."

Der Mann nickte, nahm seine schmuddelige Kappe ab und senkte den Blick. „Wegen der Kosten ... also, Doc ... ich ... nächsten Monat ganz bestimmt ..."

„Lassen Sie es gut sein, Hickery. Ich weiß, dass Sie mich nicht bezahlen können. Sehen Sie lieber zu, dass Sie selbst nicht vom Fleisch fallen."

„Danke, Doc", wiederholte er, nahm die Hündin auf die Arme, und Mabel begleitete ihn zur Tür. Als Hickery in der Dunkelheit verschwunden war, wandte sie sich fragend an Victor.

„Wer war denn das? Sie scheinen ihn zu kennen."

Victor Daniels nickte. „Harrison Hickery, eine arme Kreatur. Lebt völlig zurückgezogen, kann sich kaum selbst ernähren, für seine Tiere tut er aber alles."

„Tiere?"

„Außer dieser Hündin treiben sich auf seinem Grundstück noch Katzen, Kaninchen und Meerschweinchen herum. Außerdem hat Hickery eine Begabung, verletzte Vögel zu finden und sie gesund zu pflegen. Erst vor vier Wochen kam er mit einer Möwe, die einen gebrochenen Flügel hatte."

„Und er kann Ihre Dienste nicht bezahlen", wiederholte Mabel. „Sie aber sind so großzügig und nett, die Tiere kostenlos zu behandeln."

„Bin nicht nett." Knurrig drehte sich Victor um. „Ist meine Pflicht. Die Viecher können schließlich nichts dafür, wenn ihr Herrchen sein Leben nicht in den Griff kriegt."

Still lächelte Mabel in sich hinein. Da war er wieder, der Victor Daniels, den sie vor einem halben Jahr kennengelernt hatte. Brummig, verschlossen und bemüht, sich nur ja keine Gefühlsregung anmerken zu lassen. Eine andere

Seite zeigte er jedoch im Umgang mit Tieren. Victor war mit Leib und Seele Tierarzt und schenkte seine ganze Zuneigung den Tieren, denn eine Frau gab es nicht in seinem Leben.

„Oh, jetzt muss ich mich aber sputen." Mabel griff nach ihrem Mantel, der an einem Haken im Flur hing. „Eigentlich wollte ich mich ja noch umziehen, aber jetzt fahre ich gleich nach Higher Barton raus, dann bekomme ich wenigstens noch einen Teil der Lesung mit."

„Na, dann viel Spaß", sagte Victor.

„Wollen Sie nicht mitkommen?" Der Schalk sprach aus Mabels Blick. „Etwas Literatur würde Ihnen nicht schaden."

Mit gerunzelter Stirn gab Victor zurück: „Ich denke, unsere Auffassung von dem, was Literatur ist, geht ziemlich auseinander. Mit Tintenklecksern von schwülstigen Romanen kann ich nichts anfangen. Außerdem wird heute das Champions-League-Spiel zwischen Manchester und den Bayern aus Deutschland übertragen, das möchte ich mir nicht entgehen lassen."

„Seit wann favorisieren Sie Manchester United?", fragte Mabel erstaunt, obwohl sie in Eile war. Victor schaffte es immer wieder, sie zu verblüffen. „Ich dachte, Ihre Lieblingsmannschaft wäre Liverpool?"

Victor grinste. „So ist es. Darum will ich das Spiel auch unbedingt sehen. Ich hoffe, Manchester bekommt von den Deutschen mächtig eins vor den Latz geknallt."

Verständnislos schüttelte Mabel den Kopf. Im Gegensatz zu Victor interessierte sie sich nicht für Fußball. Es war ihr herzlich egal, wenn sich zweiundzwanzig Männer um einen Ball stritten und dabei Tausende von Fans beinahe durchdrehten. „Dann wünsche ich einen spannenden und schönen Abend, Victor.“

Mit einem genuschelten „Bis morgen“ ging Victor ins Behandlungszimmer zurück, um nach der kleinen Operation aufzuräumen, damit er rechtzeitig zum Anpfiff vor dem Fernseher sitzen konnte. Victor Daniels las keine Romane. In seinem Arbeitszimmer befanden sich zwar eine Menge Bücher, es handelte sich dabei aber ausschließlich um Literatur über Tiere oder Expeditionen in der ganzen Welt, die der Erforschung seltener Tierarten dienten. Nun, die Geschmäcker waren eben verschieden. Mabel selbst würde die Lesung wohl auch nicht besuchen, fände diese nicht ausgerechnet auf Higher Barton statt. Viel mehr als der Autor – von dem sie nie zuvor gehört hatte – interessierte sie, wie die Veranstaltung im Herrenhaus bei den Gästen ankam.

Langsam lenkte Mabel ihren kleinen Rover über die schmale Hauptstraße von Lower Barton. Mit der Dunkelheit war Nebel aufgezogen, der zunehmend dichter wurde. Trotzdem erkannte sie, dass vereinzelt Vorgärten mit bunten, teils blinkenden Lichtern geschmückt waren, obwohl die Adventszeit erst am kommenden Sonntag begann. Mabel freute sich auf die Weihnachtszeit auf dem Land. Ihr ganzes Leben hatte sie in London verbracht, in den vergangenen sechs Monaten jedoch hatte sie das geruhsame Leben in Lower Barton nicht nur schätzen, sondern auch lieben gelernt. Als sie im Frühjahr nach Cornwall gekommen war, hatte sie nicht vorgehabt, für immer zu bleiben, doch die Umstände hatten ihr keine andere Wahl gelassen. Im Sommer hatte sie ihr Londoner Reihenhaus verkauft und vom Erlös ein Cottage mit einem schönen Garten am Rande von Lower Barton erworben. Mehrmals die Woche half sie Victor Daniels im Haushalt, wo eine weibliche Hand dringend von Nöten war, denn der alleinstehende und auf den ersten Blick kauzig erscheinende Tierarzt ließ nur wenige Frauen in seine Nähe und hatte vor Mabel bereits zahlreiche Haushälterinnen vergrault. Mabel wusste jedoch, wie sie mit Victor umzugehen hatte, denn ein wenig waren sie vom selben Schlag. Beide waren sie selbstbewusst und ließen sich von anderen Menschen nicht in ihr Leben hereinreden. Während Victor jedoch oft als brummig, fast schon übellaunig auftrat, hatte Mabel stets ein Lächeln auf den Lippen, mit dem sie Victor den Wind aus den Segeln nahm. Auch wenn Mabel es finanziell nicht nötig hatte, arbeitete sie gerne bei ihm und fühlte sich mehr als schwesterliche Freundin denn als Haushälterin.

Lower Barton war ein überschaubarer Ort – sehr alt, mit kleinen, weiß getünchten Steinhäusern, einer normannischen Kirche und einer Hauptstraße, in der sich die wichtigsten Geschäfte befanden. Bereits im Domesday Book von 1086 war Lower Barton aufgeführt, worauf die Bewohner sehr stolz waren. Zum größten Teil hatte der Ort seinen ursprünglichen Charakter bewahrt, wobei moderne Neubauten natürlich nicht zu vermeiden waren, diese sich aber außerhalb des historischen Ortskerns befanden. Sechs Meilen vom Meer entfernt wurde Lower Barton von Besuchern längst nicht so heimgesucht wie die bekannten Nachbarstädtchen Polperro und Looe, die jeden Sommer Tausende von Touristen anzogen. Etwa zwei Meilen außerhalb in südwestlicher Richtung lag das elisabethanische Herrenhaus Higher Barton, dessen frühere Besitzer auf einen Jahrhunderte alten Stammbaum zurückblicken konnten.

Mabel lächelte still in sich hinein, als sie an den stattlichen Besitz dachte. So ganz konnte sie es immer noch nicht fassen, dass Higher Barton nun ihr gehörte. Auf dem Papier war zwar sie die rechtmäßige Eigentümerin, ihrer Meinung nach würde das Haus jedoch immer ihrer Cousine Abigail Tremaine gehören, auch wenn Abigail sich entschlossen hatte, ihr restliches Leben in Südfrankreich zu verbringen, und niemals wieder nach Cornwall zurückkehren wollte. Die Ereignisse des Frühsommers, in die Mabel und Abigail verstrickt gewesen waren, hatten ihre Cousine schwer getroffen und sie dazu veranlasst, Higher Barton zu verlassen. Abigail war jedoch noch jung – mit sechzig zwei Jahre jünger als Mabel –, und wer wusste schon, was die Zukunft brächte und ob Abigail nicht doch irgendwann zurückkehren würde. Auf jeden Fall würde Mabel das Herrenhaus für ihre Cousine bewahren. Da sie selbst auf keinen Fall in dem großen Kasten leben wollte, ihn aber auch nicht verkaufen oder zur dauerhaften Nutzung dem National Trust zu übereignen gedachte, hatte Mabel sich entschlossen, die Räumlichkeiten für Veranstaltungen zur Verfügung zu stellen.

Ursprünglich war dies Victor Daniels' Idee gewesen. „Bestimmt gibt es viele Leute, die gern in einem solch alten Haus feiern würden", hatte er gesagt. „Warum vermieten Sie nicht einzelne Räume für Veranstaltungen? Die große Halle zum Bespiel würde sich für Hochzeiten eignen, und genügend Zimmer, in denen die Leute übernachten können, sind auch vorhanden."

Mabel hatte sich den Gedanken durch den Kopf gehen lassen und nach und nach die ersten Schritte unternommen, ohne dabei etwas zu überstürzen. Auf keinen Fall wollte sie eine Art Hotel aus dem Herrenhaus machen, eine stunden- oder tageweise Vermietung aber wäre durchaus denkbar. Der Landbesitz wurde von einem fähigen Verwalter geführt und brachte gute Erträge, doch das Haus selbst musste bewohnt oder zumindest von Zeit zu Zeit genutzt werden, sonst wäre es bald nur noch eine Ansammlung seelenloser Mauern. Und das hatte Higher Barton nicht verdient.

Die Fenster im Erdgeschoss waren hell erleuchtet, als Mabel ihren Wagen auf das Kiesrondell vor dem Haupteingang lenkte. Sie sah rund zwei Dutzend andere Fahrzeuge – offenbar stieß die Veranstaltung auf reges Interesse. Langsam öffnete Mabel die schwere dunkle Holztür und spähte in die mittelalterliche große Halle, die mit einer kunstvoll geschnitzten Balkendecke, der Wandtäfelung aus dunklem Eichenholz und einem mannshohen steinernen Kamin den zentralen Mittelpunkt des Hauses bildete. Die Lesung hatte bereits begonnen, etwa die Hälfte der Halle war bestuhlt worden und fast jeder Platz besetzt. Mabel erkannte drei oder vier Bekannte, nickte ihnen zu, dann setzte sie sich auf den äußersten Platz in der letzten Reihe. Neben ihr saß eine Frau mittleren Alters, die so korpulent war, dass sie beinahe zwei Stühle brauchte. Glücklicherweise war Mabel schlank, sodass ihr der verbleibende Platz ausreichte.

Erst jetzt richtete sie ihre Aufmerksamkeit auf den Mann, der vorne auf dem eigens für den Abend aufgebauten Podest an einem Tisch saß und aus einem Buch vorlas. Wie Mabel von der Buchung wusste, lautete sein Name Clark Kernick, er war vierzig Jahre alt und Schriftsteller. Bevor sein Verleger die Halle von Higher Barton für die Präsentation von Kernicks Roman gemietet hatte, hatte Mabel nie von dem Autor gehört, obwohl er seit einigen Jahren am Rand von Lower Barton lebte. Gut sieht er aus, dachte Mabel und betrachtete eingehend sein schmales Gesicht mit dem markanten Kinn und der vorspringenden Nase. Kernicks dunkles Haar war lang und kräuselte sich in kleinen Locken über seinem Hemdkragen, auf das Tragen eines Jacketts hatte er verzichtet.

„Und so befand er sich in der gefährlichsten Situation seines Lebens, denn nie zuvor hatte er einen Kampf auf Leben und Tod ausfechten müssen ...", las der Autor mit lauter, aber nicht aufdringlicher Stimme.

Mabels Sitznachbarin wandte sich ihr zu. „Ist er nicht göttlich?" Die Verzückung stand der Dame ins Gesicht geschrieben.

„Wer?", flüsterte Mabel in der Annahme, die Frau spräche von dem Protagonisten des Buches.

Ein erstaunter Blick traf sie. „Na, Clark natürlich! Ich bin extra aus Launceston gekommen, um ihn endlich einmal zu sehen."

Mabel schmunzelte. Auch wenn ihr der Schriftsteller unbekannt war, hatte er offenbar schon eine Fangemeinde.

In den nächsten zwanzig Minuten lauschte Mabel interessiert der Lesung. Der Autor beschrieb eine Kampfszene, brach dann aber mit den Worten ab: „Und ob der Held den Kampf überlebt ... das müssen Sie selbst lesen."

Während des allgemeinen Gemurmels und Gelächters

erhob sich ein großer, kräftiger Mann mit schütterem Haar aus der ersten Reihe und trat ans Mikrofon.

„Wir machen jetzt eine kleine Pause, in der Sie sich mit Tee und Saft erfrischen können, zu dem Sie selbstverständlich eingeladen sind. Clark Kernicks wunderbares Buch können Sie bei mir käuflich erwerben. Der Autor steht Ihnen in der Pause und nach der Veranstaltung gerne zum Signieren zur Verfügung."

„Wer ist das?", fragte Mabel ihre Sitznachbarin.

„Kernicks Verleger", antwortete sie hastig, erhob sich dann eilig von ihrem Platz und drängte sich so dicht an Mabel vorbei, dass diese beinahe zwischen den Stühlen eingeklemmt wurde.

Mabel sah sich in der Halle um. Sie entdeckte Emma Penrose auf der anderen Seite und ging auf sie zu. „Ich habe mich leider verspätet, scheint aber alles gut zu laufen, nicht wahr?"

Emma Penrose, die Verwalterin von Higher Barton, eine knapp fünfzigjährige Frau, nickte und lächelte. „Ja, die Gäste sind zufrieden. Die Leute vom Catering reichen jetzt Getränke und Sandwiches. Die Idee, Higher Barton zu vermieten, kommt gut an. Gestern kam eine neue Anfrage rein. Eine Firma möchte ihre Weihnachtsfeier hier ausrichten."

Mabel nickte. „Kümmern Sie sich darum, Emma. Sie machen das ganz wunderbar."

„Danke." Die Frau errötete. „Ich weiß gar nicht, wie ich Ihnen danken soll, auch im Namen meines Mannes ..."

„Lassen Sie es gut sein, Emma." Mabel lächelte sie aufmunternd an. „Sie und Ihr Mann sind mir eine große Hilfe, schließlich leben Sie schon seit Jahrzehnten hier. Ohne Sie würde ich es niemals schaffen, das Haus so gut in Schuss zu halten."

Das Anschlagen eines Glöckchens kündigte das Ende der Pause an, und die Gäste begaben sich wieder zu ihren Plätzen. Mabel setzte sich nicht mehr neben die korpulente Frau, sondern blieb im Hintergrund an eine Wand gelehnt stehen. Der Autor las nun zwei weitere Passagen aus seinem Roman vor, die Mabel sehr interessant fand. Die Geschichte spielte offenbar in der Gegend von Lower Barton, und Clark Kernick hatte geschickt Fiktion mit Historie verknüpft. Dennoch kaufte Mabel das Buch nicht, da sie wusste, dass ihr Interesse nicht länger als vielleicht fünfzig oder sechzig Seiten anhalten würde. Der Roman hatte jedoch sechshundert Seiten.

Nachdem Kernick geendet hatte, sprach der Verleger ein paar abschließende Worte: „Denken Sie daran – bald ist Weihnachten! Sicher freuen sich Ihre Freunde und Verwandten über ein gutes Buch in ihren Strümpfen."

Kernick signierte noch ein paar Bücher, einige Frauen fragten sogar nach Autogrammkarten oder baten ihre Freundinnen, ein Foto von sich und dem Autor zu machen, dann war der Schriftsteller plötzlich verschwunden. Und auch den Verleger konnte Mabel nirgends mehr entdecken. Nach und nach verließen alle Gäste die Halle, und Mabel war mit Emma Penrose allein.

„Ich räume morgen früh auf", sagte die Verwalterin, die in der Ära von Mabels Cousine Haushälterin von Higher Barton gewesen war. „Mein Mann hilft mir bei den Tischen und Stühlen."

Mabel nickte zustimmend, dann sagte sie: „Zeigen Sie mir bitte die Anfrage bezüglich der Weihnachtsfeier?"

Emma Penrose eilte davon, das entsprechende Schreiben zu holen, ebenso die Abrechnung der heutigen Autorenlesung. Die nächste Stunde verbrachte Mabel mit dem Studium der Unterlagen, dann stieß George Penrose zu ihnen und unterbreitete den Vorschlag, Higher Barton mittels einer eigenen Website als Veranstaltungsort im Internet anzubieten.

Mabel lachte. „Davon habe ich aber nicht die geringste Ahnung."

„Kein Problem, Miss Mabel, ich kenne jemanden, der würde eine solche Seite erstellen und betreuen. Die Kosten sind nicht sehr hoch."

„Gut, holen Sie ein Angebot ein und lassen Sie es mir zukommen." Mabel stand auf.

Als sie das Podium betrat, sah sie unter dem Tisch, an dem Kernick gesessen hatte, eine schwarze Brieftasche liegen. Ein kurzer Blick hinein zeigte Mabel, dass es sich um die Brieftasche von Clark Kernick handelte, mit Bargeld, diversen Kreditkarten, seinem Ausweis und dem Führerschein.

„Mrs Penrose, unser Künstler hat seine Brieftasche vergessen", rief Mabel. „Haben Sie seine Telefonnummer?"

„Ja, Miss Clarence, aber Sie könnten die Brieftasche doch auf dem Heimweg bei ihm vorbeibringen." Emma stutzte, dann wurde sie verlegen. „Ich meine, wenn es Ihnen nichts ausmacht, aber Ihr Weg führt direkt an seinem Haus vorbei."

„Sie wissen, wo er wohnt?"

Emma Penrose nickte und erklärte Mabel den Weg. „Es ist das alte Wheel Kitty House aus der Zeit, als es in der Gegend noch Zinnminen gab. Das Haus liegt etwas versteckt, die Einfahrt ist jedoch die erste auf der rechten Seite, wenn Sie von hier nach Lower Barton hineinfahren."

„Sie wissen aber gut Bescheid." Mabel zwinkerte Emma vertraulich zu. „Gehören Sie auch zu Kernicks Fangemeinde?"

Die Haushälterin errötete und senkte den Blick. „Nun, er ist ja recht attraktiv ..."

Mabel lächelte, wollte das Thema aber nicht weiter vertiefen. Sie war müde und freute sich auf ihr Bett. Die Brieftasche in ihre Manteltasche steckend sagte sie nur: „Wie gut, dass wir Sie haben, Mrs Penrose. Sie kennen wirklich jeden, ich selbst hatte keine Ahnung, wo Mr Kernick lebt." Sie sah auf die Uhr auf dem Kaminsims. „Es ist jetzt elf, vielleicht ist er noch wach. Wenn alles dunkel ist, werfe ich die Geldbörse in den Briefkasten, da wird er sie morgen schon finden. Ich danke Ihnen, und machen Sie Schluss für heute!"

Der Nebel hatte sich nicht gelichtet, und so musste Mabel auf der schmalen Landstraße sehr langsam fahren. Am Ortseingang von Lower Barton verringerte sie nochmals die Geschwindigkeit, um ja nicht die Einfahrt zu Kernicks Haus zu verpassen. Tatsächlich fand sie, wie von Emma Penrose beschrieben, den schmalen Weg, der an beiden Seiten von meterhohen Hecken gesäumt war. Nach etwa 150 Yards tauchte ein zweistöckiges, hell erleuchtetes Haus vor ihr auf, und der Weg endete vor dem Gartentor. Der Schriftsteller schien noch wach zu sein. Mabel stieg aus und ging durch den verwilderten Vorgarten auf das Haus zu. Vergeblich suchte sie nach einer Klingel. Lediglich ein

Türklopfer in Form der beliebten kornischen Sagengestalt Piskey, einer Elfe, zierte die Holztür. Mabel betätigte den Klopfer, und die Tür schwang von selbst auf.

„Mister Kernick?" Zwei Stufen führten direkt in einen Wohnraum mit Holzbalken und niedriger Decke. Zögernd trat Mabel ein und rief erneut seinen Namen. „Ich bin es, Mabel Clarence, ich war bei Ihrer Lesung auf Higher Barton. Sie haben Ihre Brieftasche dort verloren."

Nichts rührte sich.

„Mister Kernick? Hallo!", versuchte es Mabel erneut, erhielt jedoch keine Antwort.

Sie sah sich um. Im Kamin brannte kein Feuer, auf dem Glastisch stand ein benutztes Whiskyglas, aber sonst ließ nichts darauf schließen, dass jemand im Haus war. Mabel überlegte, ob sie die Brieftasche einfach auf den Tisch legen und wieder gehen sollte. Ein unbestimmtes Gefühl, das sie nicht näher benennen konnte, ließ sie jedoch weitergehen. Rechts hinten führte eine geöffnete Tür in eine kleine, unaufgeräumte Küche, und auf der linken Seite befand sich ein weiterer, ebenfalls beleuchteter Raum. Mabel stieß die angelehnte Tür auf und erstarrte. Sie hatte Clark Kernick gefunden.

In dem Raum – offenbar sein Arbeitszimmer, denn auf einem Schreibtisch leuchtete der eingeschaltete Bildschirm eines Laptops – lag der Schriftsteller mitten auf dem hellen Teppich. Sein Kopf war zur Seite gedreht, seine leblosen Augen direkt auf Mabel gerichtet. Sie brauchte nur den Bruchteil einer Sekunde, um zu erkennen, dass jede Hilfe zu spät kam. Es waren nicht nur seine vor Entsetzen weit aufgerissenen Augen und der starre Blick, sondern auch die Lache hellroten Blutes, das aus einer klaffenden

Wunde am Hinterkopf sickerte und sich auf dem Teppich um Kernicks Kopf wie ein Heiligenschein ausbreitete.

Man brauchte nicht Krankenschwester zu sein, um zu erkennen, dass Clark Kernick tot war.

2

Mabel atmete mehrmals tief ein und aus, um sich zu beruhigen. Obwohl alles für Kernicks Tod sprach, kniete sie sich neben den leblosen Körper und fühlte nach dem Puls an der Halsschlagader. Wie erwartet konnte sie kein Pochen ertasten. Erst jetzt bemerkte Mabel den Schürhaken, der etwa einen halben Meter vom Toten entfernt lag. Die Spitze des Hakens war blutverschmiert, und es klebten Haare daran. Mabel sprang auf, so schnell es ihre Gelenke zuließen, und wich zurück. Ihre Gedanken überschlugen sich. Kernicks Haut war noch warm, der Mord musste also erst vor Kurzem geschehen sein. Vielleicht war der Täter noch in der Nähe? Vielleicht sogar irgendwo in diesen Räumen? Sie ignorierte das Telefon auf Kernicks Schreibtisch, sondern beeilte sich, aus dem Haus zu kommen. Im Laufen zog sie ihr Handy aus der Tasche und tippte blind den Notruf 999 ein. Mabel erschien es wie ein Déjà-vu: eine Leiche, der Körper noch warm, und sie war allein. Allerdings würde es ihr nicht erneut passieren, dass jemand die Leiche verschwinden ließ und sie wieder als verrückte Alte dastand. Nein, trotz ihrer Angst, der Täter könnte sich noch in der Nähe aufhalten, wollte sie dieses Mal besser aufpassen.

Der Constable, der Mabels Notruf entgegennahm, versprach, sofort ein Team zu schicken. „Bitte fassen Sie nichts an und bleiben Sie vor Ort, bis unsere Leute eintreffen", mahnte er eindringlich.

„Selbstverständlich, langsam wird es ja zur Routine", entgegnete Mabel. Auf das verwunderte „Wie bitte?" des Constables reagierte sie nicht und beendete das Gespräch.

Dann ging sie zu ihrem Wagen und nahm die Stabtaschenlampe vom Rücksitz. Dies war zwar keine richtige Waffe, wenn sie sich jedoch wehren müsste, war die Lampe besser als nichts. Ungeachtet des Nebels und der feuchten Kühle setzte Mabel sich auf eine im Dunkeln liegende Gartenbank, von wo aus sie den Eingang des Hauses gut beobachten konnte, ohne selbst gesehen zu werden. Wenn der Täter noch im Haus war – sie würde ihn sehen und stellen, wenn er hinauswollte!

Es blieb Mabel nichts anderes übrig, als zu warten. Niemand verließ das Haus, niemand wollte hinein. Zehn Minuten nach ihrem Anruf bei der Polizei blinkten Blaulichter den Weg herauf, und ein Einsatzfahrzeug nach dem anderen hielt vor Kernicks Haus. Mabel sah auch einen Rettungswagen.

„Nun, den können sie sich sparen", murmelte sie und stand auf, um den Polizisten entgegenzugehen.

Sie beantwortete die üblichen Fragen, versicherte, nichts angerührt zu haben, außer, dass sie nach dem Puls des Toten gesucht hatte, und versprach, auf den leitenden Inspektor zu warten, der bald eintreffen würde. Auf diese Begegnung freute Mabel sich besonders. Bis er kam, zog sie sich wieder auf die Gartenbank zurück.

Männer und Frauen in weißen Schutzanzügen, die Körper und Köpfe bedeckten und sie damit aussehen ließen, als kämen sie von einem anderen Stern, stellten kleine Tafeln mit Nummern auf, bargen vorsichtig Gegenstände in Plastiktüten und fotografierten den Toten aus allen Perspektiven. Der inzwischen eingetroffene Chefinspektor Randolph Warden betrachtete von der Tür aus den Tatort, denn er wollte keine Spuren verwischen.

„Wer ist das?", fragte er einen in der Nähe stehenden Constable.

„Wir vermuten, es handelt sich um den Hausbesitzer Clark Kernick. Die Leiche muss aber noch identifiziert werden, erst dann können wir sicher sein."

„Verwandte? Eine Ehefrau? Kinder?"

Der Constable schüttelte den Kopf. „Nach den ersten Erkenntnissen lebte er allein. Wir sind dabei herauszufinden, ob es Verwandte gibt."

„Gut, machen Sie weiter, Constable." Warden wandte seine Aufmerksamkeit dem Toten zu und seufzte verhalten. Vor sieben Jahren hatte er sich aus Manchester nach Cornwall versetzen lassen in der Hoffnung, hier nicht mit einer so ausgeprägten Kriminalität wie in der Industriestadt zu tun zu haben. Sechs Jahre war alles gut gegangen: einfacher Raub, kleinere Einbrüche, Autodiebstähle. Das schlimmste Delikt war eine Schlägerei mit Todesfolge gewesen – doch nun stand er in diesem Jahr bereits vor der zweiten Leiche, die eindeutig einem brutalen Verbrechen zum Opfer gefallen war.

Der Polizeiarzt trat neben ihn. „Kein schöner Anblick, Chefinspektor", sagte der rundliche Mann. „Nach ersten Erkenntnissen ist der Mann von hinten erschlagen worden. Mit diesem Schürhaken." Er deutete auf das Kaminbesteck, das bereits vorsichtig in eine Tüte gesteckt worden war. „Genaueres aber erst ..."

„Nach der Obduktion, ich weiß", unterbrach Warden. „Können Sie den Todeszeitpunkt in etwa benennen?"

Der Arzt schüttelte den Kopf. „Auch das erst, wenn meine Untersuchungen abgeschlossen sind. Die Temperatur des Körpers liegt noch bei fünfunddreißig Grad, was darauf schließen lässt, dass der Tod vor noch nicht so langer Zeit eingetreten ist."

Warden verließ das Haus und wandte sich an den Sergeant, der vor der Tür auf seinem Posten stand. „Wo ist die Person, die den Toten gefunden hat?"

Der rothaarige junge Mann deutete vage in den dunklen Garten. „Eine ältere Dame, sie wartet dort hinten."

Warden unterdrückte ein Stöhnen. Eine Frau, dazu eine nicht mehr junge, hatte ihm gerade noch gefehlt. „Hoffentlich ist sie vernehmungsfähig und nicht am Rande eines Nervenzusammenbruchs", brummte Warden und konnte sich auf das Grinsen seines Mitarbeiters keinen Reim machen. „Was gibt es da zu lachen, Bourke?", blaffte er, woraufhin der Mann sofort wieder ernst wurde.

„Sehen Sie selbst, Sir", murmelte er nur, und Warden drehte sich um.

Mabel Clarence hatte das kurze Gespräch verfolgt und trat nun aus dem Schatten des Gartens ins grelle Licht der Polizeischeinwerfer.

„Mir geht es gut, Chefinspektor, Sie können Ihre Fragen stellen."

Warden klappte der Unterkiefer herunter, und seine Augen weiteten sich. „Sie?" Er zog hörbar die Luft ein.

„Sie haben den Toten gefunden? Sagen Sie, dass das ein schlechter Scherz ist."

„Nie war mir weniger nach Scherzen zumute als im Moment", gab Mabel zurück. „Ich habe mir meinen Abend auch anders vorgestellt, das können Sie mir glauben."

„Gut, also ..." Warden rang um Fassung. Als er zum Tatort gerufen worden war, hatte er in keinem Moment daran gedacht, auf Mabel Clarence zu treffen. „Also, was haben Sie mitten in der Nacht hier gesucht? Ist es nicht etwas spät für ein Rendezvous, dazu in Ihrem Alter? Der Tote ist doch um einiges jünger als Sie." Unter dem kalten, abweisenden Blick, mit dem Mabel ihn prompt bedachte, zog Warden den Kopf ein und beeilte sich zu sagen: „Der war nicht gut, oder?"

Mabel schüttelte den Kopf. „Gar nicht gut, Inspektor, aber ich werde Ihnen Ihre Frage trotzdem beantworten. Der Tote heißt Clark Kernick, er ist ... war Schriftsteller, und ich habe heute Abend seine Lesung besucht. Dabei hat er seine Brieftasche verloren, und da sein Haus auf meinem Heimweg liegt, wollte ich sie ihm vorbeibringen. So stolperte ich regelrecht über seine Leiche."

„Lesung?" Warden runzelte die Stirn. „Wo fand die denn statt?"

„Auf Higher Barton."

„Higher Barton?" Warden wusste selbst, wie dumm es klang, wenn er Mabels Worte ständig wiederholte, die Ereignisse begannen jedoch, ihn zu überfordern. „Dann kannten Sie Kernick also?"

„Ich habe ihn heute zum ersten Mal gesehen und kein Wort mit ihm gewechselt." Mabel sah Warden direkt in die Augen. „Die Veranstaltung wurde von seinem Verleger bei meiner Verwalterin Emma Penrose gebucht. Ich war bei der Lesung nur Gast."

„Aha." Mehr fiel Warden nicht ein. Auch wenn der Tote in seinem eigenen Haus gefunden worden war, wunderte es ihn keineswegs, dass es offenbar eine Verbindung zu Higher Barton gab. Das hatte er schon befürchtet, als Mabel auf ihn zugetreten war. „Was haben Sie dann gemacht?"

Mit knappen Worten schilderte Mabel ihr Vorgehen und betonte, sie habe draußen gewartet, bis der erste Streifenwagen eingetroffen war. „Dieses Mal war ich nicht so dumm, die Leiche allein zu lassen." Ein Lächeln zeichnete sich auf Mabels Gesicht ab. „Sicher ist sicher ... man weiß ja nie, nicht wahr, Inspektor?"

„Nun, in diesem Fall brauchen Sie sich keine Sorgen zu machen, Miss Clarence." Langsam fand Warden seine Fassung wieder und sprach betont herablassend, um seine Autorität zu markieren. „Schließlich ist der Tote noch da, und alles weist auf Fremdeinwirkung hin. Es wird sich wohl niemand selbst umbringen, indem er sich mit einem Schürhaken den Hinterkopf einschlägt."

„Gut kombiniert, Inspektor, Sie sollten zur Polizei gehen", scherzte nun auch Mabel, was bei Warden allerdings nicht gut ankam, wie seine heruntergezogenen Mundwinkel verrieten.

„Ich muss Sie bitten, mich aufs Revier zu begleiten, Miss Clarence", sagte Warden, wieder ganz der kühle und überlegene Ermittler. „Wir müssen ein Protokoll aufnehmen."

„Heute Nacht noch? Nun, wenn es nicht anders geht. Ich warte, bis Sie hier fertig sind."

Grimmig kehrte Warden ins Haus zurück. Obwohl er im Frühsommer gegenüber Mabel Clarence hatte Abbitte leisten müssen, weil allein durch ihre Hartnäckigkeit ein Mordfall aufgeklärt werden konnte, der sonst wohl niemals entdeckt worden wäre, war er alles andere als erfreut, sich erneut mit dieser resoluten Dame auseinandersetzen zu müssen. Wie er Mabel gegenüber schon gesagt hatte: In diesem Fall schien alles klar zu sein. Jetzt brauchte er nur noch den Täter zu fassen, und für Mabel Clarence gab es keinen Grund, sich wieder in seine Arbeit einzumischen.

Das Fluchen war im ganzen Haus zu hören, dann schepperte zerbrochenes Porzellan, was von einem lauten „Ja, zum Teufel noch mal!" begleitet wurde.

Diana Scott, Victor Daniels' Sprechstundenhilfe, öffnete die Tür zur Praxis und atmete erleichtert auf, als sie Mabel sah. „Da sind Sie ja endlich, Miss Clarence! Sie sollten schnell hinaufgehen, ich glaube, der Doc ist ziemlich sauer. Er muss auch bald mit der Sprechstunde anfangen, das Wartezimmer ist voll."

Noch im Mantel öffnete Mabel die Küchentür und musste sofort husten, denn eine stinkende Rauchwolke erfüllte den kleinen Raum. Im selben Moment schlug der Rauchmelder an, und der schrille Ton dröhnte in ihren Ohren. Schnell öffnete sie ein Fenster, dann sah sie die Bescherung: In einer Pfanne krümmten sich zwei völlig verkohlte Speckscheiben, in einer anderen war ein Spiegelei zu einer grau-gelben Masse zusammengeschmort, und auf dem Fußboden lagen die Scherben eines Tellers.

„Du meine Güte, was haben Sie denn angestellt? Und schalten Sie endlich den Alarm ab!"

„Verflixt noch mal." Victor Daniels wedelte mit den

Armen den Rauch fort und zischte: „Weil Sie nicht hier waren, musste ich mir mein Frühstück selbst machen." Seine Verärgerung war offensichtlich, trotzdem stieg er auf einen Hocker und schaltete den Rauchmelder ab.

Die Ruhe tat gut, der Rauch zog langsam durchs Fenster ab, und Mabel konnte wieder richtig atmen. „Es tut mir leid, ich habe verschlafen", sagte sie, zog den Mantel aus und machte sich daran, den größten Schaden zu beseitigen.

„Dann sollten Sie abends nicht so lange ausgehen", bemerkte Victor spöttisch und ließ sich auf den Hocker fallen. Zum ersten Mal sah er Mabel an. „Du meine Güte, Sie sehen wirklich furchtbar aus."

„Danke, Victor, das sind genau die Worte, die jede Frau gerne hört", gab Mabel zurück, doch war sie nicht eingeschnappt. Victor war eben immer geradeheraus. „Ich mache Ihnen jetzt schnell ein neues Frühstück, Ihre vierbeinigen Freunde warten nämlich schon."

Die verbrannten Essensreste kippte Mabel in den Müll. Schnell schlug sie zwei frische Eier in die Pfanne. Mit wenigen Handgriffen toastete sie das Brot, stellte Butter und Marmelade auf den Tisch und schenkte Victor Tee ein – den hatte er als Einziges hinbekommen. Erst als er sich wie ein Verhungerter über das Essen hermachte, setzte sie sich ihm gegenüber. „Wie ist das Spiel gestern ausgegangen?", fragte sie, obwohl sie vor Spannung, ihre Erlebnisse mitzuteilen, beinahe platzte.

„Spiel? Ach so, Fußball ..." Seine Miene verzog sich grimmig. „Manchester hat zwei zu null gewonnen, so ein Pech für die Deutschen. Manchester ist trotzdem ausgeschieden, da Neapel gegen Villarreal gewonnen hat."

Mabel verstand kein Wort, und sie wollte das Thema auch nicht weiter vertiefen. „Ich war heute Nacht bis drei Uhr auf dem Polizeirevier", platzte sie nun heraus. Sie hätte es keine Minute länger für sich behalten können.

Victor hielt mit dem nächsten Bissen zum Mund inne. „Sie waren bei der Polizei? Du meine Güte, was haben Sie angestellt? Ich wusste es – wenn Sie nach Higher Barton fahren, dann kann nichts Gutes dabei rauskommen."

Mabel merkte, wie sein Ärger verflog und ehrlichem Interesse Platz machte. In knappen Sätzen berichtete sie von den Ereignissen des letzten Abends.

Fassungslos schüttelte Victor den Kopf. „Sie haben aber auch ein unvergleichliches Talent, über Leichen zu stolpern, Mabel."

Sie lachte und griff nach einer Tasse, um sich ebenfalls Tee einzuschenken. „Nur dieses Mal läuft der Polizeiapparat auf Hochtouren, denn es gibt eine Leiche und offenbar zahlreiche Spuren. Es war Pech, dass ausgerechnet ich Kernick finden musste, mein Part bei der Sache ist jedoch erledigt."

„Ihr Wort in Gottes Ohr." Victor zwinkerte Mabel zu und sah auf die Uhr. „Ich muss runter, Sie räumen hier auf, ja?"

Mabel nickte, trank ihren Tee aus und machte sich daran, aus dem Chaos wieder einen Raum zu machen, den man als Küche bezeichnen konnte.

Im Laufe des Nachmittags bemerkte Mabel, dass sie Kernicks Geldbeutel immer noch in ihrer Manteltasche trug. In dem ganzen Trubel hatte sie völlig vergessen, ihn dem Chefinspektor auszuhändigen. Da es noch Zeit war, bis

Victor seinen Tee erwartete, und sie mit der Hausarbeit fertig war, ging sie nach Lower Barton. Bis zum Polizeirevier, das sich direkt neben dem großen Supermarkt Morrisons am Ortsrand befand, war es keine Meile, und Mabel tat die frische Luft gut, obwohl es noch immer neblig und feucht war. Der Schlafmangel der letzten Nacht hatte Spuren hinterlassen, doch bei jedem Schritt wurde sie zunehmend munterer.

„In meinem Alter braucht man eben ausreichend Schlaf", murmelte Mabel und gähnte noch einmal ausgiebig, da niemand in der Nähe war.

Bald hatte sie die Fore Street, die Hauptstraße Lower Bartons, erreicht. Jedes Mal, wenn sie hierherkam, freute sich Mabel an der Ursprünglichkeit der kleinen Stadt, die sich über Jahrhunderte hinweg kaum verändert zu haben schien. Die mittelalterliche Markthalle, in der noch heute jeden Mittwoch- und Samstagvormittag Markt abgehalten wurde, und die niedrigen, weiß getünchten Steinhäuser ließen einen vergessen, dass man sich im 21. Jahrhundert befand. Einzig der Autoverkehr, der durch die Hauptstraße rollte, störte den Eindruck. Mabel hatte Lower Barton jedoch in ihr Herz geschlossen und kam gerne in den Ort. Natürlich war es erforderlich, dass sie hin und wieder den modernen Supermarkt mit seinem großen Angebot aufsuchte, viel lieber kaufte sie jedoch in dem kleinen Fleischerladen ein, wo der Metzger jeden seiner Kunden mit Namen kannte, und ebenso beim Bäcker an der Ecke, wo es stets nach frischen Cornish Pastys duftete. Ihr Leben in London war hektisch und unpersönlich gewesen, daher genoss Mabel die ländliche Geruhsamkeit Lower Bartons. Sie wohnte zwar erst seit sechs Monaten hier und wurde immer noch als „die Neue“ bezeichnet, doch niemand begegnete ihr unfreundlich oder gar abweisend.

Mabel klingelte an der Tür des Reviers, der automatische Öffner summte, und Sergeant Bourke sah ihr lächelnd entgegen. Der junge Beamte hatte seit den Vorfällen im Frühjahr eine kleine Schwäche für Mabel, erinnerte sie ihn doch an seine Großmutter, bei der Bourke als Junge stets die Ferien verbracht hatte. Leider war die Dame vor einigen Jahren gestorben, doch war sie Mabel offenbar nicht nur im Aussehen, sondern auch in ihrer resoluten Art sehr ähnlich gewesen.

Der Sergeant betätigte die Gegensprechanlage, die den Eingangsbereich mit dem Vorraum des Reviers verband, und fragte: „Miss Clarence, was führt Sie zu uns? Ihre Aussage haben wir doch letzte Nacht zu Protokoll genommen.“

Mabel mochte den jungen Sergeant. Er hatte schließlich nicht unwesentlich dazu beigetragen, ihres und Victors Leben zu retten. Sie zog Kernicks Brieftasche aus der Manteltasche. „Vor lauter Aufregung habe ich völlig vergessen, Ihnen Kernicks Brieftasche zu geben, Sergeant. Das war ja überhaupt der Grund meines Besuches gestern.“

Bourke nickte, ein zweiter Türöffner summte, und Mabel betrat das Großraumbüro.

„Ich sage dem Chefinspektor Bescheid.“ Bourke griff zum Telefon.

„Das ist wirklich nicht nötig ...“, wandte Mabel ein, doch es war schon zu spät.

Als hätte Warden gespürt, dass sie da war, öffnete sich just in diesem Moment seine Bürotür. „Miss Clarence?“ Auf seinem Gesicht zeigte sich eine Mischung aus Erstaunen und Ungeduld. Wenn diese Frau sein Revier betrat, dann konnte das nichts Gutes bedeuten.

Mabel bemühte sich um ihr freundlichstes Lächeln und hielt ihm die Brieftasche hin. „Die befand sich noch in meiner Manteltasche, Inspektor."

„Gut, kommen Sie herein."

Mabel betrat sein Büro, wo wie immer ein Chaos aus Aktenstapeln und Papieren herrschte und von dem sie gehofft hatte, es nie wiederzusehen. Nach Wardens Aufforderung setzte sie sich und legte die Brieftasche auf den Schreibtisch. „Haben Sie schon eine Spur?" Die Frage konnte Mabel sich nicht verkneifen – wenn sie schon mal hier war.

Wardens Gesicht verschloss sich. „Beim derzeitigen Stand der Ermittlungen ist es nicht möglich, etwas zu sagen." Und Ihnen schon gar nicht, fügte er in Gedanken hinzu.

„Ich verstehe." Mabel erhob sich, Warden bemerkte jedoch ihr Zögern. „Ist noch etwas, Miss Clarence? Sie sind hoffentlich nicht gekommen, um mir zu sagen, wie ich meine Arbeit zu erledigen habe."

„Nun, beim letzten Mal war es wohl nötig." Bevor Mabel nachgedacht hatte, waren ihre diese Worte entschlüpft. Der Chefinspektor hatte aber auch eine Art an sich, die Mabel auf die Palme brachte.

„Miss Clarence, ich denke, wie haben die Fronten geklärt." Wardens Stimme wurde leise und nahm einen warnenden Ton an. „Im Frühjahr waren Sie und dieser Tierarzt eine große Hilfe, nun jedoch ..." Er erhob sich ebenfalls, um anzudeuten, dass er das Gespräch für beendet hielt.

„Eine Bitte hätte ich noch“, sagte Mabel schnell.

„Welche?“

„Sie müssen ja sicher die Presse über den Mord ...“

„Ob es Mord war, muss erst noch geklärt werden“, unterbrach Warden sie harsch. „Bisher gehen wir von einem Tötungsdelikt oder gar von einem Unfall aus.“

Mabel lachte heiser. „Ein Unfall, bei dem das Opfer so unglücklich auf einen Schürhaken stürzt, dass es sich dabei den Hinterkopf zertrümmert?“

„Miss Clarence, bitte ...“ Warden ging zur Tür und öffnete sie.

„Keine Sorge, Inspektor, mir steht wirklich nicht der Sinn danach, wieder auf Mörderjagd zu gehen. Dazu bin ich zu alt, und ich habe andere Aufgaben. Ich wollte Sie lediglich bitten, meinen Namen bei der Presse herauszuhalten. Sie müssen doch eine Presseerklärung abgeben, nicht wahr? Es ist sicher nicht notwendig zu erwähnen, wer den Schriftsteller gefunden hat, oder?“

Sichtlich erleichtert atmete Warden aus. Sein Blick wurde etwas freundlicher, als er entgegnete: „Selbstverständlich, Miss Clarence. Die Namen von Zeugen werden niemals genannt, schon, um diese zu schützen.“

„Ach, dann denken Sie, ich könnte in Gefahr sein?“ Dieser Gedanke war Mabel bisher nicht gekommen, und unwillkürlich beschleunigte sich ihr Puls.

Warden, dem jetzt erst aufging, was er gesagt hatte, ärgerte sich über seine unüberlegte Bemerkung. „Natürlich nicht, denn wenn es einen Täter gibt, war dieser längst verschwunden, als Sie Kernicks Haus betraten. Er hat also keine Ahnung, dass Sie in den Fall involviert sind.“

„In den Fall involviert sind ...“ Langsam wiederholte

Mabel die Worte, dann lächelte sie. „Eben dies möchte ich nicht, Inspektor. Eine Leiche im Jahr reicht mir völlig aus, das verstehen Sie doch, nicht wahr?"

Warden nickte, abermals erleichtert, doch Mabel war noch nicht fertig. „Allerdings ... verzeihen Sie diese Anmerkung, Inspektor, sollten Sie nicht unbedingt von einem Täter ausgehen, es könnte sich durchaus auch um eine Täterin handeln."

„Hä?" Warden ahnte nicht, wie wenig intelligent er in diesem Moment aussah.

Mabel nickte bekräftigend. „Um einem Mann den Schädel mit einem Schürhaken einzuschlagen, braucht man nicht besonders viel Kraft. Außerdem gibt es Frauen, die kräftiger sind, als es auf den ersten Blick zu vermuten wäre. Darum sollten Sie diesen Aspekt nicht völlig außer Acht lassen."

„Nun mischen Sie sich doch wieder ein!" Warden versuchte, mit einem Lächeln seine Verärgerung zu überspielen, doch Mabel hatte den Hinweis verstanden.

„Sie haben recht, ich sage schon nichts mehr." Endlich trat sie aus Wardens Büro, wandte sich aber noch einmal um und sagte: „Sie werden meinen Namen also nicht erwähnen?"

„Ganz sicher nicht." Warden runzelte die Stirn. „Wenn wir den Täter ... oder die ‚Täterin' haben, wird Ihre Zeugenaussage vor Gericht jedoch erforderlich sein."

Mabel nickte. „Selbstverständlich, Inspektor. Hoffen wir nur, dass das schnell geschieht."

Als Mabel das Revier längst verlassen hatte, stand Warden noch immer an der Tür. Dann bemerkte er, wie sein

Sergeant, der den letzten Wortwechsel mit angehört hatte, von einem Ohr zum anderen grinste. „Beherrschen Sie sich, Bourke!", herrschte er den jungen Mann an. „Dieses Mal wird sich diese Frau nicht einmischen. Das schwöre ich, so wahr ich Randolph Warden heiße."

Heftiger als nötig schlug er die Tür hinter sich zu und hörte glücklicherweise nicht, wie Sergeant Bourke, immer noch grinsend, murmelte: „Hoffentlich täuschen Sie sich da nicht, Chef."

3

Nach zwei ruhigen und ereignislosen Tagen spazierte Mabel am Samstag in den Ort, um einzukaufen. Da sie freitags immer für Victor Daniels vorkochte, damit er sich das Essen am Samstag in der Mikrowelle aufwärmen konnte, und er sich am Sonntag stets den Sunday Roast im Hotelrestaurant „Three Feathers" schmecken ließ, kümmerte sie sich am Wochenende nicht um den Haushalt des Tierarztes. Heute hatte sie einige persönliche Dinge zu erledigen, zu denen sie während der Woche nicht gekommen war.

Vor dem kleinen Tabakwarengeschäft, das gleichzeitig der einzige Schreibwaren- und Zeitschriftenhandel Lower Bartons war, stach ihr die Schlagzeile auf der ersten Seite des „Cornish Guardian", der örtlichen Tageszeitung, sofort ins Auge.

Clark Kernick brutal ermordet?

Wer brachte den Schriftsteller, der vor seinem großen Durchbruch stand, um? Treibt in Lower Barton ein grausamer Mörder sein Unwesen? Polizei tappt im Dunkeln.

Kurz entschlossen nahm Mabel ein Exemplar aus dem Ständer und betrat den Laden. Da am Tresen großer Andrang herrschte, musste sie einige Zeit warten, bis sie an der Reihe war. Dabei bemerkte sie neben der Kasse einen Stapel Taschenbücher, der so platziert worden war, dass ihn niemand übersehen konnte.

Der Thron und die Rosen

Ein historischer Roman
von Clark Kernick

Daneben, auf einem knallroten Schild, prangte die Aufschrift:

Das letzte Werk eines Sohnes unserer Stadt.
Ermordet unmittelbar nach der Buchpräsentation.

Obwohl Mabel solch plumpe Effekthascherei nicht mochte, griff sie nach einem der Bücher und überflog den Text auf der Rückseite. Wie sie von der Lesung bereits wusste, handelte es sich um einen Roman, der zu Zeiten der Rosenkriege spielte und auf wahren Begebenheiten basierte. Schauplatz war die Umgebung Lower Bartons.

„Möchten Sie das Buch kaufen?"

Die Stimme der Verkäuferin ließ Mabel aufblicken. Automatisch legte sie das Buch auf den Tresen.

„Ja, bitte, und die Zeitung hier." Irgendwie fühlte Mabel sich verpflichtet, Kernicks Roman nun doch zu lesen, da sie seine Leiche gefunden hatte.

Während die junge Verkäuferin die Preise in die Kasse tippte, sagte sie: „Furchtbare Sache, nicht wahr?" In ihrer Stimme schwang deutliche Besorgnis. „Ein Mord ... mitten in Lower Barton ... und der Täter läuft noch frei herum. Wir sind alle in Gefahr, er kann ja jederzeit erneut zuschlagen."

„Sie lesen zu viele Krimis", entfuhr es Mabel. „Außerdem ist noch gar nicht geklärt, ob es wirklich Mord war. Die Polizei ermittelt in alle Richtungen."

„Ach?" Das Interesse der jungen Frau war geweckt. „Wissen Sie etwa mehr? Man erfährt ja nichts Genaues, dabei ist es Aufgabe der Polizei, die Bürger vor so einem Wahnsinnigen zu schützen. Es wird gemunkelt, jemand habe dem Schriftsteller den Schädel eingeschlagen."

„Ich weiß gar nichts." Mabel beeilte sich zu bezahlen, verstaute das Buch und die Zeitung in ihrem Einkaufskorb und sah zu, dass sie aus dem Laden kam.

Die unbedachte Bemerkung ärgerte sie, beinahe hätte sie sich verraten, dabei wollte sie unter allen Umständen vermeiden, dass publik wurde, dass sie den Toten gefunden hatte. Noch auf der Straße überflog sie den Zeitungsbericht und atmete erleichtert auf. Ihr Name wurde nicht genannt, es wurde nicht einmal erwähnt, wie der Tote überhaupt gefunden worden war. Den Journalisten standen offenbar keine konkreten Aussagen oder Hinweise zur Verfügung, sodass sie sich in wilden Spekulationen ergingen.

Mabel beschloss, sich von dieser furchtbaren Tat nicht das Wochenende verderben zu lassen. Schließlich hatte sie den Toten ja nicht einmal persönlich gekannt. Und außerdem war dieses Mal die Sachlage klar, und die Polizei würde den Täter sicher schnell ermitteln. Sie, Mabel, würde bis zur Gerichtsverhandlung mit dem Fall nichts mehr zu tun haben.

Mabels Cottage lag zentral in Lower Barton, nur zwei Querstraßen von der Fore Street entfernt am Ende einer ruhigen Sackgasse. Die Häuser in dieser Straße stammten alle aus dem 17. Jahrhundert und waren aus kornischem Granit erbaut, dem typischen grauen Stein der Gegend, im Laufe der Zeit jedoch immer wieder renoviert und modernisiert worden.

Das mit Reet gedeckte Dach zog sich weit herunter, die Scheiben der kleinen Fenster waren aus Bleiglas, und von der Straße führte nur ein schmaler Fußweg zur Tür. Mabel konnte mit ihrem Auto zwar nicht direkt vor den Hauseingang fahren, doch wog die ruhige Lage des Cottages dies bei Weitem auf. Gleich bei ihrem ersten Besuch zusammen mit dem Makler hatte Mabel sich in das Haus verliebt. Es war nicht groß, besaß zwei Stockwerke, wobei das obere Geschoss so niedrig war, dass Mabel mit ihren ein Meter fünfundsechzig gerade so eben stehen konnte. Der größte Raum war die Küche im Erdgeschoss, die Mabel in eine gemütliche Wohnküche umgestaltet hatte, wo sie sich nun meistens aufhielt. Ein weiterer kleinerer Raum unten und zwei Schlafzimmer und das Bad unterm Dach boten für sie allein ausreichend Platz.

Das Schönste jedoch war der großzügige Garten, der

sich an die Rückseite des Cottages schmiegte. Als Mabel das Haus erworben hatte, war er verwildert gewesen, da die Vorbesitzer wohl kein Interesse an Gartenarbeit gehabt hatten, doch im Laufe des Sommers war es Mabel gelungen, ein Kleinod zu schaffen, und das, obwohl sie keinerlei Erfahrung im Gärtnern besaß. Ihre Arbeit als Krankenschwester hatte ihr nie Zeit gelassen, sich um mehr als ein paar pflegeleichte Topfpflanzen zu kümmern, doch wozu gab es Bücher? Mabel las sich ein, probierte aus und zu ihrer Überraschung machte ihr die Arbeit in der Natur viel Freude. Den Sommer über hatte sie Unkraut gejätet, wild wuchernde Hecken beschnitten, in der Erde gewühlt und gegraben, Blumenzwiebeln gesetzt und sogar ein kleines Gemüsebeet angelegt. Die Früchte ihrer Arbeit würden zwar erst im nächsten Jahr zu sehen sein, aber selbst jetzt im Dezember, einem Monat, in dem es in Cornwall wegen des milden Klimas noch immer grünte und blühte, war ihr Cottagegarten auf dem besten Weg, einer der schönsten der ganzen Straße zu werden.

Die Möbel im Haus stammten alle aus Mabels Londoner Heim, wobei sie einige verkauft oder fortgeworfen hatte, da ihr Cottage deutlich kleiner war. Dennoch fühlte sich Mabel hier sehr wohl und hatte mit Tannen- und Mistelzweigen, bunten Kugeln und Kerzen eine vorweihnachtliche Stimmung gezaubert.

Mabel räumte ihre Einkäufe in die Schränke, bereitete einen Tee zu und machte es sich auf dem Sofa in der Küche gemütlich, um sich in Clark Kernicks Roman zu vertiefen.

Im Haus eines Tierarztes das Bellen und Jaulen eines Hundes zu vernehmen, war nichts Ungewöhnliches. Als

Mabel am Montagmorgen jedoch Victor Daniels Haus betrat, war sie überrascht, dass die Geräusche nicht aus der Praxis, sondern aus den darüberliegenden Wohnräumen kamen. Obwohl Victor Tiere über alles liebte, wollte er sich kein eigenes anschaffen, schon gar keinen Hund, denn er fand, er habe zu wenig Zeit, sich ausreichend um ein Tier zu kümmern.

„Platz!", hörte Mabel Victors Stimme. „Ich weiß, es ist schrecklich, aber du musst jetzt mal ruhig sein."

Mabel öffnete die Küchentür und sah erstaunt, wie Victor vor einem mittelgroßen Hund stand, der abwechselnd kurze, bellende Laute und dann wieder ein leiseres Jaulen von sich gab. Es hätte nicht des Verbandes um die rechte Vorderpfote des Hundes bedurft, damit Mabel das Tier erkannte.

„Das ist doch Debby", rief sie. „Was macht der Hund hier in der Küche?"

Victor drehte sich zu ihr um. Seinem Blick nach zu urteilen, hatte er schlechte Nachrichten, und er verlor keine Zeit, sie Mabel mitzuteilen. „Harrison Hickery wurde verhaftet. Jemand muss sich um seine Tiere kümmern, und da Debby verletzt ist, habe ich sie vorerst zu mir genommen."

„Warum das? Hat er etwas angestellt?" Mabel ließ sich auf einem Küchenstuhl nieder.

Aus einer Dose holte Victor ein Stück Hundekuchen und warf es Debby hin. Die Hündin schnüffelte jedoch nur kurz daran, drehte dann ihren hübschen Kopf zur Seite, und der Blick, mit dem sie Mabel ansah, war herzzerreißend. Es war offensichtlich, dass sie ihr Herrchen vermisste.

„Hickery soll den Tintenkleckser erschlagen haben."

„Was?“ Mabel fuhr hoch. „Woher wissen Sie das, Victor?“

„Er rief mich gestern an. Das war, als die Polizei bei ihm war und ihn mitnahm. Hickery war niemand anderes eingefallen, dem er Debby anvertrauen wollte, zumal ihre Pfote ja noch Behandlung braucht. Wegen der anderen Tiere habe ich den Tierschutzverein informiert, sie werden sich darum kümmern, bis Hickery wieder zurück ist.“

„Ich glaube, ich brauche erst einmal einen starken Tee.“ Mabel füllte den Wasserkocher und schüttete Teeblätter in die Kanne. „Ich mache Ihnen gleich das Frühstück, aber diese Nachricht muss ich erst einmal verdauen.“

Victor nickte zuerst, dann schüttelte er den Kopf. „Hickery kann keiner Fliege etwas zuleide tun. Er würde sogar eine Spinne, die sich an einem ihrer acht Beine verletzt hätte, gesund pflegen. Dieser Mann geht nicht hin und schlägt jemandem den Schädel ein.“

Das Wasser kochte, und während der Tee zog, fragte Mabel: „Kennen Sie Hickery schon lange?“

„Seit ein paar Jahren“, entgegnete Victor. „Er war früher Bergarbeiter in einer Mine bei Camborne. Als die jedoch schloss – es war übrigens die letzte noch produzierende Zinnmine Cornwalls –, kam er hierher. Ich meine gehört zu haben, er hätte das Cottage von einem Onkel geerbt. Bald schon kümmerte er sich um die ersten Tiere, früher hatte er auch noch Geld, wobei ich nicht weiß woher. Seit er hier lebt, nimmt er nur Gelegenheitsjobs an. Vielleicht verdiente auch seine Frau.“

„Seine Frau?“ Mabel horchte auf. „Hickery ist verheiratet?“

„War", betonte Victor. „Ich glaube, sie hat sich im letzten Jahr von ihm getrennt. Ich weiß aber nichts Genaues, da mich der übliche Dorfklatsch nicht interessiert."

Mabel lächelte, als sie sagte: „Nun, vielleicht hat Hickery den Tieren den Vorzug gegeben. Keine Frau mag es, wenn ihr Ehemann sich mehr um Vierbeiner als um die Ehefrau kümmert. Ich habe Hickery zwar nur einmal gesehen, aber er scheint mir doch ein komischer Kauz zu sein."

Victor nahm Mabel die Teetasse, die sie ihm reichte, ab und kniff die Augen zusammen. „Höre ich da eine kleine Anspielung heraus, Mabel?"

„Ich wüsste nicht, worauf ... oder auf wen." Mabel konnte sich ein Grinsen nicht verkneifen, denn Victor hatte genau verstanden, dass sie mit ihren Worten auch ihn gemeint hatte. Dann aber wurde sie wieder ernst. „Wie kommt die Polizei darauf, dass Hickery etwas mit dem Tod von Kernick zu tun haben könnte? Haben die beiden sich überhaupt gekannt? Und wenn ja, warum sollte Hickery den Schriftsteller erschlagen?"

Victor zuckte die Schultern. „Ich weiß nicht mehr, als ich Ihnen sage, Mabel." Er deutete auf den Kühlschrank. „Machen Sie mir jetzt das Frühstück oder muss ich es wieder selbst versuchen? Wie das endet, haben Sie letzte Woche ja erlebt."

„Ja, und das Chaos beseitigen müssen." Mabel lachte und öffnete die Kühlschranktür. „Das möchte ich nicht unbedingt wiederholen, also setzen Sie sich hin. Die Eier und der Speck sind in zehn Minuten fertig. Und für den armen Hund besorge ich nachher einen dicken, saftigen Knochen beim Metzger."

Als hätte die Hündin jedes Wort verstanden, legte

Debby sich neben den Herd, den Kopf auf den Pfoten, und beobachtete still die beiden für sie Fremden.

Mabel zeriss es beinahe das Herz, den traurigen Blick in den schönen, dunklen Augen zu sehen, da kam ihr ein Gedanke. „Victor, wenn Hickery verhaftet worden ist, dann steht ihm doch ein Anwalt zu. Wir müssen uns darum kümmern."

„Wir?" Unwillig runzelte Victor die Stirn. „Wir wissen doch gar nicht, ob ..."

„Hickery kann sich sicher keinen Anwalt leisten", unterbrach Mabel hastig. „Und die Pflichtverteidiger taugen alle nichts. Wir beide kennen jedoch jemanden, der sich der Sache annehmen könnte, nicht wahr?"

Victor verstand sofort und verschluckte sich beinahe an seinem Tee.

„Oh, nein, das können Sie nicht verlangen! Nicht Alan ..."

Mabel schlug zwei Eier in die Pfanne und setzte sich dann Victor gegenüber. „Alan Trengove ist der beste Anwalt Cornwalls, das haben Sie selbst gesagt. Natürlich ist er sehr beschäftigt und bestimmt auch teuer. Wenn Sie ihn jedoch darum bitten würden, sich Hickerys anzunehmen ..."

Hastig stand Victor auf. Ihm war der Appetit vergangen, was nur selten geschah. Insgeheim musste er Mabel recht geben. Harrison Hickery war ein argloser Mann. Und gerade wegen seiner Arglosigkeit war er dem Polizeiapparat hilflos ausgeliefert. Trotzdem war es zu viel verlangt, ausgerechnet Alan um Hilfe zu bitten.

„Warum kümmert Hickerys Schicksal Sie überhaupt?" Forschend sah Victor Mabel an. „Sie haben ihn doch nur einmal gesehen."

Nachdenklich runzelte Mabel die Stirn. „Es ist nur so

ein Gefühl, das ich nicht näher benennen kann. Ich spüre jedoch, dass dieser Mann kein kaltblütiger Mörder ist, der einfach jemandem den Schädel einschlägt."

Victor lächelte hintergründig. „Das berühmte Frauen-Bauchgefühl, nicht wahr? Nun, auch mir erscheint es unwahrscheinlich, dass ein Tierfreund wie Hickery ein Mörder sein soll. Aber vergessen Sie nicht: Wir sehen immer nur die Fassade eines Menschen und wissen nicht, was in seinem Kopf vor sich geht. Außerdem hat er oft und viel getrunken, und unter Alkoholeinfluss tun viele Menschen Dinge, die man ihnen nicht zugetraut hätte."

Mabel trat zu Victor und legte eine Hand auf seinen Arm. „Victor ..." Sie zögerte. „Bitte, rufen Sie Alan an und fragen Sie ihn, ob er sich den Fall einmal anschauen wird. Wenn Hickery schuldig ist, dann soll er auch seine gerechte Strafe bekommen. Aber wenn nicht ..."

Victor runzelte die Stirn und wandte sich ab. „Ich weiß wirklich nicht."

Mabel, die den Tierarzt in den letzten Monaten gut kennengelernt hatte, sah ihn eindringlich an. „Überlegen Sie es sich, Victor, bitte, versprechen Sie mir das", sagte sie leise. „Irgendwann muss die Vergangenheit begraben sein, und Alan hat sich als wahrer Freund gezeigt. Für uns beide, Victor, für uns beide."

„Ich werde darüber nachdenken", nuschelte er kaum verständlich, und dann lauter: „Gehen Sie doch mal in den Ort und hören Sie sich um. Vielleicht können Sie in Erfahrung bringen, warum man Hickery überhaupt verdächtigt und verhaftet hat. Ich bin sicher, ganz Lower Barton wird nur dieses eine Thema beschäftigen."

Mabel atmete tief ein, dann wieder aus, bevor sie sagte:

„Ich wusste es, Victor. Ich wusste es in dem Moment, als ich Kernicks Leiche fand. Wir können die Sache nicht allein der Polizei überlassen. Wohin das führt, sehen wir ja jetzt. Ich werde schauen, was ich herausfinden kann."

„Die Sache interessiert Sie wirklich?" Victor wiegte nachdenklich den Kopf. „Mabel, es gibt keinen ersichtlichen Grund, warum Sie sich einmischen sollten."

„Sie sagen es: keinen ersichtlichen! Eben das macht den Fall so interessant. Vielleicht irrt mich mein Gefühl von Hickerys Unschuld. Wenn jedoch nicht, dann werde ich nichts unversucht lassen, dem Mann zu helfen."

Victor drehte sich zu ihr herum, in seinen Augen blitzte es. „Es geht also wieder los, Mabel?"

Sie zögerte nur kurz, nickte dann lächelnd: „Ja, Victor, es sieht alles danach aus."

„Und ich sage Ihnen, man kann den Mann sogar verstehen ..." Mrs Roberts' Wangen glühten.

Der Metzgerladen war bis auf den letzten Stehplatz gefüllt, denn die Inhaberin war dafür bekannt, dass ihr nichts, was in Lower Barton geschah, entging. Daher war das Fleischergeschäft der Dreh- und Angelpunkt Lower Bartons, wenn es um die neusten Nachrichten ging.

Mabel drängte sich in die Metzgerei. So viele Kunden wie heute sah man an einem Montagvormittag selten, heute jedoch waren die meisten nur gekommen, um über den schrecklichen Mord zu sprechen. Auch Mabel brauchte außer dem Knochen für Debby weder frisches Fleisch noch Wurst, hatte aber wie die anderen Einwohner des Ortes – wenn auch weniger aus Neugier – gehofft, bei Roberts etwas in Erfahrung bringen zu können.

Der Metzgerin schmeichelte das große Interesse, und sie warf sich hinter der Theke wie die Königin in Pose, als sie mit laut dröhnender Stimme rief: „Also, auch wenn dieser Tierschützer nicht alle Tassen im Schrank hat, irgendwie kann ich verstehen, dass er dem Schreiberling eins über den Schädel gegeben hat."

„Man bringt aber nicht gleich jemanden um, nur weil man betrogen wird." Eine kleine grauhaarige Frau erhob ihre Stimme. „Wenn das jeder machen würde, wäre die Menschheit schon längst ausgerottet."

„Genau! Auch wenn Hickerys Frau und dieser Kernick was miteinander hatten, deswegen einen Mord zu begehen ...?"

Vielfältige Zustimmung erhob sich, und Mabel war froh, hierher gekommen zu sein. Wie sie gehofft hatte, kursierten hier die wildesten Gerüchte, doch dahinter steckte auch immer ein Körnchen Wahrheit.

„Also, mein Mann würde einem Nebenbuhler auch den Hals umdrehen." Nun sprach wieder Mrs Roberts. „Hickery ist zwar ein komischer Kauz, dennoch wollte er sich keine Hörner aufsetzen lassen."

Ohne mit jemandem ein Wort gewechselt oder gar den Knochen gekauft zu haben, verließ Mabel den Metzgerladen wieder. Sie erinnerte sich an Victors Worte, dass Hickery vor etwa einem Jahr von seiner Frau verlassen worden war. Wenn sie dem Klatsch Glauben schenkte, dann hatte sie eine Affäre mit Clark Kernick gehabt oder unterhielt diese vielleicht noch. Mabel erinnerte sich an den abgerissenen, nicht ganz nüchternen Mann, besonders aber an seine aufrichtige Sorge um die Hündin. Hickery hatte über Debbys Verletzung beinahe geweint.

Da Mabel noch diverse Putzmittel und Toilettenpapier brauchte, lenkte sie ihre Schritte zum Supermarkt. Sie ging nicht gerne zu Morrisons, dort war ihr alles zu groß und zu unpersönlich, viele Angebote waren jedoch deutlich preisgünstiger als in den kleinen Läden, und einen Knochen für Debby würde sie dort auch bekommen. Auf dem großen Parkplatz sah sie plötzlich den rothaarigen Sergeant das Revier verlassen. Spontan ging Mabel auf ihn zu. „Guten Tag Sergeant Bourke." Sie lächelte unschuldig. „Ich hörte eben, Sie haben den Fall gelöst?"

Bourke schüttelte den Kopf. „Gelöst ist zu viel gesagt, aber der Chefinspektor hat einen Verdächtigen verhaftet."

„Ganz Lower Barton spricht davon, ein gewisser Harrison Hickery soll der Täter sein, weil seine Frau ihn wegen Kernick verlassen hat." Bourke sollte nicht wissen, dass sie Hickery kannte. Der junge Sergeant hatte zwar eine Schwäche für sie, das spürte sie, sie durfte den Bogen jedoch nicht überspannen, daher tastete sie sich vorsichtig vor: „Glauben Sie denn, dass Hickery schuldig ist?"

„In unserem Job glauben wir nicht, wir stützen uns auf Fakten und Beweise. Und die Beweislage spricht gegen Hickery ..." Nun wurde Bourke bewusst, mit wem er sprach und dass er dabei war, Interna zu verraten. Bedauernd fuhr er fort: „Miss Clarence, Sie werden verstehen ... beim jetzigen Stand der Ermittlungen darf ich Ihnen nichts sagen."

„Selbstverständlich." Mabel nickte verständnisvoll.

„Und es wäre auch gut, wenn der Chefinspektor nicht erfahren würde, dass ich überhaupt mit Ihnen gesprochen habe." Bourke wurde nun beinahe so rot wie sein Haar. „Ich meine ... Sie brauchen nicht zu schwindeln ...

aber vielleicht könnten Sie unser Gespräch einfach nicht erwähnen?"

„Meine Lippen sind verschlossen, Sergeant." Mabel legte eine Hand auf seinen Unterarm. „Eine Frage können Sie mir aber vielleicht noch beantworten: Hat Hickery die Tat gestanden?"

Bourke schüttelte kaum merklich den Kopf und antwortete laut: „Sie müssen verstehen, Miss Clarence ..."

„Schon gut, Sie haben nichts gesagt." Mabel zwinkerte ihm verschwörerisch zu, dann verabschiedete sie sich mit einem kurzen Gruß. Sie hatte es eilig, zu Victor zurückzukommen, und zwar nicht nur, weil es Zeit war, den Lunch vorzubereiten.

Sie aßen stets gemeinsam, doch dieses Mal blieb die Lammhackpastete unangerührt, obwohl sie zu Victors Leibspeisen gehörte und er sonst einen gesegneten Appetit hatte. Aus Mabels Informationen und Victors Wissen über Harrison Hickery hatten sie sich ein Bild gebastelt, das langsam Konturen annahm, wenngleich noch viele Teilchen zur Vervollständigung fehlten.

„Hickerys Frau heißt übrigens Barbra", erklärte Victor und stocherte nachdenklich in seinem Kartoffelbrei herum. „Sie hat sich vor über einem Jahr von ihrem Mann getrennt. So etwas bleibt in Lower Barton natürlich niemandem verborgen, wenngleich das Paar immer sehr zurückgezogen gelebt hat. Jeder sagte, der schönen Barbra wäre das einsame Leben außerhalb der Stadt zu langweilig geworden."

„Schöne Barbra?" Mabel sah Victor fragend an.

„Ja, man sagt, sie soll recht gut aussehen."

„Man sagt?“, wiederholte Mabel erneut. „Kennen Sie Mrs Hickery denn nicht persönlich?“

Seine Brauen zogen sich über der Nasenwurzel zusammen. „Hab' sie nur ein- oder zweimal gesehen, außerdem kann ich nicht beurteilen, ob sie schön ist oder nicht. Interessiert mich auch nicht.“

Mabel verzichtete auf die Bemerkung, dass er die Hündin Debby sofort als „wunderschön“ bezeichnet hatte, aber Tieren gegenüber hatte Victor einfach einen anderen Blick. „Wussten Sie, dass Barbra ein Verhältnis mit Kernick hatte oder noch immer hat?“

„Nein, denn wie Sie wissen, interessiert mich der Tratsch nicht“, entgegnete Victor. „Hab' mich um Hickerys Tiere gekümmert, nicht um sein Privatleben. Aber selbst wenn die schöne Barbra auf Abwege geraten sein sollte – ich traue Hickery einfach nicht zu, einem Menschen so mir nichts, dir nichts einen Schürhaken über den Schädel zu hauen.“

„Und wenn es im Affekt geschah?“, mutmaßte Mabel. „Vielleicht hat Kernick Hickery provoziert, etwas über seine Frau gesagt, etwas Abfälliges, und da sind Hickery die Sicherungen durchgebrannt?“

Ein erneutes Kopfschütteln von Victor. „Kann ich mir nicht vorstellen. Ein Mensch, der selbst auf Fliegenfallen in seinem Haus verzichtet, weil er die Insekten nicht töten will, bringt kein menschliches Wesen um.“

„Sergeant Bourke hat mir zwar nicht verraten, ob Hickery für den fraglichen Abend ein Alibi hat, ich vermute jedoch, dass er allein war. Sie sagten, er lebe sehr zurückgezogen.“

„Ich bezweifle, dass ausgerechnet an dem Abend jemand bei ihm draußen war.“ Nachdenklich rieb sich Victor die Nase. „Die Staatsanwaltschaft wird die Anklage auf Indizien aufbauen. Hickery hat ein Motiv und er hat wahrscheinlich kein Alibi, denn sonst wäre er nicht in Haft."

Langsam stand Mabel auf. Sie musste jetzt sehr behutsam vorgehen. Wenngleich sie in den vergangenen Monaten einen Zugang zu Victor gefunden hatte und ihm seine barsche, oft abweisende Art nicht mehr übel nahm, durfte sie nicht so weit gehen, sich in sein Privatleben einzumischen. Jetzt war es jedoch erforderlich, dass Victor über seinen eigenen Schatten sprang. „Was die Sache mit einem Anwalt angeht ...", begann Mabel erneut und sah sogleich, wie Victor sich wieder verschloss, dennoch fuhr sie fort: „Haben Sie über meinen Vorschlag von heute Morgen nachgedacht?"

„Man wird ihm einen Pflichtverteidiger zur Seite stellen", entgegnete Victor ausweichend. „Wenn Hickery unschuldig ist – und ich bin überzeugt, dass er das ist –, dann wird sich das herausstellen. Gleichgültig, wer ihm zur Seite steht."

„Ein Pflichtverteidiger wird aber nur das Nötigste tun." Mabels Stimme nahm einen beschwörenden Klang an. „Victor, Alan könnte Hickery sicher helfen, und zwar schneller und besser als ein anderer."

Barsch fuhr Victor sie an: „Hickery kann nicht einmal seine Rechnungen bei mir bezahlen, Mabel. Wissen Sie überhaupt, was Alan für ein Honorar verlangt? Wie sollte Hickery das aufbringen können?"

Mabel schluckte, so leicht wollte sie sich nicht geschlagen geben. „Ich bin überzeugt, wenn wir ... wenn Sie ihn bitten, wenigstens einmal mit Hickery zu sprechen, wird das bestimmt nicht viel kosten. Außerdem bin ich nicht ganz mittellos und kann für die Kosten aufkommen."

Ungläubig schüttelte Victor den Kopf. „Ich verstehe immer noch nicht, warum Sie das für Hickery tun wollen. Gut, auch ich hege Zweifel an seiner Schuld, im Grunde genommen ist der Mann jedoch ein Fremder, und jetzt wollen Sie ihm sogar einen Anwalt bezahlen?“

Mabel konnte sich selbst nicht erklären, warum der Mord an Kernick sie so sehr beschäftigte. Vielleicht weil sie seine Leiche gefunden hatte und wollte, dass der Täter zur Rechenschaft gezogen wurde? Eigentlich sollte sie doch froh sein, dass die Polizei bereits einen Verdächtigen verhaftet hatte. Wenn da nicht dieses kleine ungute Gefühl gewesen wäre, dass es sich bei Harrison Hickery um den Falschen handelte.

Bitte ... Victor! Nur ein einziges Gespräch“, sagte sie eindringlich. „Wir können doch nicht zulassen, dass vielleicht ein Unschuldiger für ein Verbrechen verurteilt wird, während der wahre Täter frei herumläuft.“ Sie machte eine kurze Pause, um dann bestimmt hinzuzufügen: „Und vielleicht bald wieder mordet, während Hickerys arme vierbeinige Freunde vom Tierschutzverein betreut werden.“

Drei-, viermal atmete Victor tief ein und aus. In der Küche war es so still, man hätte eine Nadel fallen hören können. Er mied Mabels Blick, als er schließlich sagte: „Nun gut, geben Sie mir das verdammte Telefon.“

Victor war im Wohnzimmer, um mit Alan Trengove zu sprechen, während Mabel sich daran machte, die unangetastete Pastete in eine Schüssel zu packen und luftdicht zu verschließen. Man konnte sie heute Abend oder morgen wieder aufwärmen, denn Victor hasste Verschwendung von Lebensmitteln. Von dem Telefonat bekam sie nur

Gesprächsfetzen mit – auf keinen Fall wollte sie lauschen, obwohl es sie brennend interessierte, was Victor zu seinem Patensohn sagte. Einst waren Alan Trengoves Vater und Victor die engsten Freunde gewesen, dann jedoch kam der Verdacht auf, Victor hätte eine Affäre mit Alans Mutter, obwohl sie nur gute Freunde gewesen waren. Es kam zur Trennung der Eltern, und einige Zeit später beging Mrs Trengove Selbstmord. Alan war damals noch ein Kind gewesen. Sein Vater ließ keinen Zweifel daran, dass Victor Schuld an dieser Tragödie hatte. Seitdem war zwischen Alan und Victor der Kontakt abgebrochen, und es war Zufall gewesen, dass Mabel bei ihren Erlebnissen vor einem halben Jahr ausgerechnet mit Cornwalls Staranwalt zusammengetroffen war. Obwohl Alan Trengove nicht nur ihr, sondern auch Victor sehr geholfen hatte, war es bisher zu keiner Aussöhnung zwischen den Männern gekommen.

Etwa zwanzig Minuten später kehrte Victor in die Küche zurück. Sein Teint war ungewöhnlich blass, und obwohl er sich alle Mühe gab, es zu verbergen, merkte Mabel, wie seine Hände zitterten, als er sich ein Glas Wasser einschenkte.

„Alan wird sich mit Warden in Verbindung setzen und um ein Gespräch mit Hickery bitten." Kurz und knapp sagte er diese Worte, ohne Mabel dabei anzusehen.

Sie trat neben ihn. „Danke, Victor. Ich bin sicher, Alan wird verhindern, dass man Hickery eines Verbrechens verurteilt, das er nicht begangen hat."

„Wir werden sehen." Er drehte er sich um. „Muss wieder in die Praxis, die Patienten der Nachmittagssprechstunde warten schon."

Nachdem Victor gegangen war, brühte Mabel sich einen frischen Tee auf. In den letzten Tagen hatte sie sich häufiger gefragt, ob sie – wenn sie nur wenige Minuten früher Higher Barton verlassen hätte – Kernicks Tod hätte verhindern können. Victor gegenüber würde sie es niemals zugeben, aber Mabel plagten Schuldgefühle. Wenn sie früher bei Kernick gewesen wäre, dann wäre der Täter vielleicht gar nicht ins Cottage eingedrungen, oder sie hätte beide zusammen angetroffen, und die Tat wäre nicht geschehen. Außerdem – und bei diesem Gedanken lächelte Mabel still in sich hinein – hatte sie im Frühjahr eine kriminalistische Ader an sich entdeckt, die über eine natürliche Neugierde hinausging. Obwohl sie damals dem Tod nur knapp entronnen war, hatte die Suche nach dem Mörder ihr auch Spaß gemacht. Die Arbeit in Victors Haushalt beschäftigte sie zwar, dennoch fühlte Mabel sich nicht ausgefüllt und langweilte sich manchmal. So oder so – Alan Trengove würde die Wahrheit ans Licht bringen, dessen war Mabel sich sicher. Wenn es dabei außerdem zu einer längst überfälligen Aussprache zwischen Victor und Alan käme, hätte sie zwei Fliegen mit einer Klappe geschlagen.

4

Mabel machte es sich an diesem Abend in ihrem Cottage gemütlich. Sie zündete Kerzen an, die Lichterkette an ihrem Fenster strahlte in einem hellen, sanften Licht, und der Duft der Tannenzweige ließ das regnerische Wetter vergessen. In diesem Teil Englands war Schnee höchst selten, auf weiße Weihnachten brauchte Mabel gar nicht zu hoffen, wobei das Christfest auch in London meistens verregnet war. Im Osten Englands schneite es schon eher, oft allerdings erst im neuen Jahr, dann, wenn eigentlich niemand mehr Wert darauf legte.

Mit einem heißen Früchtepunsch setzte sich Mabel in den bequemsten Sessel. Lucky, ihre Katze, sprang auf ihren Schoß, drehte sich zwei-, dreimal im Kreis und ließ sich dann zufrieden schnurrend nieder. Nachdem sie den Punsch getrunken hatte, nahm Mabel Kernicks Buch zur Hand, in dem sie vor ein paar Tagen nur geblättert hatte. Jetzt wollte sie den Roman aufmerksam lesen, denn es interessierte sie, was und wie der Mann, über dessen Leiche sie beinahe gestolpert war, geschrieben hatte.

Bereits nach wenigen Seiten wurde sie in die Geschichte hineingezogen und war von Kernicks lebendigem und plastischem Stil positiv überrascht. Der Protagonist, ein junger Mann, der in kriegerischen Zeiten um sein Leben und um seinen Besitz kämpfen musste, war so lebensecht geschildert, dass vor Mabels innerem Auge ein anschauliches Bild dieses mutigen Recken entstand. Allerdings gab es auch immer wieder Textstellen, über deren blumige Sprache sie sich wunderte. Gerade jetzt war sie bei einer solchen hängen geblieben: Der Held trifft auf eine junge Frau, verliebt sich auf den ersten Blick in sie, weiß zugleich aber, dass im Kampf um die Freiheit an seiner Seite kein Platz für eine Frau ist.

Dabei war sie das bezauberndste Wesen, das seine Augen je erblickt hatten. Nicht nur ihr Äußeres beschwingte sein

Herz und brachte sein Blut in Wallung, sondern auch ihre Wesensart, die von einer Schönheit war, wie man sie oft erst auf den zweiten Blick erkennt ...

„Das könnte auch aus einem Roman von Rosamunde Pilcher stammen", murmelte Mabel und schmunzelte, dann fiel ihr Blick auf die Uhr, deren Zeiger auf Mitternacht zugingen. Schon so spät! Eigentlich ging sie sonst viel früher schlafen. Schweren Herzens legte Mabel den Roman beiseite. So ungern sie ihre Lektüre unterbrach, sie musste jetzt ins Bett, sonst würde sie morgen wieder verschlafen. Auf Victors neuerliche Vorwürfe hatte sie keine Lust, schließlich bezahlte er sie für ihre ordentliche und pünktliche Arbeit.

Auch der Dienstag begann neblig-feucht, die Temperaturen pendelten jedoch im angenehmen zweistelligen Plusbereich. Der Wetterbericht im Radio versprach einen sonnigen Tag, zumindest in den Teilen Cornwalls, wo sich der Nebel lichtete. Auf dem Weg zu Victor kaufte Mabel noch schnell frischen Toast ein, dabei eilten ihre Gedanken immer wieder zu Kernicks Roman. Sie freute sich auf den Abend, wenn sie weiterlesen konnte. Nie hätte sie gedacht, dass die Geschichte sie derart fesseln würde. Sie bedauerte, dass es ihr wohl nicht gelingen würde, Victor zu überzeugen, auch einmal einen Blick in das Buch zu werfen.

„Dieser Kernick konnte wirklich schreiben", murmelte Mabel. Das hätte sie diesem Schönling gar nicht zugetraut. Sie dachte an die korpulente, bei der Lesung neben ihr sitzende Frau, die den Autor regelrecht angeschmachtet hatte. Nun, ein attraktiver Mann, der zudem romantische Verse schrieb – solche Männer wurden stets von Frauen verehrt.

Obwohl Mabel heute pünktlich bei Victor ankam – es war genau sieben Uhr –, sah sie, dass im Obergeschoss bereits Licht brannte. Sonst stand Victor erst auf, wenn Mabel in der Küche zu hantieren begann, und während sie das Frühstück zubereitete, wusch er sich und zog sich an. Überrascht sah Mabel den dunkelgrauen BMW, der so schräg auf der Straße stand und die Zufahrt zum Haus versperrte, als hätte der Fahrer den Wagen in aller Eile einfach stehen lassen. Mabel kannte das Auto, und ihr Herz tat einen Sprung. Allerdings fragte sie sich, was Alan Trengove so früh am Morgen nach Lower Barton führte. Vielleicht wollte er zuerst persönlich mit Victor sprechen und sich so einen Eindruck von Harrison Hickery verschaffen, ehe er zu ihm ins Untersuchungsgefängnis fuhr.

Mabel öffnete die Küchentür, und beim ersten Blick in Victors Gesicht wusste sie, dass etwas Schreckliches geschehen sein musste. Bei ihrem Eintreten erhob sich der Anwalt aus Truro. Trotz der frühen Morgenstunde war Alan perfekt gekleidet: dunkelblauer Anzug mit Weste und ein blütenweißes Hemd, das aussah, als hätte er es eben erst gekauft. Mabel fiel sofort auf, dass Alan eine neue, randlose Brille trug, die perfekt zu seinem markanten Gesicht passte. Unter anderen Umständen hätte Mabel sich gefreut, die beiden im vertrauten Beieinander vorzufinden, das beklemmende Gefühl in ihrer Brust steigerte sich jedoch, als der Anwalt mit ernster Miene das Wort ergriff. „Miss Mabel, wie schön, Sie zu sehen“, sagte er und strich sich über sein nach hinten gegeltes Haar.

„Ist etwas passiert?“ Mabel war nicht danach, um den heißen Brei herumzureden. „Es hat doch einen Grund, warum Sie so früh hier sind.“

„Mabel ...“ Victor nahm ihr die Einkaufstüte aus der Hand, etwas, was er noch nie zuvor gemacht hatte, denn als Kavalier konnte man ihn wahrhaftig nicht bezeichnen. „Bitte setzen Sie sich. Wir haben ein Problem, ein großes Problem.“

Wenn Victor, ein ausgesprochener Morgenmuffel, ohne Frühstück derart wach wirkte, dann musste etwas Schwerwiegendes geschehen sein. Erwartungsvoll blickte Mabel von einem Mann zum anderen.

Es war schließlich Alan, der sagte: „Als Victor mich gestern anrief und bat, im Fall des getöteten Schriftstellers die Verteidigung des Verdächtigen zu übernehmen, habe ich gleich darauf mit dem zuständigen Chefinspektor gesprochen.“

„Warden“, warf Mabel ein. „Kein Unbekannter für Sie, Alan.“

Er nickte und versuchte zu lächeln, was ihm misslang. Alan fühlte sich alles andere als wohl in seiner Haut. „Warden, der sich ebenfalls an mich erinnerte, gab mir bereitwillig Auskunft, soweit es die bisherigen Ermittlungen zuließen. Wir vereinbarten, ich solle Harrison Hickery heute Vormittag gegen zehn Uhr zu einem Gespräch aufsuchen, der Chefinspektor wollte mich begleiten.“

Alan Trengove stockte, und Mabel rief: „Was ist los? Ich mag es gar nicht, unnötig auf die Folter gespannt zu werden!“

Victor räusperte sich und fuhr fort: „Leider kann Alan nicht mehr mit Hickery sprechen, Mabel. Mitten in der

Nacht rief Warden bei Alan an und teilte ihm mit, Hickery habe sich in seiner Zelle erhängt."

„Was?" Mabel fuhr hoch, sie zitterte am ganzen Körper. „Warum? Wieso? Wie konnte das geschehen?"

Leise und sichtlich betroffen beantwortete Alan die Frage: „Da Hickery nur in Untersuchungshaft saß, sah man keinen Grund, ihm seinen Gürtel abzunehmen, außerdem bestand nach Wardens Aussage keine Suizidgefahr. Ein Irrtum, wie sich nun herausstellt, und wegen dieser Schlamperei werden sich die zuständigen Beamten an anderer Stelle verantworten müssen. Der Fall jedenfalls ist jetzt erledigt."

„Was heißt das?", fragte Mabel, die nach und nach begriff, was geschehen war.

„Nun, Warden deutete an, Hickerys Selbstmord käme einem Schuldeingeständnis gleich, was bedeutet, dass die Polizei den Mord an dem Schriftsteller nicht weiter verfolgen wird."

„Aber was, wenn Hickery unschuldig ist ... war!"

„Es gibt zwar keine eindeutigen Beweise für seine Schuld, aber auch nichts, was für seine Unschuld spricht." Alan sah ihr direkt in die Augen.

„Vielleicht haben wir uns doch in ihm getäuscht?", gab Victor zu bedenken. „Ich glaubte zwar, Hickery einschätzen zu können, aber wann kennt man einen Menschen wirklich? Mabel, wir wissen nicht, was tatsächlich in seinem Kopf vor sich ging."

„Es ist zu einfach." Mabel stand auf und lief kopfschüttelnd in der Küche auf und ab, füllte dann den Wasserkocher mit Wasser und tat Teeblätter in eine Kanne. Sie brauchte jetzt unbedingt einen guten, starken Tee, und die Männer würden zu einer Tasse Tee sicher auch nicht Nein sagen. „Gut, ich bin Hickery nur einmal begegnet, und der Selbstmord spricht für seine Schuld, trotzdem ..." Mit gerunzelter Stirn sah Mabel von Alan zu Victor. „Ich glaube nicht, dass dieser Mann ein Mörder war." Wie zur Bestätigung ihrer Worte schlug Mabel die Kühlschranktür so heftig zu, dass das Gerät schwankte.

„Lassen wir die Sache auf sich beruhen", sagte Victor leise. „Ich verstehe, dass Sie ebenso wie ich Zweifel an Hickerys Schuld hatten, aber die Sache scheint doch jetzt klar zu sein. Warum sonst hätte Hickery seinem Leben ein Ende setzen sollen? Offenbar habe ich mich geirrt, und nicht jeder Tierfreund ist auch automatisch ein Menschenfreund."

Der letzte Satz entlockte Mabel ein schwaches Lächeln. „Nein, wahrlich nicht, Victor, das sieht man an Ihnen. Wenngleich ich Ihnen keinen Mord zutraue."

Mit einer hilflosen Geste hob Alan die Hände. „Ich hätte gerne geholfen, leider war es mir jedoch nicht vergönnt, mit dem Verdächtigen zu sprechen. Der Fall ist somit abgeschlossen und wird zu den Akten gelegt."

Vehement schüttelte Mabel den Kopf. „Victor, Alan, ich weiß, es hört sich wie die wirren Gedanken einer alten Frau an, ich bin jedoch ganz anderer Meinung. Es ist alles zu einfach. Hickery tötet Kernick, aus welchen Gründen auch immer, und richtet sich dann selbst. Schluss. Fertig. Aus. Irgendetwas daran behagt mir ganz und gar nicht."

„Mabel, ich finde es zwar bewundernswert, wie Sie sich für ihn einsetzen, jetzt sollten wir die Sache aber tatsächlich auf sich beruhen lassen." Victor wechselte mit Alan einen schnellen Blick, der Mabel nicht entging.

„Vielleicht haben Sie recht", gab sie widerstrebend zu.

Victor und Alan tauschten nun einen erleichterten Blick, den Mabel diesmal nicht mitbekam, da das Wasser kochte und sie den Tee aufbrühte. Exakt sechs Minuten später durchzog der aromatische Duft von feinstem Earl Grey den Raum. Hunger verspürte niemand, und nachdem Alan seine Tasse leer getrunken hatte, griff er nach seinem Mantel und ging zur Tür. „Ich fahre jetzt zum Gefängnis, um die Hintergründe des Suizids zu erfahren. Natürlich werde ich auch mit Inspektor Warden sprechen. Wenn es recht ist, komme ich im Laufe des Tages wieder vorbei, um zu berichten."

Mabel und Victor nickten gleichzeitig, und Mabel legte eine Hand auf Alans Arm. „Ich danke Ihnen, Alan. Wissen Sie, ob Hickery einen Abschiedsbrief hinterlassen hat, in dem er seine Schuld eingesteht? Reines Interesse ..."

„Das werde ich herausfinden." Alan lächelte Mabel zu, dann traf sein Blick Victor. „Danke, dass du mich angerufen hast, Onkel Victor. Vielleicht können wir mal zusammen zu Mittag essen? Ich glaube, wir sollten miteinander sprechen."

Victor wandte sich ab und murmelte etwas, das sich wie „Von mir aus" anhörte. Mabel wusste jedoch, dass dieser erste Schritt, den Alan auf ihn zumachte, Victor sehr viel bedeutete.

Zum Mittagessen wärmte Mabel die Lammpastete vom Vortag auf. Trotz der widrigen Umstände hatten sie und Victor nun doch Hunger. Kurz vor zwölf kam Alan Trengove vom Untersuchungsgefängnis zurück, auch mit Warden hatte er gesprochen.

„Der Chefinspektor war über meine Einmischung ziemlich ungehalten", berichtete Alan. „Er meinte, Hickery habe mir kein Mandat erteilt, daher solle ich mich aus der Sache heraushalten. Er könne mir keine Einzelheiten verraten. Warden verweigerte mir sogar Akteneinsicht."

„Darf er das so einfach?", fragte Mabel.

„Leider ja", entgegnete Alan bedauernd. „Erst, wenn ein Verdächtiger offiziell einem Anwalt ein Mandat erteilt hat, kann dieser darauf bestehen, den gesamten Fall offengelegt zu bekommen."

„Hickery kam ja nicht mehr dazu", warf Mabel ein und beugte sich gespannt vor. „Dann hat er also nicht gestanden, Kernick getötet zu haben, und seine Verhaftung beruhte lediglich auf Indizien?"

Alan lächelte, fuhr dann aber ernst fort: „Hickerys Ehefrau hatte ein Verhältnis mit dem Schriftsteller und verließ deswegen ihren Mann. Chefinspektor Warden geht davon aus, dass Hickery sich gerächt hat. Wahrscheinlich unter Alkoholeinfluss, denn der rekonstruierte Ablauf der Tat lässt auf eine Affekthandlung schließen. So viel hat Warden mir mitgeteilt, über alles Weitere hüllte er sich jedoch in Schweigen."

„Haben Sie herausgefunden, ob der Mord an Kernick weiterverfolgt wird?"

„Ich fürchte nicht. Obwohl Hickery offenbar keinen Abschiedsbrief oder sonstige Erklärungen für seinen Suizid hinterließ, geht die Polizei davon aus, dass er mit der Schuld, einen Menschen getötet zu haben, nicht leben konnte. Es ist zu befürchten, dass die Akte Kernick geschlossen wird."

„Das dürfen wir nicht zulassen." Mabel sah von Alan zu Victor. „Was ist? Warum sehen Sie mich so erstaunt an? Vielleicht war es Hickery, dann sollten wir das herausfinden. Vielleicht starb aber auch ein Unschuldiger, und der richtige Mörder ist noch auf freiem Fuß. Ich liebe Klarheit und mag einfach keine ungelösten Fälle", fügte Mabel hinzu, als Victor ungläubig den Kopf schüttelte.

„Ich weiß nicht ..." Victor zögerte. „Selbst wenn Hickery nicht der Mörder war – was können wir schon ausrichten? Wir haben keinen Zugang zu irgendwelchen Ermittlungsakten, geschweige denn zu den Ergebnissen der Spurensicherung. Wenn es Hickery nicht war – wo sollen wir anfangen, nach dem Täter zu suchen?"

Mabel drohte lächelnd mit dem Zeigefinger. „Victor, Victor, vor einem halben Jahr waren Sie nicht so ein Hasenfuß."

„Hasenfuß?" Der Tierarzt fuhr auf. „Das muss ich mir nicht bieten lassen!"

„Nun mal ruhig, ihr beiden", unterbrach Alan und legte schlichtend je eine Hand auf die von Mabel und Victor. Zu Mabel gewandt fuhr er fort: „Was Sie im Frühjahr angestellt haben, war sehr mutig, es hätte aber beinahe in einer Katastrophe geendet. Wir können von Glück sagen, dass ihr beide noch lebend hier sitzt. Ich teile die Meinung meines Onkels. Halten Sie sich aus der Sache raus! Das hat nichts mit Feigheit, sondern vielmehr mit gesundem Menschenverstand zu tun, denn Sie haben nicht den geringsten Anhaltspunkt." Alans Blick bohrte sich in Mabels Augen, seine Stimme war leise und eindringlich, als er fortfuhr: „Miss Mabel, bitte bedenken Sie eines: Wenn Harrison Hickery wirklich unschuldig war, dann läuft der wahre

Mörder noch frei herum und wiegt sich in Sicherheit. Er wäre gewiss nicht erfreut, wenn Sie beginnen, Nachforschungen anzustellen. Sie würden sich damit in Gefahr begeben."

„Alan hat recht." Victor stocherte in seiner Pastete, denn, obwohl das Gericht köstlich war, war sein Magen wie zugeschnürt. „Ich ... Wir machen uns nur Sorgen um Sie."

„Dazu besteht kein Grund", erwiderte Mabel. „Da Sie beide offenbar von Hickerys Schuld überzeugt sind, kann ich tun und lassen, was ich will. Oder?" Beinahe provozierend sah Mabel von einem Mann zum anderen.

„Sie sollten sich lieber um meinen Haushalt kümmern", blaffte Victor.

Mabel presste die Lippen zusammen, stand auf und begann die fast unberührten Teller abzuräumen. Sie mochte es nicht, wenn man ihr vorschrieb, was sie zu tun und zu lassen hatte, und Victors Haltung weckte ihren Ehrgeiz. Sie würde nicht eher ruhen, bis sie herausgefunden hatte, ob Harrison Hickery schuldig war oder bis sie den wahren Täter gefunden hatte. Mabel wusste jedoch, jedes weitere Wort war sinnlos. Als Anwalt musste Alan so sprechen, und Victor ... den würde sie schon noch überzeugen. Da fiel ihr plötzlich etwas ein. „Victor, was geschieht eigentlich mit Hickerys Tieren? Wer kümmert sich darum?"

„Ich nehme an, der Tierschutzverein. Und Debby ..." Er warf einen Blick in die Ecke, in der die Hündin in einem weich gepolsterten Körbchen schlummerte. „Debby bleibt bei mir. Sie trauert ohnehin um ihr Herrchen, da möchte ich ihr das Tierheim ersparen."

„Zu Tieren warst du schon immer außergewöhnlich gut", entfuhr es Alan, und für eine Sekunde bildete sich eine steile Falte über seiner Nasenwurzel. „Manchmal ist es aber auch notwendig, sich um Menschen zu kümmern."

Mabel spürte, es war an der Zeit, die beiden Männer allein zu lassen. Aufräumen und abspülen konnte sie später, deshalb sagte sie: „Ich vertrete mir etwas die Beine, die Sonne scheint so schön. Bis zum Tee bin ich wieder zurück."

Weder Victor noch Alan sahen ihr hinterher, als Mabel die Küche verließ. Die beiden Männer wussten, dass jetzt die Zeit gekommen war, all das auszuräumen, was sie vor Jahrzehnten entzweit hatte.

Mabels Befürchtungen, dass die Ermittlungen im Fall Clark Kernick eingestellt wurden, bestätigten sich zwei Tage später. Auf der Titelseite des Cornwall Observer prangte in großen Lettern die Schlagzeile, Harrison Hickery, Hauptverdächtiger im Tötungsfall Clark Kernick, habe Selbstmord begangen und sich somit einer Verurteilung entzogen.

> ... Die Polizei war kurz davor, Hickery zu überführen. Sein Suizid liefert den letzten Beweis. Der exzentrische Tierfreund konnte es nicht verkraften, dass seine Ehe gescheitert war und er damit an den Rand des sozialen Abstiegs gelangte. Es war eine späte Rache, die er am Liebhaber seiner Ehefrau Barbra vollzog, und man muss sich fragen, ob dieser grausame Mord nicht hätte verhindert werden können.
>
> Lower Barton kann wieder aufatmen – das schreckliche Verbrechen wurde in erstaunlich kurzer Zeit aufgeklärt ...

„Das kann doch nicht wahr sein!" Mabel knallte die Zeitung auf den Tisch und wischte sich über die Stirn. Natürlich, für Warden war Hickerys Selbstmord die einfachste Lösung, vor allem gegenüber seinen Vorgesetzten und der Öffentlichkeit. Aber gerade das ließ Mabel stutzen. Sie hatte Kernicks Leiche und seinen zertrümmerten Schädel gesehen. Auf den Mann musste mit unbändigem Hass eingeschlagen worden sein. Und dann setzt ein Mensch, der zu einer solchen Grausamkeit fähig ist, seinem Leben einfach selbst ein Ende? Obwohl einiges für Hickery als Täter sprach, glaubte Mabel immer weniger an seine Schuld. Warum sollte Hickery ein Jahr, nachdem seine Frau ihn verlassen hat, seinen damaligen Nebenbuhler ermorden? Wenn er überhaupt in der Lage gewesen wäre zu töten, dann hätte er sich bestimmt schon viel früher an Kernick gerächt. Mabel schüttelte vehement den Kopf. Und außerdem: Jemand, der einen anderen bewusst ermorden wollte, bereitet das von langer Hand vor und besorgt sich ein hieb- und stichfestes Alibi, besonders dann, wenn er befürchten muss, dass es Hinweise auf ihn als Täter gibt. Hickery hatte nichts von alledem getan. Am Abend, als Kernick starb, war er allein in seinem Haus gewesen, niemand war vorbeigekommen, und er hatte auch kein Telefonat geführt. Aus welchem Grund hätte er den Schriftsteller gerade an diesem Abend aufsuchen sollen? Natürlich könnten die beiden Männer in Streit geraten sein, infolgedessen Hickery zum Schürhaken griff. Aber auch dies schien Mabel nicht logisch.

Mabels Gedanken arbeiteten fieberhaft, vor ihren Augen erschien wieder das Bild des Autors am Boden. Wer auch immer ihn getötet hatte – die Person musste entweder größer als Kernick gewesen sein oder auf einem Stuhl gestanden haben. Niemals konnte eine kleinere Person von unten den Schürhaken mit einer solchen Wucht führen, wie Kernicks Verletzung eindeutig bewies. Harrison Hickery war ein eher schmächtiger Mann gewesen, Kernick hingegen gut über sechs Fuß groß und kräftig gebaut. Mit dem Handrücken fuhr sich Mabel über die Stirn und seufzte. Wie sie es auch drehte und wendete – es gab nicht den kleinsten Anhaltspunkt, der für oder gegen Hickerys Schuld sprach.

Über das Gespräch mit seinem Patensohn Alan verlor Victor kein Wort, und Mabel drang auch nicht in ihn. Sie hoffte, die Missverständnisse zwischen den Männern wären nun endgültig ausgeräumt.

Über den Zeitungsartikel zeigte Victor sich ebenso fassungslos wie Mabel. „Warden macht es sich ziemlich leicht. Er hat den einfachsten Weg gewählt – der Hauptverdächtige ist tot, somit ist die Angelegenheit erledigt."

Mabel war dankbar, dass Victor ihre Meinung teilte, und erzählte ihm, was sie sich bezüglich des Tathergangs überlegt hatte – auch wenn nicht viel Neues dabei herausgekommen war.

„Wir können nichts unternehmen, Mabel", sagte Victor schließlich. „Wir kennen niemanden, der mit Kernick in Kontakt stand, und wissen so gut wie nichts über sein Leben. Wenn ich mich richtig erinnere, dann wussten Sie nicht einmal, dass der Schriftsteller in Lower Barton lebte, bevor er auf Higher Barton gelesen hat."

„Wir müssen Hickerys Frau, diese Barbra, befragen", entgegnete Mabel, ohne auf Victors Worte einzugehen. „Sie war Kernicks Geliebte, ist sie es heute auch noch?

Mich würde interessieren, was sie der Polizei zu sagen hatte. Vielleicht war die Affäre auch längst beendet." Mabel zögerte, ein verwegener Gedanke schoss ihr durch den Kopf. „Nehmen wir mal an, nur spekulativ, Barbra hat Kernick wirklich geliebt, doch er hat sich von ihr getrennt, vielleicht sogar wegen einer anderen Frau ... dann muss sie doch furchtbar wütend auf ihn gewesen sein, und ..."

„Mabel, Mabel!" Victor hob eine Hand. „Ihre Fantasie geht mit Ihnen durch. In die Sache im Frühsommer, da sind Sie irgendwie reingerutscht, und wir ... Sie haben das auch prima gelöst, aber jetzt? Sie sind nicht Miss Marple, und ich bin nicht Mister Stringer." Er machte eine Pause, und Schalk blitzte in seinen grauen Augen. „Miss Mabel ... Miss Marple ... das ist ein nettes Wortspiel, finden Sie nicht?"

„Ich glaube kaum, dass meine Eltern an Agatha Christie dachten, als sie mir den Namen gaben", entgegnete Mabel und verschränkte die Arme vor der Brust. „Ich muss leider feststellen, dass Sie der Sache nicht so viel Bedeutung beimessen. Offenbar ist es Ihnen egal, dass vielleicht ein Unschuldiger sterben musste."

„Das ist es keineswegs", brummte Victor. „Wir wissen aber nicht, ob er wirklich unschuldig war, außerdem hat er seinem Leben – aus welchen Gründen auch immer – selbst ein Ende gesetzt."

„Was er vielleicht nur getan hat, da er befürchtete, als Mörder verurteilt zu werden", sagte Mabel schnell. Sie stand auf, schenkte sich ein Glas Orangensaft ein und trank es in einem Zug leer. „Nun gut, wenn Sie mir nicht helfen wollen, dann akzeptiere ich das. Sie können mir aber nicht verbieten, ein paar ... Erkundigungen einzuziehen. Sie haben gewiss ein Telefonbuch?"

„Ein Telefonbuch?“ Victor runzelte die Stirn. „Wen wollen Sie anrufen?“

„Niemanden, ich suche die Adresse von Barbra Hickery.“

Der Seufzer aus Victors Brust war abgrundtief, trotzdem stand er auf und brachte Mabel das Buch. Sie brauchte nicht lange zu suchen – es gab nur eine Person mit dem Namen Barbra Hickery, und die lebte in Polperro.

Mabel notierte sich die Adresse und fragte: „Benötigen Sie mich heute noch? Das Mittagessen habe ich vorbereitet, steht alles im Kühlschrank, Sie brauchen es nur aufzuwärmen. Ihre Wäsche ist gewaschen und gebügelt, und das Haus habe ich gestern von oben bis unten geputzt.“

„Was haben Sie vor?“ Victors Stimme klang ungewohnt besorgt. „Wenn Ihre Theorie stimmt, dann läuft da draußen ein brutaler Mörder rum, der sicher nicht erfreut wäre, wenn jemand herumzuschnüffeln beginnt. Mabel, denken Sie an Alans Worte! Sehen Sie denn nicht, in welche Gefahr Sie sich begeben könnten?“

„Machen Sie sich etwa Sorgen um mich?“ Mabel versuchte, die Rührung, die sie bei Victors Worten empfand, mit einem lapidaren Lächeln zu verbergen.

Sein Blick verdüsterte sich, schnell drehte er den Kopf zur Seite. „Hab' nur keine Lust, wieder eine neue Haushälterin zu suchen“, gab er gewohnt ruppig zurück. „Bin mit Ihnen nämlich recht zufrieden, und Sie wissen, wie schwer es ist, gutes Personal zu finden.“

Mabel lachte laut. „Hat Ihnen schon mal jemand gesagt, dass Sie ein Snob sind, Victor Daniels?“ Sie sah auf ihre Armbanduhr. „Ich glaube, es ist Zeit, die Sprechstunde zu eröffnen, es ist nämlich schon neun Uhr.“

„Was haben Sie vor, Mabel?“

Nun sah er sie wieder an, und die Sorge in seinem Blick rührte Mabel erneut, daher antwortete sie ehrlich: „Seit Wochen war ich nicht mehr in Polperro, ich glaube, ich sollte mal wieder hinfahren. Außerdem ist es eine gute Gelegenheit, ein paar Weihnachtsgeschenke zu besorgen."

Als ob er noch etwas sagen wollte, öffnete Victor den Mund, schloss die Lippen dann aber wieder und schüttelte den Kopf. Weitere Worte wären sinnlos gewesen, eine Mabel Clarence machte ohnehin, was sie wollte. Er konnte nur hoffen, dass sie sich nicht wieder in Gefahr begab. Und, wenn er ehrlich zu sich selbst war, interessierte ihn die Sache ebenfalls. Das allerdings würde er Mabel nicht auf die Nase binden.

Ein Klopfen an der Tür lenkte Victor von seinen Gedanken ab. Diana Scott, die Sprechstundenhilfe, trat zögernd ein. „Entschuldigen Sie die Störung, Doktor, aber es kam gerade ein Anruf. Eine Kuh hat hohes Fieber, der Besitzer befürchtet, dass sie den Tag nicht überlebt."

Sofort war Victor einhundertprozentig Tierarzt, der niemals ein Tier, das seine Hilfe brauchte, im Stich ließ. „Um wen handelt es sich?"

Diana sah auf den Zettel in ihrer Hand. „Tremellin-Farm, der Anrufer war ein gewisser Jonathan Tremellin."

„Der hat seine Tiere aber bisher nicht von mir behandeln lassen, oder? Der Name ist mir jedenfalls unbekannt."

„Mr Tremellin sagte, sein eigentlicher Tierarzt, Doktor Amber aus Liskeard, sei im Urlaub, und da ..."

Victor nickte. „Ich fahre gleich hin, Diana. Vertrösten Sie bitte die Patienten im Wartezimmer. Wenn keine Notfälle dabei sind, sollen sie morgen wiederkommen. Ich habe keine Ahnung, wie lange ich weg sein werde, mit einer fiebernden Kuh ist nicht zu spaßen."

Diana gab Victor den Zettel, auf dem sie die Adresse notiert hatte. Die Farm befand sich in der Nähe des kleinen Fleckens No Man's Land, nordöstlich von Looe. Er würde etwa zwanzig Minuten brauchen, um hinzukommen.

Bereits an der Tür drehte er sich noch einmal zu Mabel um. „Versprechen Sie mir, vorsichtig zu sein?"

Mabel nickte. „Natürlich, Victor, was soll mir schon geschehen? Ich mache doch nur einen kleinen Ausflug ins schöne Polperro."

5

Mabel parkte ihren kleinen Rover auf dem großen Platz am oberen Ende von Polperro, direkt neben der Crumplehorn Mill, einer Mühle aus dem Mittelalter, die heute ein viel besuchter Pub mit Bed-&-Breakfast-Zimmern war, und folgte zielstrebig der Hauptstraße in Richtung Ortsmitte des alten Fischerdorfes. Sie vermisste den Anblick der Horse Busses, bunte, offene Pferdekutschen, die fast vier Jahrzehnte die Touristen vom Parkplatz zum Hafen und wieder zurück gebracht hatten. Im Herbst hatte sie in der Zeitung gelesen, dass der Betrieb der Horse Busses eingestellt werden musste, weil deren Unterhalt nicht mehr rentabel war, außerdem alle vier Pferde zu alt waren. Die Anschaffung neuer Tiere überstieg jedoch das Budget des Eigentümers. Mabel bedauerte es sehr, eine so alte

Tradition verschwinden zu sehen und dass es niemanden gab, der die Horse Busses weiterführen wollte. Jetzt fuhren nur noch die modernen, aber wenig hübschen Elektromobile, die zwar ihren Zweck, den Touristen den steilen Anstieg zu ersparen, erfüllten, jedoch niemals den Charme der Pferdekutschen würden ersetzen können. Mabel verzichtete auf die Fahrt, sie war froh über ein wenig Bewegung, denn ihre Gelenke rosteten schnell ein und bereiteten ihr Probleme, wenn sie nicht regelmäßig ausgedehnte Spaziergänge unternahm.

Auch das romantische Fischerdörfchen Polperro hatte sich schon für die Weihnachtszeit gerüstet. Bunte Lichterketten waren zwischen den eng stehenden Häusern über die schmalen Gassen gespannt, in den kleinen Fenstern der weiß getünchten, vierhundert Jahre alten Cottages leuchteten kleine, geschmückte Tannenbäume, auf den Dächern krabbelten lebensgroße Santa Clauses auf die Kamine zu, und rund ums Hafenbecken standen Buden, die warmen Punsch und heiße Maronen feilboten.

„Die Harbour Lights in Mousehole müssen Sie sich unbedingt ansehen, Mabel", hatte Victor ihr vor ein paar Tagen gesagt. „Auch wenn ich sonst für Kitsch nichts übrig habe, irgendwie gehört die bunte Illumination unserer Hafenstädte zur Weihnachtszeit dazu wie der gefüllte Truthahn in der Röhre, und Mousehole im Westen ist der mit Abstand am aufwendigsten geschmückte Ort."

Nun, Mousehole war rund sechzig Meilen entfernt, und Mabel hatte derzeit andere Sorgen, als einmal quer durch Cornwall zu fahren und sich weihnachtliche Lichter anzusehen. Sie warf einen Blick auf den Zettel, auf dem sie die Adresse von Barbra Hickery notiert hatte. „16 The Warren" hatte im Telefonbuch gestanden, und Mabel fragte den nächstbesten Passanten, wo sie das entsprechende Haus finden konnte.

Der Junge, kaum älter als fünfzehn oder sechzehn Jahre, mit ausgefransten Jeans und einer Kappe, die er mit dem Schild nach hinten auf dem roten Haar trug, musterte Mabel skeptisch von oben bis unten. „Über die Brücke, dann gleich rechts. Geht aber verdammt steil hoch, ich weiß nicht, ob Sie das schaffen ..." – „In Ihrem Alter", sagte sein Blick, er besaß jedoch genügend Anstand, dies nicht auszusprechen.

„Danke", antwortete Mabel knapp. Bei Begegnungen mit Teenagern wurde ihr immer wieder bewusst, wie alt sie in deren Augen erschien. Wahrscheinlich war die Großmutter des Jungen jünger als sie, immerhin feierte sie im kommenden Februar ihren dreiundsechzigsten Geburtstag.

Mabel überquerte die schmale, uralte Brücke, unter dem das Flüsschen Pol, das dem Ort seinen Namen gab, ins Hafenbecken mündete, und bog in eine Gasse ein, die so eng war, dass sie von keinem Auto befahren werden konnte. Die einstöckigen, wunderbar gepflegten Cottages strahlten einen romantischen Charme aus, Mabel stellte indes praktische Überlegungen an, wie die Menschen, die hier lebten, wohl ihre Einkäufe in die Häuser brachten. Wahrscheinlich mussten sie außerhalb Polperros parken und alles in Tüten und eventuell auf Handkarren hinunterschleppen.

Mit Verdruss stellte Mabel fest, dass der Teenager recht gehabt hatte. Die Gasse stieg so steil an, dass sie stehen bleiben und nach Luft schnappen musste. Obwohl sie sich geistig jung fühlte – ihr Körper signalisierte deutlich ihr

Alter. Nach etwa hundert Yards machte der Weg einen scharfen Knick nach rechts, und Mabel entdeckte auf der linken Seite ein einst weiß gestrichenes Gartentürchen, von dem die Farbe abblätterte, mit der verschnörkelten Nummer sechzehn.

„Du meine Güte!" Entsetzt weiteten sich ihre Augen, denn linker Hand zogen sich beinahe senkrecht Gärten hoch, und ganz oben erst standen die Häuser. Folglich musste sie einen weiteren Anstieg bewältigen, bevor sie ihr Ziel erreichen konnte.

„Reiß dich zusammen, Mabel", sagte sie leise zu sich selbst. „Du weißt: Wer rastet, der rostet."

Sie atmete tief durch, gab sich einen Ruck und öffnete das Türchen. Etwa dreißig ausgetretene, schmale Steinstufen schlängelten sich serpentinenförmig durch einen völlig verwilderten Garten nach oben. Aufgrund des Golfstroms, der Cornwall ein mildes Klima bescherte, war hier eigentlich immer Gartensaison, und Mabel tat es weh zu sehen, wie wachsroter Hartriegel, noch blühende Gewürznelkenständer, gelbe Winterlinge, Winteriris und Mahonien zusammen mit Riesenrhabarber um ein sonniges Plätzchen kämpften.

Erneut musste sie stehen bleiben, um zu verschnaufen, dabei bot sich ihr ein unvergleichbarer Ausblick. Sie befand sich jetzt etwa hundert Yards über dem Hafenbecken, und die unten liegenden Cottages sahen wie Spielzeughäuser aus. Ihr Blick schweifte über die Mauer und das Holztor, mit dem der Hafen bei Sturmflut verschlossen werden konnte, auf das freie Meer hinaus. Tief atmete Mabel ein. Die Luft roch nach Salz und Tang, ebenso wie nach Torf und dem Rauch, der aus zahlreichen Kaminen aufstieg. Das Meer lag ruhig und tiefblau in der Bucht, in weiter Entfernung zog ein Containerschiff vorbei. In unmittelbarer Nähe der kornischen Südküste gab es keinen Schiffsverkehr, denn das Meer war von Riffen durchzogen, die in den vergangenen Jahrhunderten Tausenden von Seeleuten ein nasses Grab beschert hatten. Trotzdem dachte Mabel, wie schön es wäre, in direkter Nähe zum Meer zu leben und jeden Morgen diesen herrlichen Ausblick zu genießen.

„Sei nicht undankbar, dein Cottage ist auch wunderschön", murmelte sie und riss ihren Blick los, um die letzten zehn Stufen zu erklimmen. Außerdem musste sie nicht erst bergsteigen, wenn sie in ihr Haus wollte.

Das Haus mit der Nummer sechzehn war kein altes Cottage, sondern wohl erst in den letzten Jahrzehnten gebaut worden, hatte aber sicher schon bessere Zeiten gesehen. Es war ein für diese Gegend typischer eingeschossiger Bungalow mit einer kleinen Veranda, deren einst weißes Holz grau-braun verwittert war. Die Farbe blätterte an vielen Stellen ab, die Fenster bedurften dringend einer Reinigung, und die drei Stufen zur Eingangstür waren mit Unkraut überwuchert. In Ermangelung einer Klingel klopfte Mabel gegen die Holztür, deren oberer Teil aus Glas bestand. Nichts rührte sich. Mabel versuchte es erneut. „Mrs Hickery? Sind Sie zu Hause?"

Schlurfende Schritte näherten sich, dann wurde die Tür einen Spalt geöffnet. Mabel erkannte eine Flut von blonden Haaren, die ein herzförmiges Gesicht umrahmten. Die Frau war etwa Mitte dreißig und eigentlich sehr hübsch, wenn ihre Züge nicht so verbittert und ihre Haut nicht so blass und fahl gewesen wären.

„Was wollen Sie? Wenn Sie von der Kirche sind, ich spende nichts, und meine Konfession will ich auch nicht wechseln."

Mabel setzte ihr freundlichstes Lächeln auf. „Mrs Hickery? Mein Name ist Mabel Clarence, ich komme aus Lower Barton und würde mich gerne mit Ihnen unterhalten."

„Worüber?", gab Barbra Hickery harsch zurück, entspannte sich jedoch ein wenig und öffnete die Tür ein Stück weiter. „Kennen wir uns?"

„Bisher sind wir uns nicht vorgestellt worden, nein. Ich habe ..." Mabel zögerte, sie wollte nicht hier draußen über ihr Anliegen sprechen. „Bitte, darf ich hereinkommen?"

Sichtlich genervt öffnete Barbra die Tür aber doch ganz, und Mabel trat an ihr vorbei direkt in ein Wohnzimmer, in dem Chaos herrschte. Bisher hatte Mabel angenommen, Victor Daniels wäre der unordentlichste Mensch, der ihr jemals begegnet war, doch das hier übertraf alles bisher Gesehene. Auf den wenigen billigen Möbeln lagen wild verteilt unzählige Kleidungsstücke, auf dem kleinen Tisch stand Geschirr, nicht nur von heute, und über allem waberte kalter Zigarettenrauch.

Barbra, die Mabels erschrockenen Blick bemerkte, sagte spitz: „Meine Putzfrau ist diese Woche krank, und ich bin noch nicht zum Aufräumen gekommen."

Mabel bezweifelte, dass die Frau überhaupt eine Putzhilfe hatte, denn alles sah nach Verwahrlosung und Ärmlichkeit aus. Obwohl es auf Mittag zuging, trug Barbra Hickery einen grauen Frotteehausanzug und dicke, offenbar selbstgestrickte Wollsocken, was durchaus nötig war, denn im Wohnzimmer war es empfindlich kühl. Entweder funktionierte die Heizung nicht, oder – was Mabel eher vermutete – Barbra musste Heizkosten sparen. Unschlüssig blieb sie mitten im Zimmer stehen, und Barbra schien sich auf ihre Pflichten als Gastgeberin zu besinnen. Mit einer Handbewegung wischte sie eine Jeans und ein Sweatshirt von dem einzigen Sessel auf den Boden und bat Mabel, sich zu setzen. Dann ging sie zu einer Anrichte, auf der eine Flasche Gin und ein paar Gläser standen, und schenkte sich einen Drink ein.

„Möchten Sie auch einen?“

Mabel lehnte dankend ab.

Dies war wohl nicht der erste Drink, den Barbra Hickery sich an diesem Tag genehmigte. Sie leerte das Glas in einem Zug und gab sich nicht einmal den Anschein der Zurückhaltung.

„Mrs Hickery ...“, begann Mabel, wurde aber sogleich unterbrochen.

„Barbra. Nennen Sie mich Barbra, mit dem Namen Hickery möchte ich nichts mehr zu tun haben. Sobald meine Scheidung durch ist, werde ich wieder meinen Mädchennamen annehmen.“

„Sie wissen es noch gar nicht?“ Mabels Herz begann aufgeregt zu klopfen. Offenbar hatte Inspektor Warden Barbra weder über die Verhaftung noch über den Tod ihres Mannes unterrichtet. Auch wenn sie getrennt lebten, war sie immer noch Hickerys Frau. Diese Schlamperei von Seiten der Polizei bestätigte Mabels Meinung, dass Warden es sich leicht gemacht hatte, indem er mit Hickerys Selbstmord den Fall abschloss, ohne alle Personen, die mit Kernick und mit Hickery zu tun hatten, verhört und die Hintergründe genau recherchiert zu haben. Mabel wunderte sich sehr, denn die Polizei hatte Hickerys Motiv doch darauf begründet, dass er sich an dem Schriftsteller rächen wollte, weil Barbra ihn wegen Kernick verlassen hatte.

Ich wusste, dass Warden unfähig ist, dachte Mabel und fühlte sich bestätigt, sich selbst um die Aufklärung des Mordes zu kümmern. Wahrscheinlich hatte Warden noch viel mehr übersehen.

„Was wissen?" Barbras Blick schweifte suchend durch das Wohnzimmer. Sie fand die Schachtel unter einem zusammengeknüllten Pullover und zündete sich eine Zigarette an.

Mabel verabscheute es, wenn in ihrer Gegenwart geraucht wurde, sie unterdrückte aber ein Hüsteln, denn schließlich war es Barbras Haus. Außerdem wollte sie etwas in Erfahrung bringen. „Das mit Ihrem Mann", sagte Mabel leise.

„Meinem Mann? Wenn Sie Harrison meinen ... wie ich bereits sagte, mit diesem Loser bin ich fertig. Wenn er etwas angestellt hat, ist es nicht meine Sache. Wir leben seit über einem Jahr getrennt."

„Mrs ... ähm ... Barbra ..." Mabel suchte nach den richtigen Worten. „Harrison ist tot." Es gab keine andere Möglichkeit als die brutale Offenheit, die Barbra jedoch weder zu erschrecken noch sonderlich zu bekümmern schien.

„Tot? So, hat er sich endlich zu Tode gesoffen?" Sie schenkte sich einen weiteren Drink ein, den sie dieses Mal jedoch in kleinen Schlucken trank.

„Er hat sich umgebracht. Erhängt." Solange Barbra Hickery noch nüchtern genug war, die ganze Tragweite zu erfassen, fuhr Mabel fort: „Er wurde verdächtigt, Clark Kernick ermordet zu haben."

Zum ersten Mal zeigte sich eine Regung auf den einst schönen Zügen der Frau. Ihre blauen Augen weiteten sich, ihren Wangen entwich jegliches Blut, sie schwankte. Mabel sprang auf, fasste Barbra am Arm und führte sie zum Sofa. Sie zitterte am ganzen Körper. Zigarettenglut fiel auf den schäbigen Teppich und brannte ein kleines Loch hinein, was Barbra aber nicht zu kümmern schien. Es war nicht der erste Fleck auf dem Boden.

„Sie wussten es nicht?" Mabel sah die Frau aufmerksam an. „Du meine Güte, haben Sie denn in den letzten Tagen keine Zeitung gelesen, Nachrichten gehört oder waren einkaufen? Die ganze Gegend spricht von nichts anderem."

Mit der freien Hand fuhr sich Barbra über die schweißnasse Stirn. In ihren Augen flackerte blankes Entsetzen, als sie stammelte: „Ich war krank ... habe das Haus nicht verlassen ... Zeitung hab' ich keine, und der Fernseher ist kaputt."

„Ich mache uns jetzt erst mal einen Kaffee." Mabel fand zu ihrer resoluten Art zurück und begab sich, ohne eine Antwort abzuwarten, auf die Suche nach der Küche. Zwei Stufen führten in den kleinen Raum, der kaum größer als ein Gäste-WC war und in dem es lediglich einen altersschwachen Kühlschrank, einen kleinen Zweiplattenkocher, einen Wasserkessel, einen Toaster und ein wackliges Regal mit den allernotwendigsten Kochutensilien und dem Geschirr gab. Neben dem Spülbecken fand Mabel ein Glas mit löslichem Kaffee, nahm zwei Tassen mit angeschlagenen Rändern aus dem Regal, und als das Wasser im Kessel kochte, füllte sie die Tassen randvoll. Sie fand weder Zucker noch Milch, doch um wieder einigermaßen nüchtern zu werden, war schwarzer, starker Kaffee für Barbra ohnehin besser.

Als Mabel zurückkehrte, hatte Barbra die Zigarette zu Ende geraucht und nahm den Becher dankend entgegen. Fest klammerten sich ihre Finger um die warme Tasse.

„Wie ist es passiert?“ Barbras Stimme war nur ein leises Flüstern. „Ich meine ... Clark. Und wann ...? Wieso?“

Mabel war nicht überrascht, dass Barbras erster Gedanke Clark Kernick und nicht ihrem toten Ehemann galt. Die Ehe war offenbar völlig zerrüttet gewesen. Allerdings wunderte sie sich, dass Barbra nicht fragte, was sie, Mabel, mit Kernick und mit Hickery zu tun hatte. Das kam ihr entgegen, denn so würde sie vielleicht mehr in Erfahrung bringen können.

„Man fand Clark Kernick letzten Mittwochabend erschlagen in seinem Haus.“ Bewusst verzichtete Mabel auf die Erwähnung, dass sie den Toten gefunden hatte. „Es muss unmittelbar nach der Präsentation seines neuen Romans geschehen sein.“

Barbra nickte und wirkte dabei unheimlich müde. „Ja, auf Higher Barton. Ich war dort.“

„Sie waren bei der Lesung?“ Überrascht sah Mabel Barbra an. Sie hatte die Frau gar nicht bemerkt, sich aber auch nicht um die Gäste gekümmert. Es wären ohnehin zu viele gewesen, um sich jedes einzelne Gesicht einzuprägen.

Ein bitterer Zug bildete sich um Barbras Mundwinkel, als sie fortfuhr: „Ein sentimentaler Anflug. Clark signierte ein paar Bücher und war auch schon verschwunden, bevor ich dazu kam, ihn anzusprechen.“

„Und dann sind Sie zu seinem Cottage gefahren?“ Angespannt erwartete Mabel ihre Antwort.

„Nein, natürlich nicht." Sie hob den Kopf und sah an Mabel vorbei. „Mich hat lediglich sein neuer Roman interessiert, darum war ich bei der Lesung."

Mabel beugte sich vor, nahm Barbras Hand und drückte sie verständnisvoll. „Was ist geschehen? Sie hatten doch eine Beziehung zu dem Schriftsteller, nicht wahr?"

„Schriftsteller?" Barbra lächelte spöttisch, aber auch ein wenig wehmütig, dann richtete sie ihren Oberkörper auf und straffte die Schultern. „Was sich heute alles Schriftsteller nennt, ist eine Frechheit. Ja, Clark hat geschrieben, hat immer davon geträumt, eines Tages einen Bestseller zu Papier zu bringen, der selbst Harry Potter in den Schatten stellen würde, doch es war nur ein schwachsinniges Gefasel, das niemand lesen wollte. Gut, er hat zwei Romane herausgebracht. Für diese Veröffentlichungen hat er jedoch tief in die Tasche greifen müssen, und die Verkaufzahlen lagen im dreistelligen Bereich. Trotzdem hat er nicht aufgegeben, und früher ... als ich meinte, er würde mich ebenso lieben wie ich ihn, da habe ich ihn unterstützt und stets bekräftigt, dass ich an ihn glaube."

„Was ist dann geschehen?", fragte Mabel leise. Barbra Hickery erinnerte sie an zahlreiche ihrer früheren Patientinnen, die nicht nur körperlich, sondern auch seelisch krank gewesen waren. Wenn sie erst einmal Vertrauen zu jemandem gefasst hatten, dann wollten sie reden. Es drängte sie geradezu danach, alles loszuwerden, was seit Wochen, Monaten oder gar Jahren auf ihren Seelen lastete. Einmal in Fahrt gekommen, waren sie nicht mehr zu bremsen. Barbra Hickery war eine solche Person, das spürte Mabel genau, darum ließ sie sie reden, ohne zu unterbrechen.

„Ich lernte Clark vor knapp zwei Jahren kennen. Damals war er gerade nach Lower Barton gezogen und hatte das alte Haus gekauft. Wir liefen uns im Supermarkt über den Weg. Es war wie im Film – wir griffen beide nach der letzten im Regal stehenden Flasche Sherry, sahen uns an, lachten, und dann lud er mich ein, den Sherry mit ihm zusammen zu trinken. Ja, so war das. Bereits eine Woche später landeten wir zum ersten zusammen Mal im Bett. Gut, ich war zwar verheiratet, aber Harrison und ich hatten uns längst auseinandergelebt. Er lebte ja nur noch für seine Tiere, und ich konnte das Leben in dem einsamen Haus nicht mehr ertragen. Wenn ich wenigstens eine Arbeit gehabt hätte, aber ich habe nichts gelernt, und eigentlich kann ich auch nichts so richtig.

Nach einem Jahr, in dem Clark und ich unsere Beziehung geheim hielten, zog ich einen Schlussstrich unter meine Ehe. Du meine Güte, ich bin erst vierunddreißig und wollte mehr vom Leben, als mich den ganzen Tag um irgendwelche kranken Tieren zu kümmern und um einen Mann, der lieber seinen Hund als mich zu sich ins Bett nahm. Leider zeigte sich Clark von meiner Trennung nicht so begeistert, was mich natürlich sehr enttäuschte, ich dachte jedoch, er bräuchte noch etwas Zeit, um sich öffentlich zu mir zu bekennen. Ich gebe zu, ich hatte gehofft, zu ihm ziehen zu können, das lehnte er jedoch vehement ab, war mir aber bei der Suche nach diesem Haus hier behilflich. Gut, es ist nichts Besonderes, dafür billig, denn ich habe ja kein eigenes Einkommen. Da ich von Clark keine Unterstützung annehmen wollte, die er mir übrigens auch nie anbot, blieb mir nichts anderes übrig als der Weg zum Sozialamt. Ich war sicher, nach meiner Scheidung würde es nur noch eine Frage der Zeit sein, bis ich Mrs Kernick werden würde." Barbra machte eine Pause, trank von dem inzwischen kalten Kaffee und zündete sich eine weitere Zigarette an.

„Womit hat Kernick seinen Lebensunterhalt bestritten?", wagte Mabel die Zwischenfrage. „Wenn sich seine Romane schlecht verkauften – woher hatte er das Geld? Und sein Haus in Lower Barton, das muss doch auch einiges gekostet haben."

Barbra zuckte mit den Schultern. „Eine Erbschaft, sagte er einmal. Davon hat er sich auch das Haus gekauft. Clark wurde immer sehr unwillig, wenn ich auf seine Vergangenheit zu sprechen kam, daher rührte ich nicht daran. Er selbst hat nie von früher gesprochen, ich erfuhr auch nicht, ob er noch Familie – Eltern, Geschwister und so – hatte."

„Wann und warum haben Sie sich dann von ihm getrennt?"

Unwillig runzelte Barbra die Stirn, ihr Blick wurde hart, als sie sagte: „Kaum hatte ich mich von meinem Mann getrennt, musste ich feststellen, dass ich nicht die einzige Frau in Clarks Leben war. Als ich Clark auf den Kopf zusagte, ich hätte eindeutige Beweise, er würde mich betrügen, hat er nur gelacht und gemeint, ich könne doch nicht derart naiv sein zu glauben, einen Mann wie ihn könne eine einzige Frau zufriedenstellen. Er wäre ein freier Mann und schon deswegen würde er sich niemals dem Joch der Ehe unterwerfen. Er stellte mir ein Ultimatum: Entweder akzeptierte ich seine Affären oder ich sollte mich dorthin scheren, wo der Pfeffer wächst. Nun, zuerst fügte ich mich, ich konnte mir ein Leben ohne ihn einfach nicht vorstellen, so sehr liebte ich ihn. Oder glaubte zumindest, ihn zu lieben. Dann jedoch verlangte er ...", bei dieser Erinnerung schüttelte Barbra sich wie ein junger, nasser Hund, „nun, er wollte, dass seine derzeitige Geliebte und ich ... also, dass wir alle drei ..." Sie sah Mabel an. „Sie verstehen, was ich meine?"

Mabel nickte bedächtig. „Sie brauchen nicht weiterzusprechen, Barbra. Daraufhin haben Sie Kernick den Laufpass gegeben?"

„Ja, das Maß war endgültig voll. Zuerst war ich stolz, es endlich geschafft zu haben, mich von diesem Mann zu lösen. Doch schon nach einer Woche fehlte er mir so sehr, dass ich wieder zu ihm ging. Er wollte mich aber nicht mehr. Sagte, wenn eine Frau ihn einmal verlassen hätte, dann wäre das endgültig, und er wolle mich niemals wiedersehen."

Plötzlich, als wäre wie bei einem Luftballon, den man mit der Nadel anstach, alle Luft aus ihr entwichen, sackte Barbra in sich zusammen und begann haltlos zu weinen. Mabel reichte Barbra ihr eigenes Taschentuch und hielt weiter ihre Hand. Nach ein paar Minuten, als Barbra sich wieder etwas beruhigte, sagte sie: „Kernicks Tod trifft Sie dennoch, oder?"

Barbra nickte und stieß schluchzend hervor: „Auch wenn er ein Schwein war ... ich habe ihn immer noch geliebt. Oh, ich glaube, ich werde niemals mehr einen Mann so lieben wie ihn."

„Haben Sie jemals daran gedacht, zu Ihrem Mann ... zu Hickery zurückzukehren?"

„Niemals!" Barbra hatte ihre Fassung wiedergefunden. „Obwohl die Zeit mit Kernick kurz und das Ende schmerzhaft war, hat sie mir gezeigt, dass ich an der Seite eines Mannes wie Harrison nicht leben kann. Nachdem ich ihn verlassen hatte, begann er noch mehr zu trinken als früher und achtete auch immer weniger auf sich selbst. Natürlich wollte er mir die Schuld für seine Verwahrlosung in die Schuhe schieben, aber ..." Barbra bemerkte Mabels skeptischen Blick und brachte ein schiefes Lächeln zustande. „Ich weiß, was Sie jetzt denken, und Sie haben recht. Ich bin auf dem besten Weg, es Harrison gleichzutun. Nun, Menschen neigen vielleicht dazu, ihren Kummer im Alkohol zu ertränken, dabei sind Sorgen verdammt gute Schwimmer. Am Morgen danach ist alles nur noch schlimmer, zudem tut einem furchtbar der Kopf weh."

„Ich verstehe Sie", sagte Mabel leise und tat es wirklich. Auch sie hatte vor vielen, vielen Jahren geliebt und war enttäuscht worden. Allerdings hatte ihr damals die Arbeit geholfen, die Trauer zu überwinden, und sie hatte nie zu alkoholischen Getränken gegriffen.

Langsam, als wäre sie eine alte Frau, der jeder Muskel schmerzt, stand Barbra auf, immer noch unsicher auf den Beinen. „Soll ich uns noch einen Kaffee machen? Sie müssen mich ja für eine schlechte Gastgeberin halten."

„Danke, aber ich muss gehen." Mabel erhob sich ebenfalls, sah Barbra aufmerksam an und sagte dann direkt: „Fragen Sie sich eigentlich nicht, wer ich bin und warum ich zu Ihnen gekommen bin?"

Emotionslos erwiderte Barbra: „Ist mir eigentlich egal, Sie werden schon einen Grund haben. Sind Sie eine Verwandte von Kernick?"

„Nein, aber ich kannte Ihren Mann." Kennen war zwar zu viel gesagt, aber Mabel fand diese kleine Flunkerei durchaus vertretbar. „Trauen Sie ihm zu, Kernick nach so langer Zeit ermordet zu haben?“

„Harrison und ein Mord?“ Barbra lachte bitter. „Auf keinen Fall, dazu war er viel zu feige. Dass er sich umbringt, das passt besser zu ihm.“

„Die Polizei wertet Harrisons Selbstmord als Schuldeingeständnis. Es wundert mich, dass niemand Sie verhört hat, schließlich standen Sie beiden Männern nahe.“

„Na, ich bin aus Lower Barton weg, wahrscheinlich hat die Polizei mich nicht gefunden“, entgegnete Barbra, und ihre Haltung zeigte, dass ihr dieser Punkt völlig gleichgültig war.

„Ich habe Sie auch gefunden“, sagte Mabel ernst. „Sie stehen im Telefonbuch. Wenn ich Ihnen einen Rat geben darf: Gehen Sie zur Polizei, und erzählen Sie denen, was Sie über Kernicks Liebesleben wissen. Bei dem Lebenswandel kann es durchaus sein, dass einem eifersüchtigen Ehemann oder einer verschmähten Geliebten die Nerven durchgegangen sind. Schließlich zweifeln Sie daran, dass Ihr Mann ... Hickery ... Kernick getötet hat.“

Barbras Augen verengten sich zu Schlitzen, plötzlich schien die Bedeutung von Mabels Worten in ihr Gehirn zu dringen. „Ach, deswegen sind Sie gekommen? Sie glauben, ich habe Kernick umgebracht, weil er mich nicht mehr wollte?“

„Diesen Eindruck wollte ich keinesfalls erwecken.“ Mabel schüttelte nachdrücklich den Kopf, wenngleich ihr der Verdacht, Barbra könne tatsächlich die Täterin sein, just in diesem Moment durch den Kopf geschossen war. Verschmähte Liebe war ein starkes Motiv, und Barbra hatte kein Alibi.

„Nun gut.“ Barbra zuckte gleichgültig mit den Schultern. „Ich war es auch nicht. Trotz allem, was Clark mir angetan hat – dieser Mann war es nicht wert, sich die Finger an ihm schmutzig zu machen. Und was die Polizei betrifft: Sagten Sie nicht, der Fall wäre abgeschlossen? Wissen Sie was? Es ist mir völlig gleichgültig, ob mein Ex Kernick den Schädel eingeschlagen hat oder nicht. Ich will mit beiden Männern nichts mehr zu tun haben.“

„Nun, das werden Sie auch nicht, da beide inzwischen tot sind“, erwiderte Mabel.

Barbras sonst volle Lippen wurden zu einem schmalen Strich. „Kernick hat bekommen, was er verdiente, und wenn Sie meinen, ich weine Harrison auch nur eine Träne nach, dann täuschen Sie sich.“

Barbra öffnete die Tür und machte Mabel unmissverständlich klar, dass sie zu verschwinden hatte. Kaum hatte Mabel die Veranda betreten, knallte hinter ihr die Tür heftiger zu, als es notwendig gewesen wäre.

„Seltsame Person“, murmelte Mabel. Auf der einen Seite hatte sie vor ihr, Mabel, einer völlig Fremden, bereitwillig ihr halbes Leben und ihre Liebe ausgebreitet, andererseits war sie nicht bereit mitzuhelfen, den wahren Mörder Kernicks zu finden. Offenbar war es ihr zudem völlig gleichgültig, dass der Mann, mit dem sie immer noch verheiratet war, offiziell als Mörder galt.

Mabel war in Bezug auf Barbra Hickery ratlos. Sie konnte die Frau nicht einschätzen und würde sie daher nicht aus dem Kreis der Verdächtigen ausschließen. Was, wenn Barbras Aussage, nach der Lesung gleich wieder nach Hause gefahren zu sein, falsch war? Vielleicht hatte sie noch vor Kernick Higher Barton verlassen und war zu seinem Cottage gefahren. Es könnte doch sein, dass sie noch einen Schlüssel besaß und sich mit diesem ungehindert Eintritt verschafft hatte? Oder Kernick hatte sie hereingelassen, dann war es zum Streit gekommen, weil er sie wiederholt zurückgewiesen oder gar mit anderen Liebesabenteuern geprahlt hatte.

Deutlich stand das Bild von Kernicks Leiche vor Mabels Augen, auch ihre Überlegungen, dass der Täter – oder die Täterin – größer als der Schriftsteller gewesen sein musste, ließ sie nicht außer Acht. Barbra Hickery war eine kleine, sehr schlanke Frau, ihre Hände sahen nicht danach aus, als könnten sie einen Schürhaken mit einer solchen Wucht führen, um einem Mann den Schädel einzuschlagen. Manchmal verlieh verschmähte Liebe aber ungeahnte Kräfte – das las und hörte man immer wieder.

Langsam ging Mabel durch das um die Mittagszeit ruhige Polperro zu ihrem Auto zurück. Als sie in The Coombe rechter Hand das Geschäft Pasty Presto passierte, konnte sie dem Duft nicht widerstehen und kaufte sich eine Pastete mit Lamm und Pfefferminz. Immer, wenn sie angestrengt nachdachte, bekam sie großen Hunger, und ihr Magen verlangte nach etwas Herzhaftem. Eines der angenehmsten Dinge, die Mabel genoss, seit sie in Lower Barton lebte, waren die köstlichen kornischen Pastys – riesige Teigtaschen mit unterschiedlichen schmackhaften Füllungen. Sie musste nur aufpassen, nicht täglich eine zu essen, denn sonst würde sie bald rund wie ein Fass werden.

6

Da der Fall Clark Kernick von der Polizei abgeschlossen und zu den Akten gelegt worden war, wurde die Leiche zur Bestattung freigeben. Mabel und Victor ließen es sich nicht nehmen, zur Beerdigung zu gehen, obwohl Victor dafür seine Praxis für ein paar Stunden schließen musste. Durch den Dorfklatsch brachte Mabel in Erfahrung, dass Kernick offenbar keine Verwandten hatte, daher musste die Gemeinde vorerst für die Kosten der Bestattung aufkommen. Das war ein interessanter Aspekt, denn Kernicks Haus war sicher einiges wert, und Mabel fragte sich, was mit diesem und seinen persönlichen Sachen geschehen würde. Sie kannte sich in Erbschaftsangelegenheiten nicht aus und vermutete, dass Kernicks Habe wohl irgendwann veräußert und von dem Erlös die Ausgaben getilgt werden würden.

Ganz Lower Barton war gekommen, und Hunderte von Menschen drängten sich auf dem kleinen Friedhof rund um die alte Kirche mit dem gedrungenen normannischen Turm.

Mabel stand zu weit entfernt, um die Worte des Pfarrers zu verstehen. „Man sollte meinen, ein Prominenter wird zu Grabe getragen“, raunte sie Victor zu.

„Reine Sensationslust“, gab Victor unwillig zurück. „Die wenigsten werden ihn überhaupt gekannt haben.“

Mabel stimmte Victor zu. Auf dem Land geschah selten etwas, und ein Mord zog die Massen an. Während die

Urne in die Grube gelassen wurde, dachte Mabel darüber nach, ob es eine Möglichkeit gab, die genauen Familienverhältnisse Kernicks in Erfahrung zu bringen. Der Einzige, der Mabel hätte helfen können, war Alan Trengove, doch der Anwalt war gestern nach Singapur geflogen, wo er die Interessen einer britischen Firma vertrat, und würde erst in acht bis zehn Tagen zurück sein. Mabels Aufmerksamkeit wurde nun auf den Mann gelenkt, der als Erster ans offene Grab trat, um sich mit einem letzten Gruß von Kernick zu verabschieden.

„Das ist Kernicks Verleger", sagte sie zu Victor. „Sein Name ist David Chenhill von Pixy Prints, so steht es im Impressum des Buches, und er war ebenfalls bei der Lesung auf Higher Barton."

„Kenn ich nicht."

An seinem ungeduldigen Tonfall erkannte Mabel, dass Victor von der Zeremonie genug hatte und sich in seine Praxis zurücksehnte. Dann jedoch reckte er den Kopf und deutete auf die Frau, die nun ans Grab trat. „Klar, die Jennings muss natürlich auch hier sein."

Mabel folgte seinem Blick. Die Frau war groß und hager, was durch ihre schwarze Kleidung noch verstärkt wurde.

„Wer ist das?", fragte Mabel Victor.

„Penelope Jennings, ihr gehört der Zeitschriftenladen in der Fore Street."

Mabel erinnerte sich, dass sie in dem Geschäft Kernicks Roman gekauft hatte, allerdings war sie da von einer jungen Frau bedient worden. Bei Victors nächsten Worten wurde ihr Interesse deutlich geweckt.

„Außerdem versucht sie sich selbst als Schriftstellerin und leitet wenig erfolgreich einen Schreibclub."

„Dann kannte sie Kernick?“

„Ich nehme es an.“ Fröstelnd zog Victor seinen Schal enger, denn ein kalter Meerwind war aufgekommen. „Ich gehe jetzt. Soll ich Sie mitnehmen?“

Mabel schüttelte den Kopf. „Nein, danke, ich gehe zu Fuß.“

Als Victor gegangen war, wartete Mabel, bis die hagere Frau dem Grab den Rücken kehrte, und eilte ihr nach. Unter dem kleinen, überdachten Vorbau am Ausgang des Kirchhofs sprach Mabel sie an. „Verzeihen Sie, Mrs Jennings ...“

„Miss Jennings.“ In ihrem asketischen Gesicht hoben sich die Augenbrauen. „Ja?“

„Mein Name ist Mabel Clarence, ich hörte, Sie leiten einen Schreibclub. Nun, es ist vielleicht nicht der passende Zeitpunkt, aber ... also, ich versuche mich im Schreiben. Da ich neu in Lower Barton bin, dachte ich ...“

„Wir treffen uns jeden Mittwochabend“, antwortete die Frau, ohne eine Gefühlsregung zu zeigen. Selbst ihr Blick war ohne Interesse.

„Auch heute Abend?“, fragte Mabel, denn es war Mittwoch. Heute vor einer Woche hatte sie Kernicks Leiche gefunden ... Ein Schauer, der nicht vom kalten Wind kam, lief über Mabels Rücken.

„Um acht Uhr bei mir, kommen Sie einfach vorbei.“ Penelope Jennings nannte Mabel ihre Adresse und fügte hinzu: „Und vergessen Sie nicht, Ihre Texte mitzubringen.“

Dann ließ sie Mabel stehen, deren Blicke ihr nachdenklich folgten. Penelope Jennings war eine äußerst kühle Frau, etwa um die fünfzig, und Mabel wusste noch nicht, ob diese Bekanntschaft ihr weiterhelfen würde. Auf jeden

Fall musste sie mehr über Clark Kernick in Erfahrung bringen, und die Leiterin eines Schreibclubs war dafür genau die richtige Person.

Der Poetry-in-Lower-Barton-Club bestand ausschließlich aus Frauen, die die Blüte ihrer Jugend hinter sich gelassen hatten. Penelope Jennings hatte zwar ihre schwarze Kleidung gewechselt, wirkte aber in dem dunkelblauen Kostüm, der schlichten weißen Bluse, dem straff nach hinten gekämmten Haar und der strengen Brille wie eine Gouvernante aus vergangener Zeit. Sie begrüßte Mabel freundlich, war aber nach wie vor zurückhaltend.

„Wir haben eine neue Interessentin für unseren Club." Penelope Jennings wandte sich an die kleine Gruppe, die um den ausladenden Esstisch gruppiert saß. „Mabel, wenn Sie sich kurz vorstellen möchten?"

Mabel blickte in vier gespannte Gesichter, die sie mit unverhohlener Neugier musterten. „Also, ich heiße Mabel Clarence. Seit einem halben Jahr lebe ich in Lower Barton, und ich ...", sie lächelte verlegen, „nun ja, ich möchte gerne lernen zu schreiben."

„Warum?", kam es prompt von Penelope.

Mabel wandte sich ihr zu. Sie hatte die Frage erwartet und sich daher die Antwort gut überlegt. „Ich bin nicht mehr die Jüngste und habe so einiges erlebt." Ihr Blick ging wieder zu den anderen Mitgliedern. „Wahrscheinlich wie Sie alle hier. Es ist mir ein Bedürfnis, es niederzuschreiben, damit, wenn ich einmal von dieser Welt abtrete, etwas von mir erhalten bleibt."

Zustimmendes Nicken, dann sagte eine unscheinbare Frau mit Brille und nichtssagenden Gesichtszügen: „Autobiografien sind auf dem Markt kaum gefragt, die kann man so gut wie gar nicht verkaufen. Jedenfalls nicht, wenn man kein Prominenter ist."

„Richtig!", stimmte die Frau neben ihr zu. „Ich bin übrigens Sue. Sue Bennett, und ich schreibe historische Romane. Die haben bessere Chancen."

„Haben Sie denn schon veröffentlich?", fragte Mabel interessiert.

Sue schüttelte lachend den Kopf, zwinkerte Mabel zu und war ihr damit auf Anhieb sympathisch. „Mein Text ist lange noch nicht so weit, um ihn der Öffentlichkeit vorzustellen. Darum bin ich ja im Club. Hier lernen wir, wie wir einen wirklichen Beststeller zu Papier bringen."

„So wie Clark Kernick?", entfuhr es Mabel.

„Oh, Sie haben sein Buch gelesen?" Zum ersten Mal sprach die korpulente Frau am Tischende, die nur mit Mühe ihren massigen Körper auf dem zierlichen Stuhl balancieren konnte. „Ist sein Buch nicht einfach göttlich? Wie furchtbar, was geschehen ist."

Mabel verkniff sich ein Grinsen. Der Ausdruck „göttlich" in Verbindung mit Clark Kernick ließ sie die Frau wiedererkennen – bei der Lesung hatte Mabel neben ihr gesessen. Offenbar erinnerte sich diese nicht mehr an Mabel, denn sie fuhr unbedarft fort: „Mein Name ist May Clapton, und ich lebe in Launceston. Trotzdem komme ich hierher, denn in der Umgebung, in der der Meister wirkt ...", ein Schatten fiel über ihr Gesicht, „gewirkt hat, müssen wir ja nun leider sagen, ist die Aura, die uns zum Schreiben inspiriert, doch eine ganz besondere. Leider konnte ich nicht zur Beerdigung kommen, denn ich hüte zwei Mal die Woche die Enkel, wenn meine Tochter bei der Arbeit ist. Sie ist nämlich von ihrem Mann verlassen worden, und der Kerl zahlt keinen Penny Unterhalt, da muss meine ..."

„Das gehört nicht hierher." Scharf unterbrach Penelope den Redefluss Mays und fuhr zu Mabel gewandt fort: „Wir kommen zusammen, um die hohe Kunst guter Literatur zu erlernen und nicht, um einen Hausfrauenplausch abzuhalten. Dafür können Sie sich in einem Tearoom treffen."

Mabel war sich nicht sicher, ob die anderen Mitglieder des Clubs Penelopes Einstellung teilten oder ob sie nur aus Höflichkeit zustimmend nickten.

May hingegen wurde puterrot und wäre, wenn es ihre Körperfülle zugelassen hätte, wohl am liebsten in ihrem Stuhl versunken. „Entschuldigung", murmelte sie verlegen.

Unwillkürlich tat ihr die Frau leid, daher wandte sich Mabel freundlich an sie und fragte: „Wenn Sie Kernick bewundern, dann schreiben Sie sicher auch historische Romane?"

„Du meine Güte, nein!" May tat so entrüstet, als hätte Mabel ihr Wunder weiß was unterstellt. „Dieses Feld überlasse ich wahren Größen wie Ken Follett, Philippa Gregory oder eben Clark Kernick."

Mabel schmunzelte bei der Nennung von Follett, Gregory und Kernick in einem Atemzug, doch May fuhr bescheiden lächelnd fort: „Ich habe mich der Lyrik verschrieben. Gefühlvolle Gedichte, die das Leben schreibt." Sie kramte in der Mappe, die vor ihr auf dem Tisch lag, zog ein Blatt heraus und las eines ihrer Werke vor.

Mabel hatte große Mühe, ein Grinsen zu unterdrücken. Mays Gedicht handelte von einer großen, unerfüllten Liebe und war derart schwülstig, dass es beinahe komisch wirkte. Hätte Mabel nicht gespürt, dass May jedes ihrer Worte ernst meinte, hätte sie geglaubt, ihr Text sei absichtlich komödiantischer Natur. May Clapton besaß offensichtlich einen unfreiwilligen Hang zur Komik, Mabel würde sich aber hüten, ihr das zu sagen.

Nachdem May geendet hatte, klopften die anderen pflichtschuldig Beifall, dann sagte Penelope: „Möchten Sie uns einen Auszug aus Ihrem Werk vortragen?"

Mabel sah bedauernd in die Runde. „Ich habe noch nichts aufgeschrieben. Es ist mir bisher nicht gelungen, meine Gedanken in die richtigen Worte zu fassen. Darum dachte ich, es wäre von Vorteil, bei Ihnen zu lernen, wie man sinnvolle und aussagekräftige Texte zu Papier bringt."

Sue und Joyce Plower, die Vierte im Bunde, nickten zustimmend.

„Uns ging es ebenso", sagte Joyce mit einem verächtlichen Zug um die Mundwinkel. „Daher lieben wir den Club, denn hier sind wir unter unseresgleichen. In meiner Familie interessiert es nämlich niemanden, dass ich schreibe. Mein Mann und meine Kinder halten es für Zeitverschwendung."

„Eine brotlose Kunst, ganz richtig!", bestätigte May. „Clark Kernick hat jedoch gezeigt, dass man nur Geduld haben muss, irgendwann setzt sich Qualität durch und es gelingt ein Bestseller."

„Dann hat Kernick vorher schon geschrieben?", stellte Mabel die Frage, obwohl sie die Antwort wusste.

„Ja, natürlich." May sah Mabel an, als hätte sie gefragt, ob jeden Morgen die Sonne aufginge. „Seit Jahren hat er sich der schönsten Sache der Welt verschrieben, nur leider hat man erst jetzt, wo er davon nichts mehr hat, erkannt, wie genial seine Romane sind.“

„Wahrscheinlich wurde es diesem Tierfreund einfach zu viel“, warf Sue ein und schnitt damit das Thema an, das Mabel brennend interessierte. „Erst vögelt Kernick seine Frau, dann hat er auch noch Erfolg und verdient gutes Geld – da sind bei Hickery die Sicherungen durchgeknallt.“

„Sue, ich muss doch sehr bitten!“ Die ohnehin schmalen Lippen Penelopes bildeten einen Strich. „Wir sprechen hier nicht in einem solchem ... Gassenjargon. Ich möchte doch ausdrücklich darum bitten, endlich zum Kern unserer Arbeit zu kommen, es ist schließlich meine Zeit, die ich hier an Sie ...“ Für einen Moment dachte Mabel, sie würde „verschwende“ sagen, Penelope beendete ihren Satz jedoch mit „aufwende“.

Sue senkte errötend den Kopf und murmelte eine Entschuldigung.

Mabel setzte sich kerzengerade hin, bemüht, ihre Spannung zu verbergen. Sie hatte nicht zu hoffen gewagt, gleich am ersten Abend auf Clark Kernicks Ermordung zu sprechen zu kommen. Da sie das Thema unbedingt weiterverfolgen wollte, sagte sie trotz der Einwände Penelopes schnell: „Es scheint, der Fall ist geklärt, zumindest geht die Polizei davon aus. Glauben Sie auch, dass Harrison Hickery diese grässliche Tat begangen hat?“

Etwa eine halbe Minute herrschte Schweigen, dann sprachen plötzlich alle durcheinander.

„Natürlich! Hickery hat Kernick ermordet ...“

„Schließlich war Hickerys Selbstmord wie ein Geständnis ...“

„Mabel, wie können Sie nur denken ..."

„Ruhe!" Penelope hieb mit der Faust auf den Tisch. Auf ihren blassen Wangen zeigten sich hektische rote Flecken, und ihre wasserhellen Augen hefteten sich auf Mabel. „Ich sage es nun zum letzten Mal, und das gilt ebenso für Sie, Mabel, auch wenn Sie neu und mit unseren Gepflogenheiten nicht vertraut sind. Wir sind nicht hier, um über diesen abgeschlossenen Mordfall zu diskutieren, sondern um an unseren Texten zu arbeiten. So furchtbar Kernicks Tod für die Literaturwelt auch sein mag – das Leben geht weiter, und niemand von uns hat den Mann näher gekannt." Demonstrativ sah sie auf ihre Armbanduhr. „Die Stunde ist fast um, Sie haben die Zeit mit unangemessenem Gerede vergeudet. Ich schlage vor, wir diskutieren jetzt noch über die Wahl der Perspektive. Joyce, wenn Sie bitte wiederholen würden, was wir bei unserem letzten Treffen hierzu festgestellt haben."

Der Rest der Stunde verging mit dem Abwägen der Vor- und Nachteile, einen Text in der subjektiven Perspektive des Ich-Erzählers oder in der allwissenden Erzählperspektive zu verfassen. Wider Erwarten fand Mabel Gefallen an der Diskussion. Vorher hatte sie sich, wenn sie ein Buch las, nie Gedanken darüber gemacht, aus welchem Grund der Autor gerade diese Perspektive gewählt hatte.

Zum Ende der Stunde gab Penelope jeder Teilnehmerin noch eine kleine Hausaufgabe. Mabel sollte bis zur nächsten Woche eine Seite ihrer geplanten Autobiografie aufschreiben und diese dann allen vortragen.

„Es ist gleichgültig, welche Stelle Sie auswählen. Schreiben Sie einfach das auf, was Ihnen gerade am meisten am Herzen liegt. Entscheiden Sie sich bitte eindeutig für die

Perspektive, was im Falle einer Autobiografie wohl die des Ich-Erzählers sein wird."

Mabel war erstaunt, dass sie sich tatsächlich darauf freute, eine solche Aufgabe zu meistern, obwohl sie im Moment keine Ahnung hatte, was sie zu Papier bringen sollte. Ihr Leben war derart unaufregend, eigentlich schon langweilig gewesen, da gab es nichts, was es wert war, aufgeschrieben zu werden. Und über das, was sie im Frühjahr in Lower Barton erlebt hatte, würde sie garantiert nicht schreiben, denn das ging Außenstehende nicht das Geringste an.

„Du hast doch Fantasie", sprach sie sich leise Mut zu. „Lass dir halt etwas einfallen."

Bis zum Wochenende hatte es Mabel nicht geschafft, einen einigermaßen sinnvollen Text zu Papier zu bringen. Erschwerend kam hinzu, dass sie keinen Computer, ja nicht einmal eine elektrische Schreibmaschine besaß, und sie würde sich ganz sicher kein solches Gerät anschaffen. In den Abendstunden schürte sie das Feuer im Kamin, zündete ein paar Kerzen an, um sich mental in vergangene Zeiten zu versetzen, und versuchte sich eine Szene auszudenken. Es endete jedoch stets damit, dass sie nach einer Stunde das Blatt zusammenknüllte und ins Feuer warf. Es war vielleicht doch keine gute Idee, sich im Schreiben zu versuchen, ihre Talente lagen eindeutig auf anderen Gebieten. In den letzten Tagen war Mabel jedoch ein Gedanke gekommen, den sie weiterverfolgen wollte. Sie musste David Chenhill, Kernicks Verleger, persönlich kennenlernen. Damit das funktionierte, war es erforderlich, wenigstens ein paar Seiten hinzubekommen, denn sie wollte Pixy Prints einen Roman anbieten. Sie wusste zwar noch nicht, was sie sich von einem Treffen versprach, es konnte aber nicht schaden, den Mann, der mit Kernick eng vertraut war, etwas näher unter die Lupe zu nehmen.

Seufzend griff Mabel nach einem leeren Blatt und dem Kugelschreiber und wagte sich an einen neuen Versuch.

Victor Daniels zeigte sich ebenso überrascht wie Mabel, als er erfuhr, dass Barbra Hickery von der Polizei nicht befragt worden war und dass man sie nicht einmal über den Tod ihres Mannes informiert hatte.

„Ich traue der Frau nicht." Nachdenklich wiegte Mabel den Kopf. „Verschmähte Liebe ist ein starkes Motiv, zumal Clark Kernick alles andere als nett zu Barbra war."

Victor kratzte sich am Kinn, etwas, das er immer tat, wenn er nachdachte. „Wenn Hickerys Frau etwas mit dem Mord zu tun hätte, wäre sie dann so dumm, Ihnen gegenüber derart bereitwillig über ihre Beziehung zu dem Schriftsteller zu sprechen?"

Das war ein Einwand, den Mabel nicht von der Hand weisen konnte. Sie freute sich jedoch zu sehen, dass auch Victors Interesse an dem Fall wuchs.

„Ich werde Barbra im Auge behalten", sagte Mabel und begann mit den Vorbereitungen für den Lunch – Hühnchenpastete mit Sherrytomaten in Curryrahmsoße, eines von Victors Lieblingsgerichten –, denn der Magen des Tierarztes knurrte bereits vernehmlich, und seine Mittagspause war begrenzt.

Am Samstag, drei Tage nach der Beerdigung, beherrschte erneut eine Schlagzeile über Kernick die Titelseite des

Cornwall Observer. Aufgeregt legte Mabel Victor die Zeitung hin. „Hier, sehen Sie! Binnen weniger Tage ist Kernicks Roman zum Bestseller geworden."

Aufmerksam studierte Victor den Artikel. „Tja, viele Künstler erlangen erst posthum Ruhm. Denken Sie nur an Vincent van Gogh. Nun, ich habe das Buch nicht gelesen und werde es auch nicht tun, aber ich denke, allein die Tatsache, dass der Autor ermordet wurde, lässt die Verkaufszahlen in die Höhe schnellen."

Mabel musste Victor zustimmen, obwohl sie Kernicks Roman wirklich gut fand. In dem Artikel war von einer verkauften Auflage in Höhe von hundertfünfzigtausend Exemplaren die Rede – und das innerhalb weniger Tage und über ganz England verteilt.

„Das kann nicht nur mit dem Mord zusammenhängen", mutmaßte Mabel. „Wir müssen herausfinden, wer Kernicks Erben sind. Falls es da jemanden gibt, hat er oder sie ja nun allen Grund zur Freude."

Victor nickte, trank seinen Tee aus und stand auf. „Ich weiß, was in Ihrem Kopf vor sich geht, Mabel. Allerdings ist es weit hergeholt zu vermuten, dass Kernick ermordet wurde, um an seine Tantiemen zu kommen. Niemand konnte ahnen, dass der Roman sich nach seinem Tod derart gut verkauft."

„Chenhill schon." Der Gedanke war Mabel in diesem Moment gekommen.

„Chenhill?" Victor sah Mabel fragend an.

„David Chenhill. Ihm gehört der Verlag Pixy Prints in Liskeard, wo Kernick veröffentlichte." Mabel sah Victor vorwurfsvoll an. „Das habe ich Ihnen schon vor ein paar Tagen gesagt. Sie werden hoffentlich nicht langsam senil?"

„Jedenfalls nicht so senil, dass ich mich nicht erinnern könnte, meine Haushälterin wegen Beleidigung zu entlassen“, gab Victor schlagfertig zurück. Ein belustigtes Funkeln in seinen Augen zeigte jedoch, dass er über Mabels Bemerkung nicht verärgert war.

„Nun, ein Verleger hat doch Erfahrung, oder?“, fuhr Mabel nachdenklich fort. „Sicher ist es Chenhill gelungen, den tragischen Tod Kernicks in ganz England entsprechend zu vermarkten. Sensationslust lässt die Verkaufszahlen steigen.“

Victor, die Hand bereits auf dem Türknauf, schüttelte den Kopf und lächelte. „Miss Marple ... ähm ... Miss Mabel, ich weiß genau, was Sie vermuten. Der Verleger hat Kernick um die Ecke gebracht, um die Auflage zu steigern.“

„Genau!“ Aufgeregt sprang Mabel auf, was ihr sogleich einen heftigen Stich in ihrem arthritischen Kniegelenk bescherte. Schmerzhaft verzog sie für einen Moment das Gesicht. „Ich wusste, dass Sie mich verstehen. Wir sollten diese Möglichkeit nicht außer Acht lassen und dem Verdacht nachgehen.“

„Wollen Sie dem Chefinspektor etwa erzählen, Sie vermuten, Kernick wäre von seinem Verleger umgebracht worden, damit sich der Roman gut verkauft?“ Victor schnaubte verächtlich. „Warden wird Ihnen nicht eine Minute zuhören.“

„Eben deswegen werde ich die Sache selbst in die Hand nehmen.“ Entschlossen verschränkte Mabel die Arme vor der Brust.

„Überlegen Sie genau, was Sie tun“, mahnte Victor. „Auch wenn ich von Hickerys Schuld nicht restlos überzeugt bin, Ihre Idee, dieser ...“

„Chenhill“, half Mabel ihm auf die Sprünge. „David Chenhill.“

„Also, dieser Chenhill wäre körperlich zwar durchaus in der Lage, mit einem Schürhaken einem so großen und kräftigen Mann wie Kernick den Schädel einzuschlagen, trotzdem scheint mir das Motiv weit hergeholt.“

„Die beiden Männer könnten in Streit geraten sein“, mutmaßte Mabel. „Vielleicht über die Abrechnung?“

„Mabel, der Roman wurde erst nach Kernicks Tod zu einem Beststeller“, erinnerte Victor. „Das ergibt keinen Sinn.“

Mabel wusste selbst, wie vage ihre Vermutung war. Nun, sie würde Kontakt zu dem Verleger suchen, denn Chenhill und Barbra Hickery waren derzeit ihre einzigen Verdächtigen. Sie beschloss jedoch, Victor vorerst nichts von dem Schreibclub zu erzählen. Instinktiv spürte sie, ihre Vorgehensweise würde nicht seine Zustimmung finden.

Victor öffnete nun endgültig die Tür und schaute ungeduldig zur Wanduhr. „Es tut mir leid, unser Gespräch abbrechen zu müssen, aber ich muss los. Sollte schon vor einer halben Stunde bei den Tremellins sein. Das ist der Farmer mit der fiebernden Kuh, ich muss noch mal nach dem Tier sehen.“ Er sah Mabel ernst an. „Mabel, wir sind uns einig, dass Hickery diesen Tintenkleckser wahrscheinlich nicht umgebracht hat, dennoch bitte ich Sie: Tun Sie nichts Unüberlegtes! Wir wollen doch beide nicht, dass Sie wieder in tödliche Gefahr geraten, oder? Sollte der Verleger tatsächlich in dieses abscheuliche Verbrechen verstrickt sein, dann ist eine Ermittlung äußerst gefährlich. Geschäftsleute sind in der Regel knallhart, auch wenn sie auf den ersten Blick harmlos wirken mögen.“

Seine offensichtliche Sorge tat Mabel gut. Sie hatte befürchtet, Victor würde sich aus der Sache zurückziehen, dabei brauchte sie seine Unterstützung. In erster Linie nicht bei ihren Ermittlungen, sondern vielmehr mental. Es war beruhigend, mit jemandem seine Gedanken teilen zu können.

Während der Fahrt zu der Tremellin-Farm drehten sich Victors Gedanken um Mabels Verdacht, der Verleger könnte Kernicks Mörder sein. Bereits im Frühjahr hatte Mabel einen guten Riecher bewiesen, wenngleich ihre damaligen Verdächtigen allesamt unschuldig gewesen und sie beide erst ganz zum Schluss auf den wahren Täter gestoßen waren. In einem Punkt kam Victor nicht umhin, Mabel zuzustimmen: Sie mussten herausfinden, wem das Erbe des Schriftstellers zufiel. Gerade jetzt, wo sein Roman die Beststellerliste stürmte, war es wichtig zu wissen, wer in den Genuss der üppigen Tantiemen käme.

Die Ankunft auf der Farm unterbrach Victors Gedanken. Er hatte seinen Wagen noch nicht auf dem schmutzigen Hof geparkt, als die Haustür geöffnet und eine Frau in Kittelschürze, das Haar unter einem Kopftuch verborgen, zu ihm eilte. Victor hatte Linda Tremellin, die Farmersfrau, bereits bei seiner ersten Visite kennengelernt.

„Da sind Sie ja endlich, Doktor!" Ihre Augen strahlten und ließen ihr verhärmtes Gesicht weicher erscheinen. „Mein Mann ist im Stall." Sie zögerte und fuhr leise fort: „Er ist furchtbar wütend, denn wir haben Sie früher erwartet."

„Tut mir leid, aber es gibt noch andere Patienten", erwiderte Victor ohne Skrupel über diese kleine Notlüge. „Für

Ihre Kuh besteht keine Lebensgefahr, die wird es schon aushalten, wenn sie ihre Spritze heute ein paar Minuten später bekommt."

Während Victor der Farmersfrau über den schlammigen Hof zu den Stallungen folgte, seufzte er verhalten. Der Urlaub seines Kollegen in Liskeard hatte ihm ja etwas Schönes eingebrockt, denn bei Tremellin handelte es sich um einen äußerst unangenehmen Zeitgenossen. Als er vor einigen Tagen zum ersten Mal auf den Hof gefahren war, hatte der Farmer gleich klargestellt, wer hier das Sagen hatte. „Ist Pech, dass unser Doc im Urlaub ist, daher muss ich Sie nehmen. Hoffe, Sie wissen, was Sie tun, das ist meine beste Milchkuh."

Victor war auf diese Bemerkung nicht eingegangen, denn wenn ein Tier krank war, dann zählte für ihn nur das. Die Kuh hatte eine Euterentzündung und leichtes Fieber. Das war nichts Dramatisches, wenn man es gleich behandelte, sie brauchte jedoch jeden zweiten Tag eine Injektion mit Antibiotika. So blieb Victor nichts anderes übrig, als regelmäßig zur Farm hinauszufahren. Er hoffte nur, Tremellin würde seine Rechnung pünktlich begleichen können, denn der Eindruck, den er von der Farm gewonnen hatte, war nicht gerade positiv. In der heutigen Zeit hatten es alle Viehfarmer schwer, doch auf dem Anwesen der Tremellins herrschte nicht nur Armut, sondern deutliche Vernachlässigung. Die Stallungen bedurften einer dringenden Renovierung. Wenigstens wurde das Stroh, auf dem die sieben Kühe standen, offenbar jeden Tag gewechselt.

Nachdem Victor dem Tier die Spritze verabreicht hatte, was diese mit einem unwilligen Muh kommentierte, trat Linda Tremellin neben ihn. „Sie bleiben dieses Mal doch zum Tee, Doktor." Sie sah Victor hoffnungsvoll an. „Heute Morgen habe ich frischen Apfelkuchen gebacken."

„Ich glaub', der Doc hat anderes zu tun, als ausgerechnet mit dir Tee zu trinken."

Betroffen zuckte Linda Tremellin zusammen, ein Schatten fiel über ihr Gesicht. Obwohl Victor die harschen Worte Jonathan Tremellins missfielen, war er dafür dankbar. Schon bei seinem ersten Besuch war er von Linda zum Tee eingeladen worden, was er abgelehnt hatte. Die Tremellins waren keine Leute, mit denen Victor mehr Zeit, als seine Arbeit erforderte, verbringen wollte. „Es tut mir leid, Mrs Tremellin, aber ich ..."

„Linda", unterbrach sie ihn. „Nennen Sie mich Linda, das habe ich Ihnen doch schon vorgestern angeboten."

Victor zögerte. Er war kein Mensch, der aus seinem Herzen eine Mördergrube machte, daher sagte er barsch: „Ich denke, wir sollten besser bei einer förmlichen Anrede bleiben, Mrs Tremellin. Noch drei oder vier Injektionen, dann ist Ihre Kuh wieder gesund, und beim nächsten kranken Tier ist mein Kollege aus dem Urlaub zurück. Auf Ihren Tee muss ich auch heute verzichten, ich habe noch weitere Termine."

„Da siehst du es, der Doc fühlt sich durch dich belästigt." Jonathan Tremellin grinste und warf seiner Frau einen höhnischen Blick zu.

Victor Daniels war zwar oft etwas ruppig, aber er war nicht so unsensibel, um nicht zu bemerken, wie Lindas Unterlippe zu zittern begann und ihre Augen sich mit Tränen füllten. Ohne ein weiteres Wort drehte sie sich um und verließ beinahe fluchtartig den Stall.

„Na, der haben Sie es aber gezeigt." Tremellin lachte

meckernd und wurde Victor von Sekunde zu Sekunde unsympathischer. Die Frau hatte an seiner Seite sicher kein leichtes Leben. „Linda hofft immer, hier Gäste bewirten zu können, dabei vergisst sie, dass es schließlich mein Geld ist, das sie an Fremde verschleudert. Wir werden schließlich auch nie eingeladen."

Das wundert mich nicht, dachte Victor, während er seine Sachen zusammenpackte.

„Sie kann eben nicht vergessen, aus welchem Stall sie stammt", fuhr Tremellin fort. „War ein Fehler, eine Frau aus einer Familie zu nehmen, die findet, was Besseres zu sein."

Victor wusste nicht, was der Farmer mit seinen Andeutungen bezweckte, es war ihm aber auch herzlich gleichgültig. Das Einzige, was zählte, war die kranke Kuh. Er würde froh sein, wenn seine Hilfe hier nicht mehr benötigt wurde. „Bis übermorgen dann", rief er dem Farmer zu, der nun verbissen vor sich hinstarrte.

Als Victor in seinen Jeep stieg, bemerkte er, wie sich eine der schmutzig-grauen Gardinen im Haus bewegte. Offenbar stand Linda Tremellin am Fenster und beobachtete ihn, was ihm äußerst unangenehm war.

„Was machst du dir für Gedanken?", sprach Victor zu sich selbst, während er den Wagen vom Hof lenkte. Die Ehe dieses seltsamen Paares ging ihn schließlich nichts an.

Zurück auf der Hauptstraße gab er Gas. Wenn er sich beeilte, würden die Scones, die Mabel stets frisch zum Tee buk, noch warm sein. Beim Gedanken daran lief ihm das Wasser im Mund zusammen. Erst als Victor die A 387 hinter Sandplace verließ und über den East Looe River auf der Landstraße nach Lower Barton fuhr, fiel ihm ein, dass heute ja Samstag und damit Mabels freier Tag war.

„Also kein Tee und keine Scones", stellte er verärgert fest. Dann würde er eben einen Abstecher ins „Sailors' Rest" machen, auch wenn die Scones dort lange nicht so gut waren wie die von Mabel. Und eigentlich würde er statt Tee auch lieber ein Bitter trinken. Entgegen seiner Aussage gegenüber Linda Tremellin hatte er keine weiteren Hausbesuche mehr zu erledigen und den restlichen Tag frei. Für einen Moment bereute er, die Einladung der Farmersfrau nicht doch angenommen zu haben, denn er hatte Hunger und hätte nichts gegen ein Stück Apfelkuchen gehabt. Eine leise Stimme sagte Victor jedoch, dass es besser war, Linda Tremellin aus dem Weg zu gehen. Denn obwohl er Zeit seines Lebens Junggeselle gewesen war und auch noch nie mit einer Frau zusammengelebt hatte, erkannte er die deutlichen Zeichen, wenn ein weibliches Wesen auf dem besten Weg war, mehr in ihm zu sehen als nur den helfenden Tierarzt.

7

„... und ich hoffe, Du stolperst nicht wieder über eine Leiche, liebe Mabel, aber ich denke, im beschaulichen Lower Barton wird so etwas Schreckliches nie wieder geschehen ..."

Schmunzelnd las Mabel den Brief zu Ende. Abigail Tremaine, ihre Cousine, hatte geschrieben und Weihnachtsgrüße aus Südfrankreich gesandt.

Wenn du wüsstest, dachte Mabel. Offenbar las Abigail

keine Zeitung, oder – was wahrscheinlicher war – die britischen Medien, die in Frankreich erhältlich waren, hatten nicht über den Mordfall, der ganz Cornwall erschütterte, berichtet. Da Abigail ebenso wie Mabel eine starke Abneigung gegen Computer und das Internet hatte, erfuhr sie nichts von den Vorgängen in ihrer Heimat. In ihrem kurzen Brief – Abigail war nie eine große Schreiberin gewesen – schrieb sie, dass sie sich sehr wohl fühle und einen netten Bekanntenkreis gefunden habe, mit dem sie das Weihnachtsfest und den Jahreswechsel verbringen wollte. Mit keinem Wort erwähnte Abigail, ob sie in naher Zukunft nach Cornwall zurückkehren würde. Als sie im Sommer nach Frankreich gezogen war, hatte sie alle Brücken hinter sich abgebrochen, dennoch hoffte Mabel, Abigail eines Tages wiederzusehen. Auf keinen Fall würde Mabel ihrer Cousine von den Ereignissen, in die sie erneut verstrickt war, berichten. Abigail würde sich nur unnötig Sorgen machen, wenn nicht sogar befürchten, der Name und das Ansehen von Higher Barton könnten erneut in Verruf geraten. Auch wenn Abigail tausend Meilen von Cornwall entfernt war und Mabel nicht den Namen Tremaine trug, wäre sie darüber, dass Mabel erneut mit einem Verbrechen zu tun hatte, sicherlich erzürnt.

„Was du nicht weißt, macht dich nicht heiß“, murmelte Mabel, legte den Brief zur Seite und nahm den Schreibblock zur Hand, der stets griffbereit auf ihrem Tisch lag. Mit ihrem Text war sie noch nicht weitergekommen, dabei war das nächste Treffen des Schreibclubs schon am kommenden Abend. Mabel beschloss, sich nicht länger unter Druck zu setzen, denn schließlich suchte sie den Club auf, um zu lernen, wie man gute Texte verfasste. Wenn sie es bereits könnte, wären die Treffen ja unnötig, darum würde wohl auch die spröde Penelope von ihr nicht erwarten, morgen einen perfekten Text vorliegen zu haben. Mabel lachte leise. Nur sie wusste, dass ihre Gründe, warum sie die Gesellschaft der Damen suchte, völlig andere waren, als eine Autobiografie oder gar einen Roman zu schreiben. Wenngleich sie noch nicht abschätzen konnte, wie und ob ihr der Club bei den Recherchen über Clark Kernick und dessen Leben helfen konnte.

Victor Daniels verbrachte den Nachmittag mit Hausbesuchen, somit hatte Mabel den Rest des Tages frei. Bei ihrem Besuch in Polperro hatte sie im Vorbeigehen eine Postkarte des Herrenhauses Lanhydrock in der Nähe von Bodmin gesehen. Kurz entschlossen holte sie ihre Autoschlüssel und machte sich auf den Weg. In dem Anwesen gab es einen Weihnachtsmarkt, den sie aufsuchen wollte, denn sie musste noch ein paar Geschenke besorgen, außerdem würde ihr ein Nachmittag guttun, bei dem sie auf andere Gedanken kam.

Obwohl es ein Dienstag war, fand Mabel auf dem Parkplatz des Herrenhauses erst nach einigem Herumkurven einen freien Platz. Offenbar zog der Weihnachtsmarkt in dem Prachtbau viele Besucher an. Im Visitor Centre am Beginn der langen Auffahrt, die abschüssig in ein Tal führte, löste Mabel eine Eintrittskarte für die Haus- und Gartenbesichtigung, dann ging sie den schmalen Fußweg neben der Straße hinunter. Nach wenigen Minuten kam das Haus in Sicht, und Mabel blieb stehen. Eingebettet in grüne Wiesen mit mächtigen, jahrhundertealten Bäumen lag eines der schönsten Herrenhäuser, das Mabel je gesehen hatte. Es war in Form eines Hufeisens gebaut, zwei Stockwerke hoch, die Vorderfront beinahe vollständig mit Efeu überwuchert. Ein mächtiges Torhaus, das mit seinen Zinnen und Türmchen wie ein Miniaturschloss wirkte, begrenzte den Eingang zum Hof. Als Mabel die große Halle betrat, hielt sie unwillkürlich die Luft an. Im mannshohen Kamin brannte ein loderndes Feuer und verbreitete wohlige Wärme, am meisten jedoch zog Mabel der deckenhohe Weihnachtsbaum in den Bann, der eine ganze Ecke der Halle ausfüllte. Die grünen Zweige waren über und über mit goldenem, weißem und rotem Schmuck behangen, und die Kerzen verströmten ein warmes Licht.

„Es ist wunderschön, nicht wahr?“, raunte eine Stimme in ihrem Rücken, ganz so, als wolle der Sprecher den Zauber des Anblicks nicht stören.

„Eric!“ Überrascht sah Mabel den dunkelhaarigen Mittdreißiger an. „Was führt dich denn hierher?“

Eric Cardell lächelte. „Nun, als Historiker ist ein Besuch von Lanhydrock für mich eine fast monatliche Pflicht. Handelt es sich bei dem Anwesen doch um das schönste Herrenhaus Cornwalls, und niemals lasse ich mir die Weihnachtsdekoration entgehen.“ Er machte eine raumgreifende Handbewegung. „Wie man sieht, hat es sich mal wieder gelohnt.“

Richtig, für einen Moment hatte Mabel nicht daran gedacht, dass Eric Cardell der Vorsitzende des historischen Vereins in Lower Barton war. Als Historiker interessierte er sich natürlich nicht nur für die lokale Geschichte, sondern für alles – oder zumindest vieles –, was mit der Vergangenheit zu tun hatte.

Eric reichte Mabel seinen Arm. „Darf ich dich durch das Haus führen? Ich kenne hier jeden Winkel und kann dir eine Menge erzählen."

In den folgenden zwei Stunden besichtigten sie über fünfzig Räume, einschließlich des Küchentrakts, der allein schon so weitläufig wie manches kleine Landhaus war. Jeder Raum war bis ins kleinste Detail mit Möbeln und Gegenständen aus der viktorianischen Zeit eingerichtet und wirkte, als hätten die Bewohner nur kurz das Zimmer verlassen und würden jeden Moment zurückkommen und an ihre Arbeit gehen. Aus dem Prospekt, den Mabel am Eingang erhalten hatte, wusste sie, dass Lanhydrock House vom National Trust, einer Organisation, die sich um erhaltenswerte Baudenkmäler ebenso wie um besondere Landschaften kümmerte, verwaltet wurde. Die Organisation finanzierte sich ausschließlich durch Mitgliedsbeiträge und Spenden und verfügte in England über mehr Landbesitz als die Königin.

Der obligatorische Shop, der in keinem historischen Haus fehlen durfte, war ebenfalls weihnachtlich geschmückt. Es duftete nach Zimt, Kardamom und gebrannten Mandeln, denn ein kleiner Stand bot Dutzende von süßen Köstlichkeiten an. Selbst Mabel, die sich nicht viel aus Süßigkeiten machte, lief das Wasser im Mund zusammen.

„Darf ich dich zu einem Punsch und einem Stück Kuchen einladen?", fragte Eric. „Den Weihnachtskuchen musst du unbedingt probieren, es ist ein Rezept aus dem Mittelalter, er wird nur hier in Cornwall gebacken."

„Gerne, Eric, danke, aber bitte nur einen Früchtepunsch ohne Alkohol", bat Mabel. „Ich bin mit dem Wagen hier."

Eric hatte recht: Der Kuchen schmeckte ausgezeichnet.

Mabel, selbst eine leidenschaftliche Bäckerin, versuchte herauszufinden, was darin enthalten war. Neben Nüssen, Mandeln und Korinthen mischte sich eine Vielzahl von Gewürzen zu einem abgerundeten Geschmack. Das Gebäck war so butterweich, dass es auf der Zunge zerging, ohne klebrig zu sein.

Nachdem Eric Cardell für beide ein zweites Glas Früchtepunsch geholt hatte, fragte Mabel: „Kanntest du eigentlich Clark Kernick, den Schriftsteller?"

Der Gedanke, Eric nach Kernick zu fragen, war Mabel spontan gekommen. Immerhin hatte Kernick einen historischen Roman geschrieben, der in Cornwall spielte. Sie war nicht überrascht, als Eric nickte.

Ein Schatten fiel über sein Gesicht, als er antwortete: „Eine furchtbare Sache, der arme Clark. Allerdings hatte ich mich gewundert, dass er in Lower Barton offenbar keine Recherchen betrieb. Jedenfalls suchte er nie das Gespräch mit mir, dabei sollte man meinen, ein Autor, der einen historischen Roman schreibt, sammelt so viele Informationen wie möglich."

„Nun, in Zeiten des Internets ..."

Eric nickte zustimmend. „Wahrscheinlich hat Kernick alle notwendigen Informationen so herausgefunden. Und er hat es gut gemacht, ohne Zweifel, ich habe den Roman selbstverständlich gelesen. Natürlich ist die Geschichte fiktiv, die historischen Hintergründe der Rosenkriege hat er aber sehr gut wiedergegeben." Eric grinste. „Es will was heißen, wenn ein Historiker einen historischen Roman anerkennt und diesen für gut befindet. Die meisten dieser Ergüsse sind nämlich Schrott und spiegeln ein völlig falsches, oft verklärtes Bild der Vergangenheit wider."

Mabels Herz begann aufgeregt zu klopfen. Warum hatte sie nicht schon früher an Eric Cardell gedacht? Kein anderer kannte sich in der Geschichte Cornwalls besser aus. Was für ein glücklicher Zufall, ihn hier in Lanhydrock zu treffen.

Mabel sah ihren Bekannten aufmerksam an. „Ich habe den Roman auch gelesen, kenne mich in der Geschichte jedoch zu wenig aus, um die historischen Hintergründe zu beurteilen. Schrieb Kernick über etwas, das vielleicht nicht ganz so rühmlich sein könnte?" Sie sah seinen erstaunten Blick und fügte erklärend hinzu: „Ich meine, gibt es in dem Buch vielleicht Parallelen zu Personen oder zu der Historie, die jemandem nicht in den Kram passen könnte? Wir wissen ja, wie die Leute sind ... Für einige geht ihr guter Ruf über alles, und so ein historischer Roman könnte Ereignisse an die Oberfläche bringen, die vielleicht seit langer Zeit vergessen sind."

Eric runzelte die Stirn, sein Blick verdunkelte sich. Er verfügte über einen wachen Verstand und eine gute Kombinationsgabe. Im Frühjahr hatte er Mabel gut kennengelernt, daher ahnte er, was in ihrem Kopf vor sich ging.

„Mabel, der Mörder Kernicks wurde gefunden und hat sich selbst gerichtet. Ich kannte Hickery nur vom Sehen, denke jedoch, sein Motiv war eindeutig. Du glaubst doch nicht etwa, es könnte etwas anderes dahinterstecken?"

Mabel machte eine lapidare Handbewegung und lächelte ungezwungen. „Ach, nein, natürlich nicht, ich habe mir nur so meine Gedanken gemacht."

„Wie auch vor einem halben Jahr, nicht wahr?" Eric grinste und nahm einen Schluck aus seiner Tasse, bevor er fortfuhr: „Bei dieser Gelegenheit fällt mir ein: Hilfst du uns im nächsten Jahr wieder mit den Kostümen? Wir können jede Hand gebrauchen. Es ist ja noch Zeit, aber der Mai kommt schneller als erwartet. Wir beginnen Ende Januar mit den ersten Proben."

Der historische Verein Lower Bartons führte jedes Frühjahr ein Theaterstück basierend auf einer historischen Begebenheit auf, und Mabel hatte kurz nach ihrer Ankunft in Cornwall bei den Näharbeiten geholfen. Über den Themenwechsel war sie zwar wenig erfreut, spürte jedoch, dass sie von Eric nicht mehr erfahren würde.

„Gerne, ich freue mich schon auf die neue Aufführung. Ruf mich einfach an, wenn du mich brauchst, ja?" Sie überlegte, wie sie das Gespräch wieder auf Clark Kernick bringen konnte, wollte sich aber auch nicht zu weit aus dem Fenster lehnen. Eric Cardell war ihr immer sehr freundlich begegnet, er hatte jedoch deutlich zum Ausdruck gebracht, dass er an die Schuld Hickerys glaubte. Wahrscheinlich war ihre Vermutung, jemand könnte sich durch Kernicks Roman auf den Schlips getreten fühlen, ohnehin haltlos. Sie musste jedoch jedem Verdacht nachgehen, denn solange sie das Motiv für Kernicks Ermordung nicht kannte, würde es ihr auch nicht gelingen, den Täter zu überführen.

Nachdem Mabel noch ein paar Geschenke in dem Shop gekauft hatte – eine Kaffeetasse mit dem Aufdruck „His Lordship" und einen dicken, wärmenden Schal für Victor, ein Seifen- und Duftset für Emma Penrose und für deren Mann eine im viktorianischen Stil verzierte Tabakdose, da George dem Laster des Rauchens noch nicht abgeschworen hatte –, begleitete Eric sie hinauf zum Parkplatz. Am Kreisverkehr am Ende der Zufahrtsstraße zu Lanhydrock bog

Mabel spontan nach rechts ab, anstatt sich links Richtung Lostwithiel zu halten, welches der direkte Weg nach Lower Barton wäre. Stattdessen fuhr sie nach Bodmin. Die kleine Stadt war einst die Hauptstadt Cornwalls gewesen, bis das größere Truro sie im 20. Jahrhundert als Verwaltungszentrum abgelöst hatte. Bodmin selbst war nicht sonderlich sehenswert. Eine Ausnahme bildete die St Petroc's Church aus dem 15. Jahrhundert, für die Mabel heute jedoch keinen Blick hatte. Sie fand einen Parkplatz gegenüber der Shire Hall, in der sich auch das Stadtmuseum befand, und ging von dort in die Haupteinkaufsstraße. Von einem früheren Besuch erinnerte sie sich an den Buchladen in der Fore Street. Die Ladenkette WHSmith gehörte in England zu den größten Buchhandlungen, deren Geschäfte in allen größeren Städten zu finden waren. Hier in Bodmin brauchte Mabel nicht zu befürchten, auf Bekannte zu treffen, die ihr neugierige Fragen stellen könnten, daher betrat sie beschwingt den modern eingerichteten Verkaufsraum. Keine zwei Meter von der Tür entfernt stapelten sich auf einem Tisch Dutzende Exemplare von Clark Kernicks Roman „Der Thron und die Rosen" – jeder Kunde musste zwangsläufig darauf zulaufen. Das hatte Mabel erwartet, ebenso wie ein großes Porträt des Autors, auf dem er unbeschwert in die Kamera lächelte. In großen schwarzen Lettern stand unter dem Foto:

Cornwalls Bestseller-Autor brutal ermordet.

Eine Tat aus Leidenschaft und verkannter Liebe.
Alles, was uns bleibt, ist sein wundervoller Roman.
Lassen Sie sich Clark Kernicks letztes Vermächtnis nicht entgehen!

„Kein Wunder, dass sich das Buch so gut verkauft", murmelte Mabel.

„Kann ich Ihnen helfen?" Eine junge Verkäuferin, kaum älter als zwanzig, trat neben Mabel. Sie lächelte freundlich, nahm ein Exemplar in die Hand und hielt es Mabel hin. „Es ist ein toller Roman, und wenn man an das schreckliche Ende des Autors denkt ..."

„Kannten Sie Clark Kernick?", fragte Mabel direkt. „Da er ganz in der Nähe lebte, hat er hier vielleicht mal eine Lesung abgehalten?"

Die junge Frau schüttelte den Kopf. „Leider nein. Es war eine Lesung für Januar geplant, doch leider ..." Sie sah Mabel aufmerksam an und senkte ihre Stimme. „Sie haben sicher von dem Fall gehört, nicht wahr? Ein eifersüchtiger Ehemann, mit dessen Frau Kernick eine Affäre hatte, hat ihm den Schädel eingeschlagen."

Mabel zog eine Augenbraue hoch und nickte. „Es stand ja in allen Medien."

„Möchten Sie das Buch kaufen?" Die Frau besann sich wieder auf ihren Geschäftssinn. „Es ist in einer größeren Schrift gedruckt, sodass auch ältere Menschen es problemlos lesen können."

„Danke, aber meine Augen sind noch ganz gut", gab Mabel zurück. „Ich kenne den Roman bereits. Eigentlich bin ich gekommen, um ein anderes Buch aus demselben Verlag zu erwerben." Diese Erklärung war Mabel eben eingefallen. Wenn sie mit David Chenhill in Kontakt treten wollte – was sie sich zwischenzeitlich überlegt hatte –, dann wäre es hilfreich, auch andere Werke des Verlages zu kennen.

Enttäuscht legte die Verkäuferin den Roman wieder

ordentlich auf den Stapel und wandte sich einem der deckenhohen Regale zu. „Davon haben wir einige im Sortiment. Dachten Sie an eine bestimmte Richtung?"

„Ein weiterer historischer Roman wäre schön."

Die blauen Augen der Verkäuferin glitten über die Buchrücken, dann zog sie einen schmalen Band hervor. „Ist kein richtiger Roman, eher die Biografie eines Mannes aus Saltash. Und hier ...", sie nahm ein weiteres Buch in die Hand, „haben wir eine Auflistung alter kornischer Weihnachtsbräuche. Eignet sich gerade jetzt als Geschenk hervorragend und wird gerne gekauft."

„Einen anderen historischen Roman aus dem Verlag gibt es nicht?", fragte Mabel.

Die Verkäuferin schüttelte den Kopf. „‚Der Thron und die Rosen' war der Erste", erklärte sie. „Auf jeden Fall wird der Verlag es nicht bereuen, das Wagnis, ein anderes Genre zu veröffentlichen, eingegangen zu sein."

Mabel erwarb die beiden Bücher, die sie zusammen fast zwanzig Pfund kosteten, was für solch dünne Ausgaben in ihren Augen ein Wucherpreis war. An der Kasse fragte sie scheinbar beiläufig: „Ich habe gehört, Clark Kernick hätte bereits zuvor veröffentlicht. Sie haben nicht zufällig ein anderes Werk von ihm vorrätig?"

Die junge Frau zog die Nase kraus, nickte dann und kehrte binnen weniger Minuten mit einem kleinen Büchlein, das kaum mehr als hundert Seiten hatte, zurück.

„Hab' ich im Lager gefunden, es ist das letzte Exemplar. Kernicks bisherige Bücher liefen nicht gut und sind nach dem Erscheinen immer recht bald verramscht worden. Sie waren regelrechte Ladenhüter. Es heißt aber, der Verlag will sie neu auflegen. Sie sind nämlich nicht die Erste, die nach den alten Sachen fragt. Plötzlich wollen alle Leute Kernicks Romane lesen."

Mabel bezahlte auch für dieses Buch stolze acht Pfund, dankte, packte alles in ihre Tasche und verließ das Geschäft.

Es hatte zu regnen begonnen und Mabel trug keinen Schirm bei sich, aber das störte sie nicht. Immer mehr kam sie zu der Überzeugung, dass der Verlag aus Kernicks Tod den größten Vorteil zog. Der historische Roman verkaufte sich wie heiße Pastys, und frühere Werke Kernicks, die noch vor Kurzem niemand hatte lesen wollen, erfreuten sich ebenfalls einer plötzlichen Beliebtheit. Und all das nur, weil der Autor ermordet worden war. Mabel konnte den Verleger sogar verstehen. Warum sollte er nicht auf dieser Erfolgswelle reiten und versuchen, finanziell herauszuholen, was herauszuholen war? Bald würde der Mord in Vergessenheit geraten, weil andere, neue Ereignisse die Menschen beschäftigten.

Clark Kernicks dünnes Buch beschrieb eine einfache Liebesgeschichte zwischen zwei Menschen, die sich zufällig am Strand von Cornwall trafen, durch eine Intrige voneinander getrennt wurden und erst ganz am Schluss – durch Zufall oder Schicksal – wieder zusammenfanden. Binnen zwei Stunden hatte Mabel es gelesen. Sie war nicht nur erstaunt, sondern auch enttäuscht über das geringe Niveau dieses Romans, der so gar nichts mit Kernicks Bestseller gemein hatte. Gut, ein Autor entwickelte sich im Laufe seiner Arbeit weiter, doch weder die Sprache, der Stil noch die Geschichte hatten auch nur annähend das Format von „Der Thron und die Rosen". Zwischen Kernicks letzter

Veröffentlichung und seinem Beststeller lagen zwei Jahre – vielleicht hatte die Zeit gereicht, um sich als Autor zu wandeln und zu neuen Pfaden aufzubrechen.

Das Schrillen des Telefons unterbrach Mabels Überlegungen.

„Mabel?“ Es war Sue Benett vom Schreibclub. „Penelope ist krank, sie hat Schnupfen. Darum treffen wir uns heute Abend bei mir. Haben Sie was zum Schreiben zur Hand?“

Mabel notierte Sues Adresse und versprach, pünktlich zu sein. Obwohl sie Penelope Jennings keine Krankheit wünschte, war sie froh über die unerwartete Wendung. Ohne die strenge Aufseherin, wie Mabel Penelope insgeheim bezeichnete, würde wahrscheinlich ein lockeres Gespräch mit den anderen Teilnehmerinnen möglich sein.

Mabels Erwartungen wurden nicht enttäuscht. Im Gegensatz zu dem Treffen in Penelopes Haus, wo den Gästen lediglich ein Glas Wasser gereicht wurde, servierte Sue einen starken Tee und selbst gebackene Kekse, die warm und duftend direkt aus dem Ofen kamen. Sue Benett lebte zusammen mit ihrem Mann auf einem Anwesen etwa eine Meile südöstlich von Lower Barton. Früher hatten sie eine Schaffarm betrieben, diese aber längst aufgegeben.

„Was die Viecher im Sommer einbrachten, fraßen sie uns im Winter wieder weg“, sagte Sue und lachte. „Eine kleine Erbschaft ermöglicht uns, seit ein paar Jahren unabhängig zu leben.“

In dem gemütlichen Wohnzimmer mit einer niedrigen Balkendecke, alten, restaurierten Möbeln und dem offenen Kamin, in dem ein wärmendes Feuer brannte, fühlte

Mabel sich sofort wohl. Sue hatte den Tisch weihnachtlich gedeckt, von der Decke baumelten Mistelzweige, und die Ecken waren mit Stechginster und Tannenzweigen geschmückt.

„Möchte eine der Damen ein Gläschen Sherry?" Sue, eine Flasche Croft – einem sehr guten Pale Cream Sherry – in der Hand, sah in die Runde.

May, Adele und Joyce nahmen dankend an, während Mabel ablehnte. Nachdem die Damen einen zweiten und dann einen dritten Sherry gekippt hatten, wurde die Stimmung ausgelassen. Niemand dachte mehr an den eigentlichen Grund ihrer Zusammenkunft, und Mabel erschien die Gelegenheit günstig, das Gespräch erneut auf Clark Kernick zu lenken.

„Weiß eigentlich jemand von Ihnen, ob Kernick Verwandte hatte?" Aufmerksam sah sie in die Runde, ihre Augen hefteten sich auf May, die den Schriftsteller so offensichtlich verehrte.

„Hier jedenfalls nicht", antwortete diese auch prompt. „Und im Internet sind kaum Informationen über Clark zu finden."

Joyce kicherte. „Wenn die gute Penelope wüsste, dass wir mal wieder alles andere tun, als uns unseren Texten zu widmen ..."

„Ach, bleiben wir doch auf dem Teppich. Keine von uns wird jemals eine berühmte Autorin werden. Da ist es doch Zeitverschwendung, Woche für Woche irgendetwas zu schreiben, was ohnehin nie jemand drucken wird." Sue sah Mabel entschuldigend an. „Damit möchte ich Ihr Talent keineswegs in Frage stellen, Mabel. Und wer weiß, vielleicht habe ich mit meiner Bemerkung auch unrecht, doch manchmal möchte ich alles, was ich bisher geschrieben habe, am liebsten ins Kaminfeuer werfen."

May beugte sich vor und tätschelte kurz Sues Knie. „Selbstzweifel sind völlig normal, meine Liebe. Auch Clark hat darunter gelitten, schließlich hat er auch einige Zeit gebraucht, bis er ein richtig gutes Buch schrieb. Vorher ... das war doch nur Schrott."

„Das lass aber nicht Penelope hören." Mahnend hob Joyce den Zeigefinger und lächelte. „Du weißt, dass Penelope Kernick zutiefst verehrt hat."

Aufmerksam richtete Mabel sich auf, was in den weichen Kissen der Couch gar nicht so leicht war. „Miss Jennings war auch ein Fan von Clark Kernick?", fragte sie interessiert, und die drei Damen nickten gleichzeitig.

„Seit Clarks erstem Roman war sie überzeugt, dass aus ihm einmal ein großer Bestsellerautor werden würde." May lächelte bitter. „Damit hat sie zweifellos recht gehabt, nur schade, dass er es nicht mehr erleben durfte."

„Besuchte Penelope auch die Präsentation auf Higher Barton?", fragte Mabel.

„Selbstverständlich, sie saß in der ersten Reihe. Ich glaube, Penelope war eine Stunde vor dem offiziellen Beginn dort, um sich den besten Platz zu sichern. Ich hatte leider ein kleines Problem mit meiner Waschmaschine, darum kam ich fast zu spät, und mir blieb leider nur noch einer der hinteren Plätze." May sah stolz in die Runde. „Es ist mir aber gelungen, das Buch von Clark signieren zu lassen. Es war eine der letzten Unterschriften, die der arme Mann in seinem Leben tätigte."

„Also, wenn ihr mich fragt, dann war unsere gute Penny in Kernick verliebt", bemerkte Sue und kicherte hinter vorgehaltener Hand. „Geschwärmt hat sie auf jeden Fall für ihn. Er war ja auch ein gutaussehender Mann, wenngleich natürlich nicht so attraktiv wie mein Matthew."

„Penelope ist doch deutlich älter als der Schriftsteller", warf Mabel ein. „Glauben Sie, die beiden hatten ... eine Beziehung?"

„Du meine Güte, natürlich nicht!" Mit gespieltem Entsetzen warf May die Hände in die Luft. „Ein Mann wie Clark hätte Penelope niemals mehr als höfliche Aufmerksamkeit geschenkt. Der konnte doch an jedem Finger zehn Frauen haben, warum sollte er sich ausgerechnet Penelope aussuchen?"

„Nun übertreib mal nicht." Joyce sah May mahnend an. „Wir alle wissen, dass auch du einem kleinen Techtelmechtel mit Kernick nicht abgeneigt gewesen wärst."

„Ich habe ihn als Schriftsteller verehrt", warf May lautstark ein, konnte aber nicht verhindern, dass ihre Wangen die Farbe von reifen Äpfeln annahmen.

„Ja, schon klar." Sue und Joyce sahen sich an und lächelten.

In Mabels Kopf wirbelten die Gedanken durcheinander. Sie hatte Clark Kernick nur an dem einen Abend gesehen und kein einziges Wort mit ihm gewechselt. Doch auch sie hatte ihn als attraktiven Mann erlebt. Wenn Mabel die Aussage von Barbra Hickery hinzuzog, dann setzte sich das Bild von Kernick wie ein Puzzlespiel nach und nach zusammen. Er war wahrscheinlich nicht nur kein Kostverächter gewesen, sondern hatte die Frauen offenbar auch als Spielzug benutzt. Vielleicht hatte dieser Mann gar nicht aufrichtig lieben können oder sich gar an den Frauen rächen wollen? Das kam bei Menschen häufig vor, besonders, wenn sie in der Vergangenheit einmal sehr verletzt worden waren.

Herrje, dachte Mabel, jetzt geht aber meine Fantasie mit mir durch. Sie schüttelte den Kopf und versuchte ihren Geist wieder auf sichereren Boden zu lenken. „Wissen Sie, wer Kernick beerbt?“, fragte sie deshalb in die Runde, sah aber nur in ratlose Gesichter, darum stellte Mabel gleich die nächste Frage: „Wie war das denn, als er nach Lower Barton kam? Ich habe gehört, er lebte noch nicht allzu lange hier.“

Sue antwortete als Erste: „Eines Tages, es war vor etwas mehr als zwei Jahren, war er einfach da. Das Haus, in dem er lebte, stand schon länger leer und zum Verkauf, und er zog dort ein. Lange Zeit hatte kaum jemand mit Kernick Kontakt. Er ging zwar zum Einkaufen, ließ sich aber nie auf ein Gespräch ein und beteiligte sich auch nicht an Aktivitäten unseres Ortes. Dann plötzlich erschien ein Roman von Clark Kernick, und er wurde zum Mittelpunkt des allgemeinen Interesses.“

„Das aber ganz schnell wieder abflaute, als ein paar Leute das Buch gelesen hatten“, unterbrach Joyce Sues Redefluss. „Man fragte sich, wie er von so einem Geschreibsel leben konnte. Ich persönlich bin ja der Meinung, dass Kernick entweder von Haus aus vermögend war oder geerbt hatte. Auf jeden Fall ging er keiner anderen Arbeit nach als dem Schreiben.“

„Eine Frau gab es auch keine“, sagte May laut, die ebenfalls etwas zum allgemeinen Klatsch beitragen wollte. „Jedenfalls keine, mit der er sich in der Öffentlichkeit zeigte.“

„Vielleicht war er schwul?“

May funkelte Sue wegen dieser Worte wütend an. „Auf keinen Fall! Wie kannst du so etwas behaupten?“

„Nun reg dich nicht auf, May ...“

Mabel erhob sich. Heute Abend würde sie nichts mehr erfahren, denn die Damen waren alle mehr oder weniger stark angeheitert – die Flasche Sherry war inzwischen leer – und begannen, albern zu werden. Außerdem hatte in ihrem Kopf ein Plan Gestalt angenommen, der alles andere als legal war, und sie wusste, wenn sie ihn nicht gleich ausführte, würde sie der Mut verlassen. Sie bedankte sich bei Sue für die Bewirtung und versprach, nächsten Mittwoch wiederzukommen.

„Dann sind wir wahrscheinlich wieder bei Penelope“, sagte Sue und brachte Mabel zur Tür. „Es wäre sehr freundlich, wenn Sie ihr nichts von dem, was heute Abend geredet wurde, sagen würden, Mabel. Penelope ist in solchen Dingen etwas empfindlich und würde uns nur Vorwürfe machen.“

Mabel versprach, nichts dergleichen verlauten zu lassen. Bei sich dachte sie, dass wohl jede Frau verärgert reagieren würde, wenn andere über sie und ihre Gefühle tratschten, wie es heute Abend im Schreibclub geschehen war.

8

Mabel wusste, dass sie im Begriff war, einige Gesetze zu übertreten, trotzdem wurde sie von Kernicks Haus wie magisch angezogen. Die blauweißen Absperrbänder der

Polizei waren zwischenzeitlich zwar entfernt worden, die Tür aber war immer noch mit einem Polizeisiegel versehen. Der Vollmond spendete genügend Licht, so umrundete Mabel das Haus und wurde auf der Rückseite fündig. Eine Hintertür führte wahrscheinlich direkt in die Küche, wie das bei alten kornischen Farmhäusern üblich war. Natürlich war auch diese Tür verschlossen, aber nicht versiegelt. Obwohl Mabel Kernick und seine Gepflogenheiten nicht kannte, wühlte sie in der Erde der beiden Blumenkübel, die den Eingang flankierten, bis ihre Finger etwas Metallisches ertasteten.

„Ich wusste es!", rief sie, senkte aber sogleich ihre Stimme, obwohl es zum Nachbargrundstück gute einhundert Yards waren und sie niemand hören konnte. Fast jeder versteckte einen Ersatzschlüssel irgendwo im Garten, für den Fall, dass man mal seinen Hauptschlüssel vergessen oder verlegt hatte.

Mabels Herz klopfte aufgeregt, als sie die Tür aufschloss und in die Küche trat. Sie fühlte sich wie ein Eindringling, was sie genau genommen ja auch war. War es eigentlich Hausfriedensbruch, wenn man in ein Haus eindrang, dessen Besitzer tot war? Immerhin brach sie kein polizeiliches Siegel, was aber kaum als Entschuldigung gälte, sollte man sie in Clark Kernicks Haus entdecken.

Die Luft war abgestanden und roch muffig, seit Kernicks Tod schien hier niemand mehr gelüftet zu haben. Schwaches Mondlicht fiel durch die Sprossenfenster in die Küche. Auf dem Esstisch standen ungewaschenes Geschirr und eine angebrochene Milchflasche, deren Inhalt inzwischen sauer geworden sein musste. Mabel tastete sich durch einen schmalen Flur in das nächste Zimmer, holte die aus ihrem Wagen mitgebrachte Taschenlampe aus ihrer Jacke und knipste sie an. Ein kalter Schauer lief ihr über den Rücken, denn sie befand sich in dem Raum, wo sie selbst den toten Schriftsteller gefunden hatte. Die weißen Klebestreifen, die die Lage der Leiche gekennzeichnet hatten, befanden sich noch immer auf dem Teppich, ebenso der große Blutfleck, der inzwischen rostbraun geworden war.

„Wer sollte hier auch aufräumen?“, murmelte Mabel, beklommen bei der Vorstellung, dass wohl niemand die Spuren der schrecklichen Tat beseitigen würde. Sobald Alan Trengove von seiner Reise zurück war, musste sie ihn unbedingt fragen, was mit Häusern geschah, deren Besitzer ohne Erben starben. Und auch mit dem Mobiliar, das sicher nicht wertvoll war, denn Kernicks Räumlichkeiten waren nur mit dem Notwendigsten eingerichtet, und die Möbel wirkten, als wären sie im Supermarkt gekauft worden. Kernick hatte jedoch bestimmt über andere Vermögenswerte verfügt, denn allein mit der Schreiberei hatte er seinen Lebensunterhalt nicht bestreiten können. Mabel bemerkte, dass Kernicks Laptop verschwunden war, sicher hatte die Polizei ihn für ihre Ermittlungen mitgenommen, ebenso sämtliche Papiere, denn weder auf dem Schreibtisch noch in den Schubladen, die Mabel eine nach der anderen behutsam öffnete, fand sich irgendein Hinweis darauf, dass hier bis vor Kurzem ein Mensch gearbeitet hatte. Vorsichtig, als würde Kernick noch auf dem Boden liegen, stieg Mabel über die Markierung und achtete darauf, den Blutfleck nicht zu betreten. Ihr war nicht wohl bei dem, was sie gerade tat, sie sah aber keine andere Möglichkeit, mehr über den Mann, dessen Mörder wahrscheinlich noch auf freiem Fuß war, zu erfahren.

Eine schmale Holzstiege führte in das obere Stockwerk. Auch hier war das Mobiliar spartanisch und lediglich zweckmäßig. Eine Tür führte in ein Bad mit Toilette, Waschbecken und einer Badewanne, eine weitere in ein fast leeres Zimmer, wo nur ein Regal und ein altmodischer Schrank standen, durch die dritte und letzte Tür gelangte Mabel in Kernicks Schlafzimmer. Das Bett, zwei übereinandergelegte Matratzen, war ungemacht, ein dreibeiniger Hocker mit einer Lampe diente als Nachttisch, und ein zweitüriger Kleiderschrank waren auch hier die gesamte Einrichtung. Mabel ließ den Schein der Taschenlampe durch das Zimmer gleiten. Kein Bild zierte die kahlen, weißen Wände, auch sonst gab es keine Dekorationsgegenstände. Lediglich eine etwa dreißig Zentimeter hohe leere Blumenvase aus weißem Porzellan mit geschmacklosem rosa Blütendekor stand auf dem Fenstersims. Wie auch im Arbeitszimmer fiel Mabel auf, dass es keine Familienfotos oder Bilder von Freunden gab, nichts, was auf die Persönlichkeit des Menschen, der immerhin über zwei Jahre hier gelebt hatte, hinwies. Jedes Feriencottage war gemütlicher eingerichtet. Es schien, als hätte Clark Kernick lediglich ein Dach über dem Kopf und eine Schlafstelle gebraucht – gelebt hatte er hier offenbar nicht.

Mabel setzte sich auf die Bettkante und knipste die Lampe aus. Obwohl das Fenster in den weitläufigen Garten hinausging, an den sich Wiesen und Felder anschlossen, war es sicherer, im Dunkeln zu bleiben. Nicht, dass jemand, der seinen Hund ausführte, in dem leer stehenden Haus den Schein entdeckte und die Polizei informierte. Mabel beschloss, einen Blick in den Schrank zu werfen, vermutete jedoch, dass sie kaum fündig werden würde.

Eigentlich war es Blödsinn gewesen, in Kernicks Haus einzudringen, denn die Polizei hatte bestimmt alle persönlichen Unterlagen und Papiere mitgenommen. Mabel beschloss, ihre nächtliche Aktion abzubrechen, stützte sich mit einer Hand auf die Matratze, um aufzustehen, da hörte sie etwas knistern. Sie stutzte, tastete zwischen die beiden Auflagen und zog ein schmales Buch hervor. Es war ein Heft im DIN-A5-Format, wie Schüler es verwendeten. Mabel knipste die Lampe wieder an und schlug die erste Seite auf.

„Das ist ja ein Ding!" Aufgeregt blätterte sie weiter, und obwohl Mabel trotz ihres Alters nicht prüde war, wurden ihre Wangen heiß und rot. Jeweils auf der linken Seite in diesem auf den ersten Blick harmlos aussehenden Heft klebte das Foto einer Frau. Auf der rechten Seite hatte Clark Kernick Notizen zu der jeweiligen Person gemacht. Das allein war es nicht, was Mabel regelrecht schockierte. Es war eher die Tatsache, dass die Damen allesamt unbekleidet waren und sich dem Fotografen in eindeutigen Posen präsentierten. Dass es sich bei diesem um Kernick selbst gehandelt haben musste, war Mabel sofort klar, denn keine Frau – jedenfalls keine anständige – würde sich vor einem anderen Menschen so zeigen, wenn nicht eine tiefe Intimität zwischen ihnen herrschte. Mit trockener Kehle begann Mabel Kernicks Anmerkungen zu lesen:

Michelle: hübsch, aber eine Niete im Bett.
Will immer nur kuscheln und braucht lange,
um in Fahrt zu kommen.

Mary-Ann: fickt besser, als sie aussieht, besonders französisch. Meint, ich würde sie heiraten, die dumme Pute.

Caroline: eine Granate im Bett, aber dumm wie Bohnenstroh. Nun, ich will mich mit ihr ja auch nicht unterhalten.

Scharf zog Mabel die Luft ein, als sie auf zwei bekannte Damen stieß. Bei der einen handelte es sich um Barbra Hickery, was Mabel nicht überraschte, sie war schließlich Kernicks Geliebte gewesen und dann abserviert worden. Dementsprechend war Kernicks Kommentar ausgefallen:

Barbra: mittlerer Durchschnitt, wird mir zu anhänglich.

Auf der nächsten Seite jedoch blickte Penelope Jennings direkt in die Kamera, lediglich eine rote Federboa zierte ihre Schultern, ansonsten war sie nackt wie die anderen Frauen in diesem Buch. Auch zu Penelope, der Leiterin des Schreibclubs, hatte Kernick wenig schmeichelhafte Worte gefunden:

Penny: völlig verklemmt. Dachte, reifere Frauen wären erfahren. Das Poppen mit ihr war Zeitverschwendung. Verfolgt mich seitdem mit ihrem dümmlichen Dackelblick.

„Frauenheld! Da hat May wohl recht gehabt mit ihrer Vermutung, dass Kernick an jedem Finger zehn Frauen haben konnte", murmelte Mabel, schlug das Heft zu und steckte es zusammengerollt in die Tasche ihrer Jacke. Sie fragte sich, wie lange Penelopes Affäre wohl gedauert hatte. Nach Kernicks Kommentar hatte er sie nach kurzer Zeit – wahrscheinlich waren es nur wenige Tage gewesen – gegen eine andere ausgetauscht, so, wie er es offenbar mit allen Frauen gemacht hatte. In dem Heft befanden sich Fotografien von dreißig Frauen, außer Barbra und Penelope hatte Mabel keine von ihnen jemals gesehen. Hatte Mabel einen Verdacht gegen Barbra Hickery gehegt, so kamen jetzt noch weitere neunundzwanzig Frauen hinzu – einschließlich Penelope Jennings. Dreißig Frauen, die allen Grund hatten, auf Kernick mächtig sauer zu sein, denn keine Frau würde es einfach auf sich sitzen lassen, von einem Mann benutzt und dann wie ein alter Putzlappen weggeworfen zu werden. Es sei denn, die Frauen hatten auch nur das eine gewollt, aber das konnte sich Mabel schwerlich vorstellen. Offenbar hatte Kernick die Damen zu den Fotos überredet, wahrscheinlich mit der Begründung, er wolle eine schöne Erinnerung an ihre gemeinsamen Stunden haben. Was, wenn eine der Frauen das Heft und die entsprechenden Bemerkungen entdeckt hatte? Verletzter Stolz war ein starkes Motiv, oft wurde schon aus geringeren Gründen gemordet. Außerdem bestand die Wahrscheinlichkeit, dass einige dieser Damen Ehemänner hatten – so wie Barbra. Vielleicht war auch Erpressung im Spiel? Vielleicht hatte Kernick die verheirateten Frauen erpresst, die Fotos ihren Männern zu zeigen, wenn sie nicht bezahlten?

„Kernick war ein Dreckskerl", flüsterte sie und massierte sich mit zwei Fingern die Schläfen. Zwar hatte sie gehofft, in seinem Haus auf etwas zu stoßen, das ihr einen Hinweis auf seinen Mörder liefern würde, was sie jedoch gefunden hatte, entsetzte sie zutiefst. Auch war sie empört, wie schlampig die Polizei gearbeitet hatte, da ihnen dieses Heft entgangen war. „Und da wundert sich noch einer, dass ich die Sache selbst in die Hand nehme.“ Nehmen muss, fügte sie in Gedanken hinzu.

Von einer gründlichen Durchsuchung des Hauses konnte wohl kaum die Rede sein, was Mabel in ihrem Vorsatz, dem Chefinspektor weiter aus dem Weg zu gehen, bestärkte. Natürlich, für ihn war es so einfach gewesen: Kernicks Affäre mit Barbra Hickery war im ganzen Ort bekannt und für die Drohung Hickerys, den Schriftsteller kaltzumachen, gab es mehrere Zeugen. Das hatte für eine Anklage gereicht, für eine Verurteilung hätte die Staatsanwaltschaft dann aber deutlich mehr Beweise vorlegen müssen, was den zuständigen Herren wohl schwer gefallen wäre. Hickerys Selbstmord kam somit allen gelegen. Warum aber hatte Harrison Hickery den Freitod gewählt, wenn er mit dem Mord nichts zu tun hatte?

Nachdenklich stand sie auf. Obwohl Mabel beschlossen hatte, selbst den Fall aufzuklären, musste sie das Heft unverzüglich der Polizei übergeben. Diese Beweise waren zu schwerwiegend, um sie zu unterschlagen, denn damit hatten mehr Menschen als angenommen ein Motiv, Clark Kernick zu beseitigen. Natürlich würde Warden sie zuerst wieder auslachen, dann aber würde er einsehen müssen, dass die Frauen und deren Lebensumstände zumindest überprüft werden mussten.

Mabel wollte das Zimmer gerade verlassen, als sie hörte, wie unten ein Schlüssel ins Schloss gesteckt und die Haustür geöffnet wurde. Ein eisiger Schrecken durchfuhr sie. Halt suchend griff sie nach dem Türrahmen. Im Erdgeschoss flammte das Licht auf. Deutlich konnte sie hören, wie jemand durch die Räume ging, Schubladen und Türen öffnete und wieder schloss. Da war noch jemand auf dieselbe Idee wie sie gekommen, allerdings machte sich diese Person deutlich weniger Gedanken, ob man ihr Eindringen bemerken würde. Als die Deckenleuchte im Flur anging, zog sich Mabel schnell hinter die Schlafzimmertür zurück. Ihr Herz klopfte so laut, dass sie meinte, der Eindringling müsste es durch die Wand hören, und ihr Magen schlug Purzelbäume.

Mabel Clarence, in was hast du dich jetzt wieder hineingeritten?, dachte sie. Hektisch kramte sie in ihren Jackentaschen und stellte zu ihrem Entsetzen fest, dass sie ihr Handy im Wagen liegen gelassen hatte. Die Taschenlampe war zu klein, um sich damit zu verteidigen, dann fiel Mabels Blick auf die hässliche Blumenvase. Schnell griff sie danach und umklammerte sie mit beiden Händen. Sie war fest entschlossen, sich auf keinen Fall kampflos zu ergeben!

Feste Schritte, eindeutig die eines Mannes, stiegen nun die Treppe herauf. Sekunden später öffnete sich die Tür, und der Schatten eines mittelgroßen Mannes fiel an die Wand. Bevor der Eindringling jedoch den Lichtschalter erreichen konnte, trat Mabel hinter der Tür hervor, hob beide Hände und schlug dem Mann die Vase über den Kopf.

„Zum Teufel ...“ Mit einem Keuchen griff er sich an die Schläfe und fiel dann wie ein nasser Sack zu Boden.

Grelles Licht blendete Randolph Warden, als er die Augen öffnete. Ein scharfer Schmerz fuhr ihm durch den Kopf. Für einen Moment wusste er nicht, wo er sich befand und was geschehen war, dann registrierte er, dass er auf einem kahlen Dielenboden inmitten weißer und rosaroter Scherben lag.

„Es tut mir so leid!“ Eine Frauenstimme drang an sein Ohr. „Oh, Gott, oh, Gott! Ich konnte ja nicht ahnen ...“

„Mabel Clarence!“ Warden erkannte die Stimme sofort, und jetzt erschien auch das Gesicht der Sprecherin in seinem Blickfeld. „Was zur Hölle ...“

Mabel griff dem Chefinspektor unter die Arme. „Können Sie aufstehen?“

„Nehmen Sie Ihre Hände weg!“, knurrte Warden wütend und rappelte sich vom Boden auf. Als er stand, fühlte er ein leichtes Schwindelgefühl und ließ sich schnell auf die Bettkante fallen. Unwillkürlich tastete er nach seinem Kopf und spürte etwas Warmes, Klebriges an seinen Fingern.

„Es ist nur ein Kratzer“, sagte Mabel schnell. „Es blutet kaum, allerdings könnten Sie eine Gehirnerschütterung haben.“ Sie ging vor ihm in die Hocke und bewegte einen Zeigefinger von links nach rechts. „Wie viele Finger sehen Sie, Inspektor? Ist das Bild klar und deutlich, oder verschwimmen die Konturen? Und ist Ihnen übel? Können Sie sich erinnern, was geschehen ist?“

„Und ob ich das kann!“ Wardens Lippen wurden zu einem schmalen Strich, durch den er hervorpresste: „Ich habe dieses Zimmer betreten und wurde niedergeschlagen. Offenbar mit einer Blumenvase, wenn ich die Spuren richtig deute. Und offenbar von Ihnen, Miss Clarence. Was zum Teufel haben Sie hier zu suchen?“

Mabel wusste, wann sie verloren hatte und eine Ausrede sinnlos war. Als sie dem Mann die Vase über den Kopf gehauen und das Licht angeschaltet hatte, war sie beinahe zu Tode erschrocken. Schnell hatte sie im Bad ein Handtuch mit kaltem Wasser getränkt, dem Chefinspektor das Gesicht abgetupft und seine Kopfhaut untersucht. Glücklicherweise war Warden innerhalb weniger Minuten wieder zu sich gekommen.

„Jetzt werden Sie mich wohl verhaften müssen, Inspektor", sagte Mabel und streckte ihre Hände aus. „Bitte, Sie haben jedes Recht dazu."

„Lassen Sie den Unsinn", gab Warden barsch zurück. „Erklären Sie mir lieber, was Sie hier machen und warum Sie mir eine Vase über den Schädel gehauen haben."

„Nun, ich dachte, Sie wären ein Einbrecher, und wenn ein Mann mitten in der Nacht in das Haus eines Mordopfers eindringt, dann kann das nur ..."

„Der Mörder höchstpersönlich sein", vollendete Warden den Satz und lachte heiser. „Miss Clarence, Kernicks Mörder hat sich seiner Verurteilung entzogen und ruht längst in kühler Erde. Finden Sie sich endlich damit ab, dass es in diesem Fall für Sie nichts zu ermitteln gibt."

„Was machen Sie dann hier, Inspektor, wenn Sie von der Schuld Hickerys überzeugt sind? Und warum haben Sie das Haus noch nicht freigegeben, da der Fall ja offiziell als abgeschlossen gilt?", konterte Mabel sofort.

„Das geht Sie einen feuchten Kehricht an!" In Wardens Kopf brummte es wie in einem Bienenstock, er sah auch keine Veranlassung, Mabel gegenüber höflich zu sein. Allerdings war er ein schlechter Schauspieler, und so las Mabel in seinen Gesichtszügen, was er dachte.

Sie lachte triumphierend auf. „Ha! Sie zweifeln an Hickerys Schuld, nicht wahr? Darum sind Sie heute Abend hierhergekommen, noch dazu allein. Es ist doch allgemein bekannt, dass sich ein Inspektor niemals allein zu einem Tatort begibt."

„Sie sehen zu viele Krimis", gab Warden unwillig zurück. „Was ich wann und wo mache, ist ganz allein meine Angelegenheit. Im Gegensatz zu Ihnen habe ich das Recht, dieses Haus zu betreten, darüber bin ich niemandem Rechenschaft schuldig, am wenigsten Ihnen, Miss Clarence. Sie erklären mir jetzt auf der Stelle, warum Sie in das Haus eingebrochen sind."

„Von Einbruch kann keine Rede sein." Abwehrend hob Mabel die Hände. „Zugegeben, es war nicht rechtens, Sie werden aber bemerkt haben, dass das Siegel an der Vordertür unversehrt ist. Ich kam durch die Hintertür, und für diese habe ich einen Schlüssel." Da Warden skeptisch die Stirn runzelte, fügte Mabel schnell hinzu: „Gefunden."

„Ach ja?" Wardens Ärger legte sich kein bisschen. Er hätte nicht übel Lust, diese Frau tatsächlich in Handschellen abzuführen und wenigstens für eine Nacht in eine Zelle zu sperren. Immerhin kam neben Hausfriedensbruch noch der tätliche Angriff auf einen Polizeibeamten hinzu.

Verlegen lächelnd zog Mabel das Schulheft aus ihrer Tasche. „Ich glaube, Sie werden mir dankbar sein, Inspektor, wenn Sie das hier gesehen haben." Mabel nahm Warden den Wind aus den Segeln. „Es ist mir zwar unbegreiflich, wie Sie ... ähm ... ich meine, wie Ihre Leute es übersehen konnten und darum ein Unschuldiger sterben musste, aber jetzt gelingt es Ihnen vielleicht, den wahren Täter zu stellen."

„Geben Sie her." Mit einem Ruck riss Warden Mabel das

Heft aus der Hand und schlug es unwillig auf. Bereits nach dem ersten Blick war sein Interesse geweckt. Ebenso fassungslos wie Mabel blätterte er von Seite zu Seite. „Das ist unglaublich! Was für ein Schw... äh ... Mensch war Kernick eigentlich?"

Mit vor der Brust verschränkten Armen nickte Mabel. „Sie werden zugeben, dass in Ihren Händen das Motiv liegt, den Schriftsteller zu ermorden. Und dass nicht nur eine Person daran Interesse gehabt hat, sondern deutlich mehr. Barbra Hickery eingeschlossen, die Sie übrigens nicht befragt haben, was ich als äußerst befremdlich empfinde, Inspektor."

Mit zusammengepressten Lippen las Warden die wenig schmeichelhaften Kommentare. Obwohl es ihm widerstrebte, sagte er schließlich: „Ich fürchte, Ihre Überlegungen sind nicht völlig von der Hand zu weisen, Miss Clarence. Wenngleich Ihre Art, in den Besitz dieses Heftes zu kommen, alles andere als ehrenhaft oder gar rechtens ist. Von dem Angriff auf meine Person möchte ich gar nicht erst reden. Was, wenn nicht ich, sondern der Mörder heute Abend auf der Suche nach diesem Beweismaterial gekommen wäre und Sie entdeckt hätte?"

„Dann glauben Sie mir endlich?", rief Mabel erleichtert. Und ohne auf Wardens Fragen einzugehen, fuhr sie fort: „Sie zweifeln also auch an Hickerys Schuld?"

„Ich glaube gar nichts, sonst wäre ich Priester und nicht Polizist geworden." Missmutig runzelte Warden die Stirn. „Es gibt jedoch gewisse ... Indizien, die Zweifel an Hickerys Schuld aufwerfen, darum wollte ich ..." Hastig brach er ab.

„Das ist eine sehr weise Entscheidung", sagte Mabel ruhig und sah Warden interessiert an.

„Nun gut, warum sollte ich es Ihnen nicht sagen?" Warden seufzte, vielleicht war es auch den immer noch pochenden Kopfschmerzen und einer plötzlich eintretenden Erschöpfung zu verdanken, dass er auf einmal gesprächig wurde. „Die Kriminaltechnik hat an dem Schürhaken, mit dem Kernick erschlagen wurde, Fasern eines Wollstoffes gefunden, der weder in Kernicks noch in Hickerys Haus zu finden war. Keiner der beiden Männer besaß ein Kleidungsstück, eine Decke oder sonst etwas Vergleichbares, dem die Fasern zugeordnet werden können. Auf dem Schürhaken befanden sich keine Fingerabdrücke, nicht einmal die des Opfers, was darauf schließen lässt, dass die Waffe nach der Tat sorgsam abgewischt wurde, wahrscheinlich mit einem Tuch, von dem eben diese Fasern stammen. Hätte der Täter Handschuhe getragen, dann wären zumindest Kernicks Fingerabdrücke noch zu erkennen gewesen."

„Wenn Hickery die Tat unter Alkoholeinfluss und im Affekt ausübte, wie Sie ja vermuten, Inspektor, dann ist es doch unwahrscheinlich, dass er seine Sinne so weit zusammen hatte, den Schürhaken sorgfältig zu säubern und das Tuch anschließend geistesgegenwärtig verschwinden zu lassen", kombinierte Mabel. Sie war über Wardens Gesprächigkeit überrascht und hoffte, er würde sich nicht gleich wieder verschließen. „Ich hätte nie gedacht, dass wir beide einmal einer Meinung sein würden", fügte sie mit einem verschmitzen Lächeln hinzu.

Warden drehte den Kopf und sah Mabel ernst an. „Miss Clarence, Ihr Engagement in allen Ehren, aber ich bitte Sie ... nein, ich fordere Sie mit dem Recht und auch der Macht, die mir als Polizist übertragen wurden, auf, sich aus der Sache rauszuhalten. Wenn Ihre Theorie stimmt, dass sich eine der Frauen an Kernick gerächt hat – ich sage ausdrücklich *wenn* –, dann geraten Sie womöglich in die Schusslinie des Mörders. Ich möchte Sie nicht noch einmal im letzten Moment retten. Haben wir uns verstanden?"

Scheinbar demütig senkte Mabel den Kopf und murmelte: „Ja, Inspektor. Sie können mir aber nicht verbieten, meine Augen und Ohren offen zu halten."

Der Seufzer, der sich aus Wardens Brust entrang, kam aus dem tiefsten Grund seiner Seele. „Hat Ihnen schon mal jemand gesagt, dass Sie ein Sturkopf sind?"

„So direkt nicht, Inspektor." Mabel lächelte verhalten. „Manche Verhaltensweisen liegen eben in der Natur des Menschen, da kann man nichts ändern. Ich verspreche Ihnen jedoch, mich keinesfalls in Gefahr zu begeben."

„Dann unterlassen Sie es, abends in fremde Häuser einzudringen." Wardens Stimme nahm die Strenge an, die er an den Tag legte, wenn er einen Verdächtigten verhörte. „Der heutige Vorfall bleibt unter uns, Miss Clarence. Es ist jedoch das letzte Mal. Wenn Sie sich noch einmal in meine Arbeit einmischen, dann werde ich nicht mehr so kulant sein." Warden stand auf, ging zur Tür und sah Mabel auffordernd an. „Worauf warten Sie noch? Wir werden jetzt zusammen das Haus verlassen, ich werde beide Türen versiegeln und Sie nach Hause bringen."

„Das ist nicht nötig", sagte Mabel kühl. „Ich bin mit meinem Wagen hier."

„Umso besser." Die Erleichterung Wardens, sich nicht länger mit Mabel abgeben zu müssen, stand ihm ins Gesicht geschrieben.

Nachdem er ein neues Siegel an der Vordertür und ein weiteres am Hintereingang angebracht hatte, sagte Mabel: „Inspektor, ich möchte mich nochmals für den Schlag entschuldigen. Es tut mir ehrlich leid. Ich rate Ihnen, sich im Krankenhaus untersuchen zu lassen. Mit einer Gehirnerschütterung ist nicht zu spaßen."

„Das lassen Sie meine Sorge sein." Warden bot Mabel den Arm und führte sie zu ihrem Auto. „Einen schönen Abend beziehungsweise eine gute Nacht, Miss Clarence. Mögen wir uns so bald nicht wiedersehen."

Mabel wusste, wann es besser war zu schweigen, auch wenn sie der Meinung war, Warden hätte sich für Kernicks Heft bedanken können. Sie hatte ihm die Unterlagen, durch die einige bisher integre Bürgerinnen Lower Bartons belastet würden, bereitwillig ausgehändigt. Weitere Informationen über Kernick und sein Leben hatte sie nicht gefunden, und sie sah ein, dass sie im Augenblick nicht mehr ausrichten konnte. Allerdings war Mabel fest entschlossen, die Arbeit nicht allein der Polizei zu überlassen. Was dabei herauskam, sah man ja.

Warden wartete, bis Mabel ihren Wagen gestartet hatte und losgefahren war, erst dann ging er zu seinem Auto. Er beschloss, sich nicht länger über diese Frau zu ärgern, wenngleich der pochende Schmerz in seinem Kopf ihn sicher noch einige Tage an ihre Begegnung erinnern würde. Obwohl er jedes Recht hatte, Mabel wegen ihres unerlaubten Eindringens und des Angriffs auf seine Person in Gewahrsam zu nehmen, hatte er nicht die Nerven, die Frau länger als nötig in seiner Gegenwart zu ertragen. Warden war überzeugt, dass seine eindringlichen Worte auf fruchtbaren Boden gefallen waren. Außerdem – was sollte Mabel

Clarence schon ausrichten können? Man ging nicht einfach los, befragte ein paar Leute und fand auf diese Weise einen kaltblütigen Mörder. Gleich morgen würde er seinen Mitarbeitern befehlen, die Frauen, die mit Kernick ein Verhältnis gehabt hatten, zu befragen und ihre Lebensumstände zu überprüfen. Vielleicht war an Mabels Theorie etwas dran, vielleicht aber auch nicht. Gegenüber Mabel hätte es Warden niemals eingestanden, aber er machte sich Vorwürfe, mit der Verhaftung von Harrison Hickery den Fall Kernick als gelöst betrachtet zu haben. Er trug jedoch nicht allein die Schuld daran, immerhin hatte sein Vorgesetzter, dessen Anweisungen er schließlich Folge leisten musste, angeordnet, die Akte nach Hickerys Selbstmord zu schließen.

9

In der Nacht hatte es den ersten leichten Frost gegeben. Der Himmel war wolkenlos, klar und so blau, wie es nur ein Winterhimmel in Cornwall sein konnte. Eine leichte Brise wehte von der sechs Meilen entfernten See herüber, und Mabel wurde es leicht ums Herz. Auch wenn sie erneut mitten in einer Mordermittlung steckte, war ihre Entscheidung, ihr Leben in London aufzugeben und hier zu leben, die einzig richtige gewesen. Sie war auf dem Weg nach Higher Barton, denn am Vormittag hatte Emma Penrose angerufen.

„Miss Mabel, ich habe die Anfrage einer Firma vorliegen, die ihr Jubiläum mit etwa fünfhundert Personen auf Higher Barton feiern möchte", hatte die Verwalterin gesagt. „Ist es Ihnen möglich, für ein oder zwei Stunden zu kommen, ich würde die Sache gerne mit Ihnen persönlich durchsprechen. Ein Event dieser Größenordnung hatten wir noch nie."

Am Morgen hatte Mabel Victor von Kernicks Aufzeichnungen über seine zahlreichen Liebschaften berichtet.

„Das ist unglaublich! Wobei ich es keinesfalls gutheißen kann, dass Sie in Kernicks Haus eingedrungen sind, und dann noch Warden ..." Er kicherte wie ein Schuljunge, und Mabel stimmte in sein Lachen ein.

„Ich kann von Glück sagen, dass Warden mich nicht verhaftet hat." Sie wurde wieder ernst. „Victor, erkennen Sie jetzt, wie wichtig es ist, Kernicks Umfeld genau unter die Lupe zu nehmen? Ein Mann, der Frauen in einer derart schäbigen Weise benutzte, hatte sicher viele Feinde. Hickerys angebliches Motiv könnte nun auch auf andere Ehemänner zutreffen, denn ich bin mir sicher, einige dieser ... Damen waren ebenso wie Barbra verheiratet."

„Nun, die Polizei wird sich darum kümmern", entgegnete Victor und sah zur Uhr. „Heute Mittag müssen Sie mir mehr erzählen, jetzt wartet die Arbeit auf mich."

Er tippte sich grüßend an die Stirn, und Mabel nahm ihren Mantel und die Autoschlüssel. Sie freute sich auf den Vormittag in Higher Barton, denn Emma Penrose kochte einen hervorragenden Tee und hatte bestimmt wieder einen köstlichen Kuchen gebacken.

Das zweiflüglige schmiedeeiserne Tor stand weit offen, und während Mabel ihren Wagen über die gewundene Auffahrt zum Herrenhaus hinauflenkte, sah sie vor dem Portal einen alten VW-Bus stehen. Mabel wunderte sich, denn von einem Besuch hatte Emma Penrose nichts erwähnt. Außerdem würde dieser das Verwalterehepaar in dessen Cottage, das am östlichen Parkrand lag, aufsuchen und nicht vor dem Haupteingang parken. Mabel stellte ihren Rover neben den Campingbus, stieg aus und sah zwischen den Zweigen der Sträucher, die den Rosengarten von der Einfahrt abschirmten, jemanden umherschleichen.

„Hallo! Kann ich Ihnen helfen?", rief sie laut.

Ein junges Paar trat aus dem Gebüsch und grüßte freundlich. „Verzeihen Sie bitte unser Eindringen, wir haben uns verfahren und sind zufällig auf dieses wundervolle Haus gestoßen. Da konnten wir nicht widerstehen, uns etwas umzusehen."

„Das ist Higher Barton", sagte Mabel. „Es steht allerdings nicht der Öffentlichkeit zur Verfügung. Wo wollten Sie denn eigentlich hin?"

„Nach Fowey", antwortete die junge Frau. „Wir kommen aus London, und unterwegs streikte plötzlich das Navi. Der Akku ist leer."

Mabel nickte, wusste sie doch nur zu gut, wie es war, wenn man sich verfuhr. In diesem Moment trat Emma Penrose aus einer Seitentür des Hauses.

„Da kommt die Verwalterin", sagte Mabel und winkte Emma näher heran. „Sie kennt sich hier bestens aus und wird Ihnen den richtigen Weg erklären können."

„Danke, das ist sehr freundlich." Die junge Frau ließ ihren Blick über die Fensterfront des Anwesens schweifen. „Eigentlich schade, dass man das Haus nicht besichtigen kann. Es ist bestimmt sehr alt, nicht wahr?"

„Über vierhundert Jahre", antwortete Emma an Mabels Stelle.

„Mann, so alt!" Die Augen der Frau blitzen interessiert. „Ich studiere nämlich Architektur und bin von alten Gemäuern fasziniert." Sie zwinkerte Mabel zu. „Hier könnte man prima eine Halloweenparty veranstalten. In dem Haus spukt es doch bestimmt, oder?"

Mabel lachte laut und setzte schon zu einem Kommentar an, als sie bemerkte, wie Emma Penrose nervös von einem Fuß auf den anderen trat und sich ihre Gesichtszüge verschlossen, als sie sagte: „Ich muss Sie jetzt bitten zu gehen, unsere Zeit ist nämlich begrenzt."

Überrascht von Emmas Reaktion, die normalerweise Fremden gegenüber freundlich und zuvorkommend war, sagte Mabel: „Das Paar ist auf dem Weg nach Fowey, sie haben sich verfahren. Emma, sind Sie bitte so nett, Ihnen zu sagen, wie sie wieder auf die Hauptstraße kommen?"

Emma nickte und erklärte ihnen mit knappen Worten den Weg.

Nachdem das Paar mit seinem rumpelnden Bus das Grundstück verlassen hatte, wandte sich Mabel an Emma. „Die beiden hatten sich doch nur verfahren und waren sehr höflich. Warum waren Sie denn so unfreundlich zu ihnen?"

„Ich habe meine Gründe", antwortete Emma. „Der Tee ist bereits fertig, Miss Mabel. Hoffentlich ist er durch diese Verzögerung nicht kalt geworden."

Verwirrt folgte Mabel der Verwalterin in deren Cottage. Sie spürte genau, dass Emma Penrose eine Laus über die Leber gelaufen war, und fragte sich, was ihre Laune so gründlich verdorben hatte, denn so wortkarg, beinahe schon abweisend, kannte Mabel sie gar nicht. Auf dem Tisch stand ein Nuss-Karamell-Kuchen, bei dessen Anblick Mabel das Wasser im Mund zusammenlief. Eigentlich machte sie sich nicht viel aus Süßem, sie mochte es lieber herzhaft und deftig, doch Emmas Kuchen, stets nach alten kornischen Familienrezepten gebacken, konnte sie nie widerstehen.

„Die Idee einer Halloweenparty ist gar nicht so schlecht", nahm Mabel das Gespräch auf, nachdem sie eine Tasse Tee getrunken und wie Emma zwei Stück Kuchen gegessen hatte. „Wir könnten ja so tun, als ginge in Higher Barton ein Gespenst um. Es würde sicher viele, besonders junge Leute anziehen. Na, bis dahin ist noch viel Zeit, wir sollten aber darüber nachdenken, Emma."

Die Verwalterin legte ihre Hände um die warme Tasse und senkte den Kopf. „Ich glaube, Sie sollten es wissen, Miss Mabel. Sie haben ein Recht darauf, schließlich sind Sie die Eigentümerin von Higher Barton."

„Was sollte ich wissen?" Gespannt beugte sich Mabel vor. Selten hatte sie Emma Penrose derart ernst, beinahe schon verstört gesehen.

„Das Mädchen hatte recht: Es gibt ein Gespenst auf Higher Barton."

Diese Behauptung aus dem Mund der kühlen und überlegten Emma Penrose war derart unglaublich, dass Mabel laut lachte. „Ja, sicher. Wahrscheinlich zieht es kettenrasselnd um Mitternacht durch die Gänge und heult vom Turm herunter, oder?"

Emma hob den Kopf und sah Mabel ernst an. „Ich weiß, wie unglaublich das klingen mag, es gibt aber ... Gerüchte. Manche haben den Geist auch schon gesehen."

Mabel spürte, dass Emma keinen Scherz machte, und schüttelte ungläubig den Kopf. „Sie auch schon?"

„Nein, zum Glück nicht. Auch George hatte noch nicht das zweifelhafte Vergnügen einer Begegnung."

Mabel kannte Higher Barton seit über vierzig Jahren, doch nie hatte jemand auch nur ein Wort über ein angebliches Gespenst verloren. Nicht Abigail und auch nicht Arthur, ihr einstiger Verlobter, der dann Mabels Cousine geheiratet hatte.

„Weiß Lady Abigail darüber Bescheid?", fragte Mabel gespannt.

Emma sah sie nur nachdenklich an und zögerte mit der Antwort.

„Wir haben nie darüber gesprochen. Es ist ein Thema, über das man besser schweigt, weil es für die Familie wenig rühmlich ist. Sie wissen doch, Miss Mabel, wie Mylady um den guten Ruf des Namens Tremaine besorgt ist."

Nur zu gut, dachte Mabel in Erinnerung an vergangene Erlebnisse mit ihrer Cousine. „Erzählen Sie es mir, Emma, auch wenn ich natürlich nicht an Geister glaube. Ich würde die Geschichte dennoch gerne hören."

„Natürlich, Sie haben das Recht, alles zu erfahren, was sich einst hier zugetragen hat." Emma stand auf. „Zuerst mache ich uns aber noch eine Kanne Tee, Sie werden ihn brauchen."

In der folgenden Stunde hörte Mabel eine unglaubliche Geschichte, wie sie vielleicht nur hier im abgeschiedenen und sagenumwobenen Cornwall geschehen konnte. Der angebliche Geist von Higher Barton war eine junge Frau mit Namen Evelyn und spukte erst seit etwa einhundertsechzig Jahren in dem Haus. Damals, Mitte des 19. Jahrhunderts, befand sich die kornische Minenindustrie auf dem Höhepunkt ihres Erfolges. In ganz Cornwall gab es Zinn- und

Kupferminen, die neunzig Prozent der Einwohner Lohn und Brot gaben. Auch zu Higher Barton gehörten einige Minen in der Nähe der Dörfer Minions und St Cleer am Rande des Bodmin Moores. Der damalige Lord Tremaine hatte zwei Kinder: den älteren Ralph und die vier Jahre jüngere Evelyn, die eine wahre Schönheit gewesen sein musste. Der Sohn zeigte jedoch kein Interesse für den Familienbesitz und noch weniger für die Arbeit in den Minen. Nach seinem Schulabschluss, den er mit Ach und Krach hinbekommen hatte, zog es ihn an die Spieltische und in die Hurenhäuser der Städte, wo er das Geld, das sein Vater verdiente, durchbrachte. Evelyn war ganz anders. Bereits als kleines Kind gab es für sie nichts Schöneres, als den Vater zu den Minen zu begleiten und selbst in die Schächte abzufahren. Das Mädchen war von dieser Arbeit fasziniert, und als sie älter wurde, kümmerte sie sich um die Belange der Arbeiter und deren Familien. Dafür wurde sie von allen geliebt und war auf den Minengeländen immer gern gesehen. Schließlich äußerte Evelyn den Wunsch, Minenbau zu studieren, was für eine Frau völlig unmöglich war. In Redruth gab es zwar eine entsprechende Schule, die hatte jedoch nie zuvor eine Frau aufgenommen. Während Evelyns Mutter über den Wunsch ihrer Tochter entsetzt war und Ralph sie verhöhnte und verspottete, begann ihr Vater nach einer Möglichkeit zu suchen, damit Evelyn eines Tages die Minen von Higher Barton weiterführen konnte. Längst hatte Lord Tremaine erkannt, dass Ralph das Unternehmen in den Bankrott treiben würde, sollte er jemals das Sagen haben. Da das Geschlecht der Tremaines in Cornwall seit Jahrhunderten überaus angesehen war, gelang es Evelyns Vater, den Wunsch seiner Tochter zu erfüllen. Ab dem Herbst würde die Schule in Redruth sie aufnehmen. Das bedingte, dass der Lord seinen Sohn von der Erbfolge ausschloss und stattdessen Evelyn einsetzte.

An einem Sommerwochenende waren der Lord und Mylady zu einer Jagd eingeladen. Als sie zurückkehrten, war Evelyn spurlos verschwunden und Ralph seltsam verändert. Gerüchten zufolge fanden sich in Evelyns Zimmer und an der Kleidung ihres Bruders Blutspuren, dieser beteuerte jedoch, nichts über den Verbleib seiner Schwester zu wissen. Obwohl alles dafür sprach, dass Ralph Evelyn aus Eifersucht und Wut darüber, dass sie all das bekommen sollte, was eigentlich ihm zustand, getötet hatte, erfolgte keine Untersuchung oder gar Anklage. Ein solch unbeschreiblicher Skandal durfte nicht sein, außerdem wäre Lord Tremaine niemals gegen seinen Sohn, sein eigenes Fleisch und Blut, vor Gericht gezogen, so verabscheuungswürdig seine Tat auch war.

Ein paar Monate später behauptete ein Hausmädchen, dem Geist Evelyns in deren altem Zimmer, das seitdem nicht mehr benutzt wurde, begegnet zu sein. Die Bedienstete verließ auf der Stelle das Haus, aber auch später noch erschien die arme Seele Evelyns mehreren Menschen und berichtete, Ralph hätte sie erstochen und ihre Leiche irgendwo im Haus eingemauert. Seitdem spukte Evelyn Tremaine in den Mauern von Higher Barton und wartete darauf, dass ihre Leiche gefunden und anständig beerdigt werden konnte, damit ihre rastlose Seele zur Ruhe käme.

„Was für eine tragische und fantastische Geschichte!" Vor Begeisterung klatschte Mabel sich auf die Schenkel. „Kein Wunder, dass die Leute an einen Geist glauben. Was ist eigentlich aus diesem Ralph geworden?"

„Er hat das Erbe schließlich doch angetreten und, wie von seinem Vater vorausgesehen, die Minen in den Bankrott geführt. Glücklicherweise verfügte Higher Barton über ausreichend Grundbesitz, um ein finanzielles Fiasko zu verhindern, außerdem heiratete er eine reiche Erbin. Ralphs Sohn war glücklicherweise ganz anders als sein Vater. Ihm gelang es, den Besitz wieder auf ein gutes finanzielles Fundament zu stellen, die Minen waren jedoch unwiderruflich verloren."

Mabel beugte sich gespannt vor und sah Emma aufmerksam an. „Sie sagten, dass über die Geschichte nicht gesprochen wird. Woher wissen Sie Bescheid?"

Die Wangen der Verwalterin färbten sich rot. Verlegen senkte sie den Blick und murmelte: „Ich habe in der Bibliothek ein Buch gefunden. Ende des vorletzten Jahrhunderts hat jemand aus der Familie alles aufgeschrieben. Nicht, dass Sie jetzt denken, ich hätte geschnüffelt. Lady Abigail erlaubte mir, jederzeit die Bibliothek zu benutzen, da ich gerne lese."

„Das können Sie auch weiterhin, Emma." Mabel nickte ihr beruhigend zu. „Die Sache mit dem Gespenst ist natürlich völliger Unsinn, wenngleich an dem Mord durchaus etwas dran sein könnte." Sie trank einen Schluck von dem inzwischen kalten Tee und fuhr fort: „Wären Sie vielleicht so freundlich, mir das entsprechende Buch auszuleihen? Ich würde gerne einen Blick hineinwerfen."

Emma sah Mabel erstaunt an und nickte dann. „Selbstverständlich, es ist doch Ihr Eigentum. Ich laufe schnell hinüber und hole es. Wenn Sie ein paar Minuten warten wollen?"

Während Emma ins Herrenhaus ging, dachte Mabel darüber nach, dass sie sich auch nach einem halben Jahr noch immer nicht daran gewöhnt hatte, dass Higher Barton mit allem beweglichen und unbeweglichen Inventar ihr Besitz war. Dieser Gedanke erschreckte Mabel mehr, als dass sie sich darüber freute, denn sie würde sich nie als Herrin von Higher Barton fühlen.

Es war ein kleines, in inzwischen nachgedunkeltes und fleckiges Kalbsleder gebundenes Buch, das Mabel an ein Tagebuch erinnerte. Die Eintragungen waren handschriftlich vorgenommen worden, was darauf schließen ließ, dass der Verfasser – oder die Verfasserin? – es ausschließlich für ihren eigenen Bedarf geschrieben hatte. Ein Name war nirgends zu finden, doch die Schrift war gestochen scharf und deutlich zu lesen.

„Danke, dass Sie mir alles erzählt haben", sagte Mabel zu Emma und steckte das Buch ein. „Nun jedoch sollten wir den Geist des armen Mädchens ruhen lassen und über das Firmenjubiläum sprechen, den ursprünglichen Grund meines Besuches. Zeigen Sie mir bitte die Unterlagen?"

Emma Penrose beeilte sich, die schriftliche Anfrage zu holen, und die Frauen vertieften sich in die Planung, fünfhundert Gäste in Higher Barton unterzubringen und zu bewirten.

Es dunkelte bereits, als Mabel aufbrach. Ihr Kopf war voll von Ideen, eine davon nahm deutlich Gestalt an, während sie nach Lower Barton fuhr. Sie lächelte still vor sich hin. Obwohl die Sache mit dem Gespenst natürlich völliger Unsinn war, bot diese Geschichte vielleicht eine Möglichkeit, mit Kernicks Verleger in Kontakt zu kommen. Es wurde Zeit, dass sie mit Chenhill sprach.

„Was ist denn mit Ihnen passiert?" Victor musterte Mabel, als sie am nächsten Morgen seine Küche betrat, wo er bereits ungeduldig auf sein Frühstück wartete. „Sie sehen mal wieder mindestens zehn Jahre älter aus."

„Ihnen auch einen schönen guten Morgen, Victor." Mabel lächelte, wusste sie doch, dass dies Victors besondere Art war, seine Besorgnis auszudrücken. „Ich habe letzte Nacht kein Auge zugetan", fuhr Mabel fort, entnahm dem Kühlschrank Eier und Speck und begann das Frühstück zu richten.

Victors Augenbrauen schossen in die Höhe. „Sagen Sie nicht, Sie sind wieder über eine Leiche gestolpert!"

„Glücklicherweise nicht, ich habe gearbeitet."

„Gearbeitet?" Sein Gesicht war ein einziges Fragezeichen. „Was kann eine Frau wie Sie mitten in der Nacht arbeiten? Als Bardame werden Sie wohl nicht unterwegs gewesen sein, oder? Glaub' kaum, dass da Kundschaft käme."

Mabel grinste, während sie zwei Eier in die Pfanne schlug, in der bereits fetter Speck brutzelte. „Wissen Sie, was ich an Ihnen besonders schätze, Victor?" Über die Schulter warf sie ihm einen Blick zu. „Ihre Liebenswürdigkeit in jeder Situation. Wie konnte ich früher nur ohne Ihre Kommentare leben?"

Ein Unbeteiligter hätte bei dem Wortwechsel zwischen Mabel und Victor wohl den Kopf geschüttelt, für Mabel waren die Geplänkel aber wie das Salz in der Suppe. Sie wusste, wie sie den kauzigen Victor zu nehmen hatte, und legte nicht jedes seiner Worte auf die Goldwaage. Mabel war auf die Stellung bei ihm nicht angewiesen, denn sie war finanziell unabhängig. Die Arbeit machte ihr jedoch Spaß, und sie fühlte sich in Victors Gesellschaft wohl. Es gab ihrem Leben einen Sinn, denn nach ihrer Pensionierung hatte sie sich sehr gelangweilt.

Als Victor die Eier und den Speck mit Genuss verzehrt hatte, blieben noch ein paar Minuten, bis er seine Praxis öffnen musste. Mabel nahm ihre Handtasche, zog einige dicht beschriebene Blätter heraus und legte sie vor Victor auf den Tisch.

„Was ist das?", fragte er und erkannte Mabels geschwungene und gut lesbare Handschrift. „Das Geheimnis von Slipway Castle?", las er, und seine Augen weiteten sich erstaunt.

Mabel lächelte zufrieden, lehnte sich zurück und entgegnete: „Das ist die Idee für einen historischen Roman. Er handelt von einer jungen Frau, die Minenbauingenieurin werden möchte und von ihrem Bruder ermordet wird. Ich habe bereits ein paar Seiten geschrieben."

„Hä?" Victors Augen glichen zwei Fragezeichen. „Wann sind Sie unter die Schriftsteller gegangen? Was hat das zu bedeuten?"

„Es ist ganz einfach, Victor." Mit vor Begeisterung funkelnden Augen beugte Mabel sich vor. „Wir müssen Kernicks Verleger, diesen Chenhill, unter die Lupe nehmen. Wie aber lernt man einen Verleger kennen?" Sie nickte wohlwollend, als sie sah, dass Victor zu verstehen begann. „Richtig, ich werde ihm ein Manuskript anbieten. Natürlich nicht das ganze, dafür fehlt mir die Zeit, ich habe mich jedoch kundig gemacht und erfahren, dass es in dieser Branche üblich ist, ein Exposé und eine Leseprobe auszuarbeiten." Mit den Fingerknöcheln klopfte sie auf die Papiere. „Chenhill hat einen historischen Roman von Kernick verlegt, vielleicht findet er auch Gefallen an meiner

Idee? Und wenn nicht, so ist es die beste Möglichkeit, ihn und den Verlag kennenzulernen."

Victors Augen wurden noch größer. Ungläubig fragte er: „Aber wie, um Himmels willen, sind ausgerechnet Sie darauf gekommen, etwas zu schreiben?"

Mabel blinzelte verschmitzt. „Die Schreibgruppe um Penelope Jennings ist ungemein motivierend."

„Die Schreibgruppe?" Victor begann zu verstehen, dann lachte er laut. „Sie sind ein Teufelsweib, Mabel Clarence! Eigentlich hätte ich in dem Moment, als ich Ihnen von Miss Jennings erzählt habe, wissen müssen, dass Sie mit ihr Kontakt aufnehmen."

„Nun, ich habe auch schon ein wenig über Kernick erfahren. Auf jeden Fall hatte er eine Menge Verehrerinnen."

„Und wie sind Sie auf die Idee für einen solchen Roman gekommen?", fragte Victor, nachdem er das Exposé überflogen hatte. „Ist dieser Schreibclub derart inspirierend? Ich war der Meinung, es handelt sich dabei mehr um ein Kaffeekränzchen gelangweilter Damen."

Mabel sah auf die Uhr. „Wenn Sie heute Nachmittag Zeit haben, erzähle ich Ihnen, wie ich auf diesen Gedanken kam, jetzt müssen Sie in die Praxis. Ich kann Ihnen aber verraten, es hat etwas mit Higher Barton zu tun."

Victor stand auf und lächelte verschmitzt. „Na, da bin ich mal gespannt. Schade, dass ich jetzt arbeiten muss. Aber eines noch ..." Er warf einen Blick auf Mabels Notizen. „Ich kenne mich in dem Metier zwar nicht aus, denke aber, dass man einem Verleger kein handgeschriebenes Manuskript anbietet. Heutzutage läuft doch alles über Computer."

„Ich habe aber keinen Computer", gab Mabel zurück.

„Und ich gedenke nicht, mir deswegen einen anzuschaffen."

Bereits an der Tür zögerte Victor und kam dann noch mal zurück.

„Nun gut, ich werde Diana bitten, den Text abzutippen. Das heißt, wenn es für Sie in Ordnung ist, dass sie Ihren Entwurf sieht."

„Das würden Sie machen?" Verblüfft sah Mabel den Tierarzt an. „Das gehört aber nicht zu den Aufgaben Ihrer Sprechstundenhilfe."

„Papperlapapp." Victor winkte ab. „Diana macht, was ich ihr auftrage. Außerdem ist derzeit in der Praxis nicht viel los. Heute Abend bekommen Sie den getippten und ausgedruckten Text, wenn es Ihnen recht ist."

„Victor Daniels, ich wüsste nicht, was ich ohne Sie machen würde. Sie sind ein wahrer Freund."

„So ein Quatsch", murmelte Victor und verließ schnell die Küche. Nicht schnell genug, denn Mabel hatte gesehen, wie seine Wangen vor Verlegenheit rosa geworden waren.

10

Eigentlich hatte Victor Mabel noch fragen wollen, was sie denn tun würde, wenn Kernicks Verleger die Romanidee gut fand und das Buch verlegen wollte. Sie konnte doch unmöglich ein vollständiges Manuskript mit mehreren Hundert Seiten schreiben. Obwohl Victor Mabels Fähigkeiten sehr schätzte, traute er ihr doch nicht zu, einen vollständigen Roman zu Papier zu bringen. Zudem hatte ihn ihre letzte Bemerkung aus dem Konzept gebracht, denn er war kein Mensch, der gelobt werden wollte. Lob war immer subjektiv, und Victor wusste nie, ob es ehrlich gemeint war. Ja, wenn er seine Arbeit tat – und die tat er gern und gut – und er das Leben eines Tieres retten konnte, dann freute er sich natürlich, wenn der Besitzer ihm überschwänglich dankte. Mehr noch freute er sich, wenn die entsprechende Rechnung pünktlich bezahlt wurde. Geld hatte in seinem Leben zwar nie eine große Rolle gespielt, dennoch musste er von etwas leben, und auch seine Sprechstundenhilfe erwartete monatlich ihr Gehalt.

Zwischen zwei Patienten – einer Katze, die ihre jährliche Impfung erhielt, und einem Meerschweinchen mit einer Augenentzündung – musste Victor unwillkürlich wieder an Mabel denken. Unglaublich, dass sie erst vor einem halben Jahr in sein Leben getreten war, es kam ihm vor, als wäre sie schon immer in Lower Barton gewesen. Natürlich genoss er es, seit Mabel bei ihm nach dem Rechten sah, dass sein Haus nicht mehr im Chaos versank und er jeden Tag eine warme Mahlzeit auf dem Tisch hatte. Das aber war es nicht allein, was er an Mabel schätzte. Sie war einfach ... unkompliziert und ehrlich. Ja, das waren die Worte, die sie am besten beschrieben. Nun, ehrlich war er selbst auch, war es immer gewesen, und eigentlich auch nicht kompliziert? Oder etwa doch? Mabel schien da manchmal eine andere Meinung zu vertreten.

Das Klingeln des Telefons riss ihn aus seinen Gedanken. Da Diana Scott im Labor beschäftigt war, nahm er das Gespräch selbst entgegen. „Doktor Daniels?“

Er konnte die Frauenstimme nicht sofort zuordnen. „Gut, dass ich Sie erreiche."

„Wer spricht da?", blaffte er, ungehalten darüber, in seinen Überlegungen gestört zu werden, in den Hörer.

„Hier ist Linda." Eine kurze Pause. „Linda Tremellin von der Farm bei Liskeard. Sie erinnern sich doch noch an mich, oder?"

Sie sprach so leise, dass Victor Mühe hatte, die Frau zu verstehen, auch meinte er, einen ängstlichen Unterton in ihrer Stimme herauszuhören.

„Die Kuh, natürlich. Geht es ihr wieder schlechter? Eigentlich dachte ich, sie hätte das Schlimmste überstanden."

„Es ist nicht die Kuh, Doktor." Wieder eine kleine Pause, in der Victor schwieg. „Es ist ... der Hund. Er lahmt seit gestern und will auch nicht mehr fressen."

„Hm." Victor überlegte. Dafür konnte es viele Ursachen geben. „Kommen Sie mit dem Tier in meine Sprechstunde."

„Das ... das ... geht nicht. Mein Mann ist mit dem Wagen unterwegs." In der erneuten Pause konnte Victor hören, wie die Frau aufgeregt atmete. „Können Sie nicht zu uns rauskommen? Heute Nachmittag?"

Victor rollte mit den Augen. Am Nachmittag hatte er zwar keine Sprechstunde, aber er hatte versprochen, auf einem Reiterhof bei Looe vorbeizuschauen, und sich danach eigentlich auf einen frühen Feierabend gefreut. Sein Herz für Tiere siegte jedoch. Wenn es dem Hund schlecht ging, dann musste er so schnell wie möglich nach dem Tier schauen. Victor überlegte, um welche Rasse es sich handelte, konnte sich aber nicht erinnern, bei einem seiner Besuche auf der Farm jemals einen Hund gesehen zu haben.

„Also gut, ich komme", sagte er schließlich. „Aber nicht vor vier oder fünf Uhr."

Deutlich konnte er Mrs Tremellins Erleichterung hören. „Danke, Doktor, ich mache uns Tee und werde gleich einen Kuchen backen."

„Das ist wirklich nicht nötig", rief Victor, die Frau hatte aber bereits aufgelegt.

In der Mittagspause, die Victor wie immer gemeinsam mit Mabel verbrachte – heute gab es ein scharf gewürztes Chicken Tikka Masala, genau so, wie Victor es mochte –, berichtete Mabel, wie sie auf ihre Romanidee gekommen war.

„Die halbe Nacht habe ich in dem Buch gelesen, ich wüsste nur zu gern, wer es verfasst hat. Und schwups ...", Mabel schnippte mit den Fingern, „war die Idee geboren."

Victor nickte und äußerte dann seine Zweifel, über die er seit dem Morgen nachdachte. „Was machen Sie, liebe Mabel, wenn Chenhill den Roman verlegen möchte? Sie tragen sich nicht ernsthaft mit dem Gedanken, ein ganzes Buch zu schreiben?"

„Warum nicht?" Mabel lachte unbekümmert. „Wobei ich nicht glaube, dass mein Talent dafür ausreicht." Sie wurde ernst und sah Victor fest an. „Die ganze Sache dient lediglich dazu, mit dem Verleger in Kontakt zu kommen, oder haben Sie eine bessere Idee? So, wie es aussieht, hat Kernick keine Erben und sein Roman ist ein Bestseller. Wer streicht nach seinem Tod die Tantiemen ein? Der Anteil, den üblicherweise der Autor erhält, wird wohl im Verlag verbleiben. Somit ist Chenhill ein gemachter Mann. Wenn das kein Motiv für einen Mord ist."

„Geld, Macht und Eifersucht ..." Victor nickte langsam. „Wann werden die Menschen endlich lernen, dass alles auf dieser Welt vergänglich ist, und aufhören, nach immer mehr zu streben?"

„Niemals, Victor, da brauchen wir uns nichts vorzumachen."

Er stand auf, es wurde Zeit für die Hausbesuche. „Passen Sie bloß auf sich auf, Mabel. Versprechen Sie mir das?"

Seine Worte rührten Mabel erneut, obwohl der Tierarzt sie nicht ansah, sondern irgendeinen Punkt an der Wand fixierte.

„Selbstverständlich. Noch heute Nachmittag rufe ich bei Pixy Prints an und vereinbare einen Termin." Sie atmete tief ein und aus und fuhr dann fort: „Vielleicht sind wir auch auf einer völlig falschen Fährte, Chenhills Weste ist blütenweiß, und eine von Kernicks zahlreichen Liebschaften hat den Autor auf dem Gewissen."

„Darum kümmert sich Warden", entgegnete Victor. „Es ist zumindest erfreulich, dass er an Hickerys Schuld Zweifel hegt und bereit ist, den Fall wieder aufzunehmen."

„Oh, da wäre ich mir nicht so sicher." Mabel trat neben Victor. „Sie müssen jetzt aber los. Sind Sie zum Tee zurück?"

„Ich denke nicht." Der Gedanke an Linda Tremellin, die ihn zum Tee eingeladen hatte, war Victor alles andere als angenehm. Er beschloss jedoch, sich von der Frau nicht verrückt machen zu lassen. Das war noch nie geschehen, und in seinem Alter musste man über solchen Dingen stehen. Vielleicht bildete er sich Lindas Interesse auch nur ein, und die Farmersfrau wollte nur freundlich sein.

Drei Stunden später bog er auf den verwahrlosten Hof der Tremellin-Farm ein. In der Nähe von Looe hatte er die Hufentzündung eines Pferdes untersucht und behandelt und war dann gleich zu den Tremellins gefahren. Er würde sich den Hund ansehen, und wenn er sich beeilte, konnte er noch rechtzeitig zu den Sportnachrichten wieder zu Hause sein. Victor parkte seinen Jeep und stieg aus, da wurde die Haustür auch schon geöffnet.

„Doktor Daniels! Ich habe Sie bereits erwartet."

Nun war Victor kein Mann, der auf das Äußere eines Menschen und noch weniger auf die Kleidung einer Frau achtete, ihm fiel aber sofort auf, dass Linda Tremellin heute anders als sonst gekleidet war. Bisher hatte er sie in derben, dunklen Hosen, Gummistiefeln und einer grünen Wachsjacke gesehen, das glatte, braune Haar zu einem Dutt am Hinterkopf hochgesteckt. Heute jedoch trug sie einen knöchellangen, bunt bedruckten Rock, eine weiße Bluse, deren obere Knöpfe weiter als schicklich geöffnet waren und einen Blick auf ihr üppiges Dekolleté gewährten, und ihr Haar fiel offen auf die Schultern. Befremdet stellte Victor fest, dass sie sich geschminkt hatte, was die Frau offenbar nicht oft tat, denn ihre Augen mit dem grünen Lidschatten sahen aus, als wäre sie in eine Schlägerei geraten, und die rote Farbe des Lippenstiftes passte vielleicht zu einem eleganten Tanzvergnügen, keineswegs jedoch zu einer Farmersfrau.

„Wo ist der Hund?", fragte Victor und riss sich von der Betrachtung Linda Tremellins los.

„Kommen Sie doch erst mal in die Küche." Sie trat einen Schritt zur Seite.

Es war nicht zu vermeiden, dass Victor sie beim Vorbeigehen am Arm streifte, dabei roch er ein schweres, süßliches Parfüm und zog unwillkürlich die Nase kraus. Da er den Weg in die Küche kannte, ging er voran. Er würde sich das Tier ansehen und dann so schnell wie möglich wieder verschwinden. Künftig sollte sein Kollege aus Liskeard die weitere Behandlung übernehmen, schließlich war er aus dem Urlaub zurück und für die Gegend zuständig.

Die Küche des Bauernhauses war großzügig geschnitten, es fehlte jedoch an modernem Komfort. Als Kochstelle diente ein altmodischer weiß-schwarzer Kohleherd, der Victor an seine Kindheit erinnerte. Auf einer der schweren gusseisernen Platten pfiff ein Wasserkessel.

„Ich halte nichts von den modernen Wasserkochern", erklärte Linda Tremellin und nahm den Kessel von der Platte. „Guter englischer Tee muss traditionell aufgebrüht werden, so schmeckt er immer noch am besten."

Ob Wasser in einem Kessel oder in einem Wasserkocher erhitzt wurde, war Victor herzlich egal, er würde sich aber hüten, mit der Farmersfrau eine Diskussion über die Zubereitung von Tee zu beginnen. Der ausladende Tisch aus massivem Eichenholz war schon für zwei Personen gedeckt, in der Mitte standen ein mit Mandeln überladener Dundee Cake, ein Teller mit goldgelben Scones, Erdbeermarmelade und eine Schüssel mit Clotted Cream. Mrs Tremellin, die Victors Blick auf die süßen Köstlichkeiten bemerkte, sagte stolz: „Alles selbst gemacht, Doktor Daniels. Auch die Clotted Cream. Ist natürlich eine Menge Arbeit, aber das gekaufte Zeug aus dem Supermarkt schmeckt einfach nicht."

„Wo ist denn der Hund?", wiederholte er seine Frage und sah sich suchend um. Nichts in der Küche wies auf die Anwesenheit eines Tieres hin – kein Fress- oder Wassernapf und auch kein Körbchen mit einer weichen Decke.

„Ach, der Hund ... ja ..." Linda Tremellin lächelte unsicher. „Trinken wir doch zuerst eine Tasse Tee, Doktor." Mit glänzenden Augen lächelte sie Victor an. „Ein Stück Früchtekuchen oder einen Scone?"

„Danke, nichts von alledem."

Victor wurde es langsam zu bunt. Er war gekommen, um einem kranken Tier zu helfen, das war schließlich sein Beruf, nicht zu einer Plauderstunde bei Tee und Kuchen. Dies konnte er zu Hause haben, und er unterhielt sich wesentlich lieber mit Mabel als mit der Farmersfrau. „Es tut mir leid, Mrs Tremellin ..."

„Linda", unterbrach sie schnell. „Bitte sagen Sie Linda zu mir, und ich darf Sie Victor nennen? Nicht wahr, so lautet doch Ihr Vorname?"

„Mrs Tremellin", Victor betonte bewusst ihren Namen, „meine Zeit ist begrenzt, wenn Sie mir jetzt bitte das Tier zeigen würden. Ansonsten muss ich wieder gehen, es warten noch andere Patienten auf mich."

Plötzlich schien sich die Stimmung der Farmersfrau zu verändern. Ihre bisher strahlenden Augen verdunkelten sich, und für einen Moment meinte Victor, einen feuchten Schimmer darin gesehen zu haben. Schnell, um diese Regung vor Victor zu verbergen, schenkte sie den Tee ein. „Eine Tasse trinken Sie doch. Bitte!" Ihre Stimme nahm einen flehenden Ton an.

Victor war kein Unmensch, darum setzte er sich. „Nun gut, aber nur fünf Minuten." Aufmerksam sah er Linda Tremellin an. „Es gibt keinen Hund, nicht wahr?"

Das Blut schoss in ihre Wangen, sie senkte den Kopf und sagte so leise, dass Victor Mühe hatte, die Worte zu verstehen: „Sie haben recht, Doktor, wir haben keinen Hund. Das mag für eine Farm ungewöhnlich sein, aber Jonathan, mein Mann, meint, hier gäbe es nichts zu stehlen. Wir müssen uns also vor Einbrechern nicht schützen, außerdem ist ein Hund viel zu teuer. Das ganze Futter und die Tierarztkosten ..."

Victor stöhnte innerlich auf. Er musste so schnell wie möglich verschwinden, denn selbst einem Mann wie ihm, der wenig Erfahrung im Umgang mit dem anderen Geschlecht hatte, dämmerte es, warum Linda Tremellin ihn auf die Farm bestellt hatte.

Schon halb vom Stuhl erhoben, legte sie eine Hand auf seinen Arm und drückte ihn wieder zurück. Zum ersten Mal fiel Victor auf, dass Linda Tremellin recht kräftig war. Nun, als Farmersfrau musste sie das auch sein, denn von früh bis spät ging sie harter Arbeit nach.

„Ich bezahle Ihre Zeit."

„Was?" Victor glaubte sich verhört zu haben.

Linda nickte jedoch und sah ihn fest an. „Wir könnten sagen, der Kuh wäre es wieder schlechter gegangen. Meinem Mann liegt das Viech am Herzen, er wird die Rechnung bezahlen."

Mit einem Ruck zog Victor seinen Arm unter Lindas Hand hervor und stand hastig auf. „Es tut mir leid, wenn Sie sich einsam fühlen ...", begann er, wurde aber erneut unterbrochen.

„Jonathan ist auf einer landwirtschaftlichen Ausstellung in Plymouth. Ich erwarte ihn erst morgen zurück, wir sind also ganz allein."

„Mrs Tremellin, bitte ..." Krampfhaft suchte Victor nach Worten. In seinem Leben hatte er schon so einiges erlebt, eine solche Situation war ihm aber bisher glücklicherweise erspart geblieben. So mancher Mann würde sich geschmeichelt fühlen, denn die Blicke, die Linda ihm zuwarf, sprachen eine eindeutige Sprache, und die Gelegenheit vielleicht sogar beim Schopf packen. Victor war die Situation aber mehr als peinlich.

„Finden Sie mich nicht attraktiv?", fragte sie plötzlich, und ihre Augen füllten sich mit Tränen.

„Ähm ... das kann ich nicht beurteilen." Die Antwort war wenig diplomatisch, das wusste Victor. „Ich bitte Sie, ersparen Sie uns beiden eine solche Szene, Mrs Tremellin. Sie sind verheiratet und ich ..."

„Mein Mann und ich leben seit Jahren nur noch wie Bruder und Schwester zusammen." Es schien Linda nichts auszumachen, solch intime Details vor einem beinahe Fremden auszubreiten. „Wir haben uns nichts mehr zu sagen. Vielleicht wäre es anders gekommen, wenn wir Kinder gehabt hätten, aber das Schicksal wollte es nicht so. Victor ...", sie scheute sich nicht, seinen Vornamen zu verwenden, „ich habe mich ein wenig über Sie erkundigt. Sie leben doch allein, nicht wahr? Dabei sind Sie ein Mann in den besten Jahren ... mit Wünschen und Bedürfnissen. So, wie ich eine Frau mit gewissen Bedürfnissen bin. Wir beide ... es muss niemand erfahren, ich bin äußerst diskret."

Nun hatte Victor endgültig genug. Es war ihm gleichgültig, ob er unfreundlich war, denn auf diese Farm würde er niemals wieder einen Fuß setzen. „Mrs Tremellin, wenn Sie Eheprobleme haben, sollten Sie diese mit einem Arzt, ich meine, mit einem richtigen Arzt besprechen, am besten gleich mit einem Psychologen. Ich werde jetzt gehen und wünsche, künftig nicht wieder von Ihnen belästigt zu werden."

„Ich war nicht immer eine arme Farmerin", rief sie und sprang auf. „Es waren die Umstände, die mich zu diesem Leben hier zwangen. Victor, bitte, so warten Sie doch! Sie und ich ... wir passen zusammen, das habe ich vom ersten Augenblick an gespürt."

Ohne Linda einen weiteren Blick zu schenken, stapfte Victor aus der Küche. An der Tür hörte er, wie die Frau laut schluchzte.

„Verrückt!", murmelte er und schüttelte den Kopf. „Die ist ja völlig verrückt."

Als Victor den Schlüssel ins Zündschloss seines Jeeps schob, zitterten seine Finger. Erst, als er den schmalen, an beiden Seiten mit hohen Hecken gesäumten Weg in Richtung St Keyne fuhr und die Farm im Rückspiegel nicht mehr zu erkennen war, begann er sich zu beruhigen. Zugegeben, Linda Tremellin war eine Frau in den besten Jahren – er schätzte sie auf Ende vierzig, wobei er sich durchaus irren konnte, denn sie schien vor ihrer Zeit verblüht zu sein –, und bis zu einem gewissen Maß hatte er sogar Verständnis dafür, dass sie die Zärtlichkeiten, die sie in der Ehe vermisste, bei jemand anderem suchte. Sich aber einzubilden, ausgerechnet in ihn verliebt zu sein, war nicht ganz normal. Du meine Güte, sie hatten sich vielleicht vier- oder fünfmal gesehen, und bis auf heute hatte Victor keine zehn Sätze mit ihr gewechselt, sondern meistens mit Jonathan Tremellin gesprochen und sich ihr gegenüber immer korrekt verhalten.

Da die Straße für einige Hundert Yards schnurgerade verlief, drehte Victor den Rückspiegel so, dass er sein Gesicht darin betrachten konnte. Er war beileibe keine Schönheit, sein Oberkopf war haarlos, und in sein Gesicht hatten sich tiefe Falten gegraben. Seine grauen Augen unter buschigen dunklen Augenbrauen standen eng beisammen, und seine Nase war deutlich zu groß geraten.

„Was findet die nur an mir?“, fragte sich Victor laut. „Außerdem bin ich viel zu alt.“

Victor Daniels, ihre Aufmerksamkeit schmeichelt dir, schalt er sich in Gedanken und musste unwillkürlich grinsen. Bei aller Griesgrämigkeit, die er nach Mabels Aussage manchmal an den Tag legte, war er doch ein Mann. Und welchem Mann gefiel es nicht, von einer Frau angehimmelt zu werden, besonders, wenn diese einige Jahre jünger war. Trotzdem würde er jeden weiteren Kontakt vermeiden. Unwillkürlich dachte Victor an die Frau seines einst besten Freundes. Vor mehr als dreißig Jahren hatte sie eine tiefe Freundschaft verbunden, die nie die Grenzen der Schicklichkeit überschritten hatte, trotzdem war es durch ihre Beziehung zum Ende der Ehe und zum Bruch der Freundschaft gekommen. Alan Trengove, der Sohn seines Freundes, hatte ihm lange Zeit die Schuld am Selbstmord seiner Mutter gegeben. Auch wenn sich die beiden Männer inzwischen ausgesprochen hatten – um wieder ein herzliches Verhältnis zueinander aufzubauen, würde noch einige Zeit vergehen müssen.

Victor schüttelte sich wie ein nasser Hund. Glücklicherweise wurde die Straße jetzt schmal und kurvig. Er musste sich auf den Verkehr konzentrieren und beschloss, nicht länger an Linda Tremellin zu denken, denn diese Frau würde er niemals wiedersehen.

„Ich habe schon morgen einen Termin!“ Aufgeregt begrüßte Mabel Victor, als er seine Gummistiefel abstreifte und diese ebenso wie die Cordjacke achtlos in eine Ecke warf, so, wie er es immer tat. Mabel würde es später wieder aufräumen dürfen.

„Termin? Was für einen Termin?“ Er stapfte an Mabel vorbei ins Wohnzimmer und ließ sich in einen Sessel fallen.

„Bei Pixy Prints. Morgen um zehn Uhr kann ich vorsprechen, und zwar bei David Chenhill persönlich.“ Mabel musterte Victor, der offenbar kein Wort von dem, was sie sagte, verstanden hatte. „Victor, was ist geschehen? Sie wirken reichlich verwirrt.“

Endlich richtete er seinen Blick auf Mabel und wischte sich mit dem Handrücken über die Augen. „Nein, ja, also ... eigentlich nicht.“

„Ich mache uns einen Tee, und dann erzählen Sie mir alles“, sagte Mabel.

„Keinen Tee!“, rief Victor so laut, dass Mabel erschrocken herumfuhr. „Ich kann Tee nicht mehr sehen. Machen Sie mir lieber einen Kaffee, ich habe doch sicher Pulverkaffee im Haus. Sehr stark und schwarz.“

Im Augenblick verzichtete Mabel auf einen Kommentar. Sie wusste, wenn Victor Kaffee trank, dann beschäftigte ihn etwas, denn sonst war er einer guten Tasse Tee niemals abgeneigt.

Zehn Minuten später saßen sie sich im Wohnzimmer gegenüber. Victor nippte an dem brühend heißen Kaffee, Mabel hatte sich ein Glas Orangensaft eingeschenkt.

„Also, Victor, was ist los?“, fragte sie direkt. „Hat es etwas mit unserem Fall zu tun? Haben Sie etwas über Kernick erfahren?“

Er schüttelte den Kopf und verzog die Mundwinkel zur Andeutung eines Lächelns. „Es hat nichts mit dem Mord zu tun, Mabel. Es tut mir leid, wenn ich vorhin etwas ... unhöflich zu Ihnen war. Es freut mich, dass Sie morgen mit dem Verleger sprechen werden, ich bin auf Ihren Eindruck von ihm gespannt.“

„Und?“

„Was und?“

„Na, was hat Ihnen dermaßen die Laune vermiest? Sie sahen aus, als wären sie dem Gespenst von Higher Barton höchstpersönlich begegnet.“

Mabels Vergleich half Victor, sich zu entspannen. „Ich war auf der Farm bei Liskeard, bei den Tremellins. Da war ich schon ein einige Male wegen einer Kuh mit Euterentzündung. Die Frau des Farmers hat aber auch ein paar schwerwiegende Probleme ... Heute waren wir allein, und da ... nun ... sie machte mir eindeutige Avancen, ich konnte gerade noch entkommen.“

Mabel brauchte ein paar Sekunden, um den Sinn seiner Worte zu verstehen, dann presste sie eine Hand auf den Mund, konnte aber ein Lachen nicht unterdrücken. „Ihnen? Das ist nicht Ihr Ernst, Sie scherzen, Victor“, stieß sie heiser hervor.

„Nun beruhigen Sie sich mal. Was ist daran so komisch, wenn eine Frau Gefallen an mir findet?“

Mabel bereute sogleich ihre Worte. „Es tut mir leid, ich wollte nicht ausdrücken, dass es mir lächerlich erscheint, dass jemand für Sie tiefere Gefühle entwickelt. Es ist nur schwer vorstellbar, denn Sie sind nicht gerade der Typ Mann, der vor Charme nur so sprüht, dass jede Frau ihm sogleich erliegt."

„Danke, Mabel, Sie nehmen wie immer kein Blatt vor den Mund. Allerdings zähle ich noch lange nicht zum alten Eisen."

Mabel schlug einen versöhnlichen Ton an. „Nun, Sie sind ein ganzer Kerl, wie man so schön sagt. Ich bin sicher, Sie werden mit den Avancen spielend fertig, nicht wahr?"

„Hm ..." Unwillig verzog Victor das Gesicht. „Können wir das Thema wechseln? Sprechen wir lieber über Ihr morgiges Treffen mit dem Verleger."

Mabel nickte, wenngleich sie gerne mehr über die Farmersfrau erfahren hätte. Doch sie wusste, dass Victor nichts mehr zu entlocken war, also erläuterte sie ihm ihren Plan.

11

Mabel war selbst überrascht, dass sie so schnell einen Termin bei David Chenhill erhalten hatte, obwohl sie am Telefon nur gesagt hatte, sie würde gerne ein Manuskript anbieten. Sue vom Schreibclub hatte ihr erklärt, dass man normalerweise ein Exposé und eine Textprobe einreichen und dann wochenlang auf eine Reaktion warten müsse. „Meistens kommt sogar gar keine Antwort", hatte Sue seufzend hinzugefügt. „Dann kann man davon ausgehen, dass die Einsendung im Papierkorb gelandet ist."

Nun, Mabel freute sich, dass sie offenbar Glück hatte und der Verleger tatsächlich persönlich mit ihr sprechen wollte. Nach dem Erfolg von Kernicks Roman war der Verlag vielleicht auf der Suche nach weiteren historischen Stoffen und wollte das Eisen schmieden, solange es heiß war.

Das zweistöckige Gebäude von Pixy Prints war ein moderner Stahl- und Glasbau und lag am westlichen Rand der Stadt Liskeard in der Nähe des Supermarktes Morrisons. Mabel war frühzeitig aus Lower Barton losgefahren, denn sie wollte auf keinen Fall zu spät kommen. Als sie ihr Auto auf dem großzügigen Parkplatz vor dem Verlagshaus abgestellt hatte, war es erst halb zehn, also hatte sie noch eine halbe Stunde Zeit. Es wehte ein kalter, böiger Westwind, und Mabel entschloss sich, die Wartezeit mit einer Tasse Tee im Selbstbedienungsrestaurant bei Morrisons zu überbrücken.

Sie hatte sich gerade an einen der Tische gesetzt, als sie Barbra Hickery bemerkte. Die frühere Geliebte des Schriftstellers war nicht allein – ein deutlich jüngerer und attraktiver Mann schob einen bis zum Rand gefüllten Einkaufswagen zu einer der Kassen. Gemeinsam legten sie die Waren auf das Band, und Mabel hatte keine Mühe zu erkennen, was das Paar eingekauft hatte. Neben den üblichen Lebensmitteln wie Brot, Eier, Wasser und zahlreichen Fertiggerichten wanderten auch zwei Flaschen Champagner, eine Dose Kaviar und ein Päckchen feinster schottischer Lachs auf das Band. Was aber Mabels Aufmerksamkeit weit mehr erregte, war die Tatsache, wie der junge Mann und Barbra Hickery miteinander umgingen. Für jeden Außenstehenden musste es so aussehen, als wären die beiden ein glücklich verliebtes Paar. Wie ein Teenager himmelte Barbra ihren Begleiter an, und plötzlich küsste er sie vor allen Leuten mitten auf den Mund, für mindestens eine halbe Minute. Gurrend lachend legte Barbra daraufhin ihre Hand auf sein zweifelsohne knackiges Hinterteil.

„Und mir gegenüber tut sie, als hätte Kernick ihr das Herz gebrochen und als würde sie am Rand des Existenzminimums leben", murmelte Mabel und nippte an dem inzwischen erkalteten Tee. Entweder war Barbra eine gute Schauspielerin oder ihr Leben hatte sich binnen weniger Tage komplett verändert. Mabel war eher geneigt, Ersteres zu glauben.

In den letzten Tagen war Mabel nicht dazu gekommen, weitere Erkundigungen über Barbra Hickery einzuholen. Sie wollte sich nicht darauf verlassen, dass Chefinspektor Warden sich tatsächlich in angemessenem Maß um alle von Kernicks Liebschaften kümmerte. Doch Mabel wusste nicht so recht, wie sie selbst etwas in Erfahrung bringen sollte, denn außer Barbra und Penelope Jennings waren ihr alle Frauen in dem Heft unbekannt, und es waren auch keine Adressen vermerkt gewesen. Zudem hatte sie keine Möglichkeit gehabt, sich die Namen zu merken oder die Seiten des Heftes zu kopieren, denn Warden hatte das Büchlein eingesteckt und es Mabel somit entzogen. Auf jeden Fall schien sich Barbra schnell getröstet zu haben. Mabel konnte sich keinen Reim auf Barbras Verhalten machen.

Bisher hatte die Frau sie nicht bemerkt, wenn sie sich überhaupt noch an sie erinnern würde, außerdem schien sie ohnehin nur Augen für ihren jungen Galan zu haben.

Ein ungeheuerlicher Gedanke schoss Mabel durch den Kopf: Was, wenn Barbra Hickery Zugriff auf Kernicks Konten hatte? Immerhin hatte sie über mehrere Monate freien Zugang zu seinem Haus gehabt und wusste bestimmt, wo Kernick sein Geld aufbewahrte. Vielleicht hatte der Autor auch kein großes Vertrauen in die Banken gehabt und sein Geld irgendwo im Haus versteckt? Einen Safe oder Ähnliches hatte Mabel in Kernicks Haus zwar nicht entdecken können, was aber nichts zu sagen hatte. Chefinspektor Warden könnte ihr bestimmt Auskunft zu Kernicks Vermögensverhältnissen geben, wahrscheinlicher wäre jedoch, dass er sie auf der Stelle energisch vor die Tür setzte. Der Vorfall in Kernicks Haus war Mabel schrecklich peinlich, und sie musste Warden dankbar sein, dass er sie nicht angezeigt hatte. Aus diesem Grund würde sie dem Inspektor künftig aus dem Weg gehen. Er machte seine Arbeit – nun ja, soweit er dazu eben in der Lage war – und sie ihre.

„Ach herrje!", rief Mabel, als sie auf die Uhr schaute, so laut, dass sich eine Kundin nach ihr umdrehte. Es war bereits fünf Minuten nach zehn. Wegen Barbra Hickery und deren Liebhaber kam sie nun zu spät zu ihrem Termin.

Zwei Minuten später trat Mabel durch die spiegelnde Glastür, die automatisch und geräuschlos zur Seite schwang. Der Empfangsraum erinnerte sie unwillkürlich an Alan Trengoves Büro in Truro, das ebenso kühl und nüchtern eingerichtet war. Mabel trat an den Tresen und nannte der jungen Wasserstoffblondine ihren Namen. „Ich habe einen Termin bei Mr Chenhill."

Demonstrativ sah die Blondine auf die Digitalanzeige der modernen Wanduhr. „Ihr Termin war um zehn", sagte sie und musterte Mabel kühl. „Mr Chenhill ist es nicht gewohnt zu warten, seine Zeit ist begrenzt."

„Entschuldigung." Mabel bemühte sich um einen zerknirschten Gesichtsausdruck. „Ich komme von der Südküste und habe den Verkehr unterschätzt."

Sie zog eine Augenbraue hoch, musterte Mabel von oben bis unten und ließ keinen Zweifel daran, dass sie sich fragte, was die ältere Frau wohl mit dem Chef zu besprechen hätte. Dann griff sie zum Telefon und sagte: „Miss Clarence ist nun hier, Mr Chenhill. Ich schicke sie hinauf." Zu Mabel gewandt fuhr sie fort: „Erster Stock, linker Gang und dann die vierte Tür rechts. Können Sie sich das merken?"

„Ich denke schon. Ich bin zwar ein wenig älter, aber weder blond noch dumm." Diese Bemerkung konnte Mabel sich nicht verkneifen, wollte sich aber über die Arroganz der jungen Frau nicht weiter ärgern. Sie war aus einem bestimmten Grund hier und musste sich auf das kommende Gespräch konzentrieren.

Der Verleger öffnete Mabel die Tür, bevor sie klopfen konnte.

„Einen guten Tag, Miss Clarence", sagte er mit dröhnender Stimme, die erstaunlicherweise frei von jeglichem Vorwurf war. „Ich habe Sie bereits erwartet."

Mabel wiederholte ihre Entschuldigung und nahm in einem der vier breiten Ledersessel in Chenhills Büro Platz. Auf dem niedrigen Glastisch standen Gläser, Tassen, eine Karaffe Wasser und eine Kanne Tee bereit. Das Angebot, einen Tee zu trinken, lehnte Mabel ab, sie ließ sich von Chenhill aber ein Glas Wasser einschenken. Dabei musterte sie den Mann unauffällig. Der Verleger war über sechs Fuß groß, also ähnlich wie Clark Kernick, seine Statur untersetzt, aber eher kräftig als dicklich. Das hellbraune, kurz geschnittene Haar lichtete sich auf dem Oberkopf, und er trug eine moderne Brille ohne Fassung.

„Was kann ich für Sie tun, Miss Clarence?", fragte Chenhill, lehnte sich zurück und faltete die Hände vor seinem Bauch. „Meine Sekretärin, mit der Sie den Termin vereinbarten, meinte, Sie hätten ein Manuskript anzubieten, Sie wollten es aber nur mir persönlich aushändigen. Nun, Miss Clarence ...", der Blick aus den hellen Augen war gelangweilt, „ein solches Vorgehen ist in unserer Branche keinesfalls üblich. Normalerweise werden Manuskripte per Post oder E-Mail eingereicht, und nach einer positiven Prüfung setze ich mich mit den Autoren in Verbindung."

„Ganz richtig." Mabel hatte eine solche Reaktion Chenhills erwartet und sich ihre Worte gut überlegt. Sie lächelte zurückhaltend und versuchte einen eher unterwürfigen Eindruck zu erwecken. „Ich bedanke mich sehr herzlich, dass Sie Ihre kostbare Zeit für mich opfern. Sie müssen wissen, dass ich der Post nicht traue und ... nun ja", sie zuckte mit den Schultern und sah den Verleger entschuldigend an, „einen Computer besitze ich nicht."

„Keinen Computer?" Chenhill runzelte unwillig die Stirn und erhob sich halb aus dem Sessel. „Dann, Miss Clarence, glaube ich, dass wir unser Gespräch leider beenden müssen, denn ich nehme nur Manuskripte an, die in einem gängigen Textverarbeitungsprogramm geschrieben sind."

„Das ist mein Text selbstverständlich." Der von Victor

geliehenen Aktentasche entnahm Mabel die Ausdrucke ihres Textes und legte sie vor Chenhill auf den Tisch. Da dieser bereits den Mund öffnete, sprach Mabel schnell weiter: „Ich möchte mich nicht als große Schriftstellerin bezeichnen, diese Geschichte jedoch beschäftigt mich schon seit Jahren, deswegen habe ich einfach mal etwas aufgeschrieben. Historische Romane sollen auf dem Markt derzeit besonders gefragt sein, habe ich mir sagen lassen."

„So, so." Chenhill warf einen flüchtigen Blick auf das Exposé, ohne das Blatt in die Hand zu nehmen. „Und woher haben Sie diese Information?"

Mit dieser Frage hatte Mabel nicht gerechnet, darum geriet sie kurz aus dem Konzept. Sie fing sich aber schnell wieder und erwiderte: „Ich bin Mitglied eines Schreibclubs, da wurde über das Thema gesprochen." Sie wagte einen Vorstoß. „Der Roman von Clark Kernick ist ja in aller Munde, und das Buch scheint ein großer Erfolg zu sein."

Zum ersten Mal spielte die Andeutung eines Lächelns um Chenhills Lippen, das seinen Blick jedoch nicht erreichte, der nach wie vor kühl auf Mabel ruhte. Selten hatte sie einen Menschen mit ausdrucksloseren Augen getroffen. Sie waren beinahe farblos und so kalt, als verfügte der Mann über keine Emotionen. Es könnten die Augen eines Mörders sein, schoss es ihr durch den Kopf und sie bemühte sich, sich ihre Gedankengänge nicht anmerken zu lassen. Groß genug, um Kernick mit einem Schürhaken den Schädel einzuschlagen, war Chenhill auf jeden Fall, und seine Hände mit den kurzen, breiten Fingern waren so kräftig wie die eines Farmers oder Bergarbeiters.

„Miss Clarence, hören Sie mir überhaupt zu?"

Mabel riss sich zusammen, denn über ihre Gedanken hatte sie Chenhills letzte Frage verpasst. „Verzeihen Sie", sagte sie schnell. „Was meinten Sie?"

David Chenhill seufzte verhalten. Es war ihm anzusehen, dass ihn das Gespräch zunehmend langweilte. „Ich habe das Exposé gerade überflogen. Die Geschichte könnte Potenzial haben, allerdings muss ich prüfen, wie Sie Ihre Gedanken umsetzen und zu Papier bringen." Er blätterte kurz in der Textprobe. „Ist das alles, was Sie bisher geschrieben haben oder gibt es bereits ein fertiges Manuskript?"

„Ähm ... nein ... das heißt ja, das ist alles. Bevor ich mir die Arbeit mache und ein paar Hundert Seiten schreibe, wollte ich erst abklären, ob ein solcher Stoff auf dem Markt überhaupt Chancen hat."

Chenhill nickte. „Wenn wir uns zu einer Zusammenarbeit entschließen würden – mal theoretisch –, bis wann könnten Sie das fertige Manuskript liefern?"

Auch darüber hatte Mabel gut nachgedacht, daher sagte sie spontan: „In wenigen Wochen. Ich bin Pensionärin und habe ausreichend Zeit."

„Gut." Ein erneutes Nicken. „Sie werden in ein paar Tagen von uns hören." David Chenhill wollte aufstehen, um anzudeuten, dass er das Gespräch für beendet hielt, Mabel hatte jedoch noch etwas auf dem Herzen.

„Ich möchte Ihre Zeit nicht über Gebühr beanspruchen, denn Sie sind sicher ein viel beschäftigter Mann", schmeichelte sie ihm. „Erlauben Sie mir aber noch ein paar Fragen, was die Verlagswerbung für ein Buch angeht?"

„Werbung?" Wieder dieses kalte Lächeln, das nur die

Mundwinkel erreichte. „Ist es nicht etwas früh, um über Werbung zu sprechen?"

Mabel setzte ihr zuckersüßestes Lächeln auf. „Nun, Mr Chenhill, Pixy Prints ist zwar meine erste Wahl unter den kornischen Verlagen, meine Entscheidung, wo ich schlussendlich veröffentliche, hängt aber auch vom Werbeetat ab. Schließlich sind wir im Falle einer Zusammenarbeit beide an guten Verkaufszahlen interessiert, nicht wahr? Ob die Leser auf ein Werk aufmerksam werden, hat weniger mit dem Inhalt als mit der Vermarktung zu tun, da stimmen Sie mir doch zu? Ein Roman kann noch so gut und spannend geschrieben sein, wenn die Leute nicht wissen, dass es ihn gibt, dann wird er auch nicht gekauft."

Erfreut bemerkte Mabel das zunehmende Interesse des Verlegers. „Sie scheinen sich in dem Metier auszukennen", bemerkte er anerkennend. „Sind Sie vom Fach?"

Abwehrend hob Mabel die Hände und lachte. „Mitnichten, ich habe als Krankenschwester gearbeitet. Allerdings lese ich stets den Kultur- und Feuilletonteil der Zeitung und habe mich schon immer für den Literaturbetrieb interessiert. Ein gutes Beispiel für meine These ist Clark Kernick. Sein Roman ist zweifelsohne gut geschrieben – hätte er es aber auch auf die Bestsellerlisten geschafft ohne diese tragische Geschichte?" Während sie sprach, ließ Mabel den Verleger nicht aus den Augen. „Man muss doch nur die ersten Werke dieses Autors lesen. Ein Buchhändler sagte mir, dass vor Kernicks Tod nicht einmal tausend Exemplare davon verkauft wurden, und jetzt gingen binnen zwei Wochen mehr als hunderttausend über die Ladentheken."

Für den Bruchteil einer Sekunde flog ein Schatten über Chenhills Gesicht, er hatte sich aber gleich wieder im Griff.

„Der arme Clark, was für eine furchtbare Geschichte." Der Seufzer, der Chenhills Worte begleitete, erschien Mabel unecht. „Dabei hätte er es verdient, diesen Erfolg mitzuerleben, schließlich hat er lange dafür gekämpft."

„Und Sie haben immer an ihn geglaubt", warf Mabel ein.

Seine Augenbrauen schnellten nach oben. „Wie meinen Sie das?"

Täuschte Mabel sich, dass sich sein Körper plötzlich anspannte, ganz so, als wäre er auf dem Sprung?

„Nun, die ersten zwei Romane Kernicks sind doch auch in Ihrem Verlag erschienen. Es wundert mich, dass Sie ihm immer wieder eine Chance gaben, obwohl diese Bücher bestimmt ein Verlustgeschäft für Sie waren."

Hörbar atmete Chenhill aus, bevor er antwortete: „Ein guter Verleger spürt, wenn ein Autor über Potenzial verfügt, Miss Clarence. Clark Kernick brauchte eben eine gewisse Zeit und ein paar Fehlversuche, bis er in der Lage war, ein richtig gutes Werk zu schreiben."

„Was für eine Tragödie, dass Kernick sterben musste, bevor er in den Genuss seines Erfolgs kam, nicht wahr?" Während ihrer Worte ließ Mabel den Verleger nicht aus den Augen. „Glauben Sie, Mr Chenhill, dass der Roman auch ohne diese furchtbare Sache ein Bestseller geworden wäre?"

Chenhill stand so hastig auf, dass der schwere Sessel nach hinten rutschte. Sein Blick wurde wieder zu Eis, als er sagte: „Miss Clarence, ich werde Ihr Exposé und die Textprobe prüfen. Wenn Ihre Geschichte für uns in Frage kommt, dann werden wir uns über die entsprechende Vermarktung einigen."

„Solange ich für einen Erfolg nicht auch sterben muss."

Sofort, als die Worte ihrem Mund entschlüpft waren, bereute Mabel sie.

„Dafür gibt es keine Garantie. Ich möchte Ihnen nicht zu nahe treten, aber die Jüngste sind Sie nicht mehr. Denken Sie an Schriftsteller wie Stieg Larsson – da kam der Erfolg auch erst nach seinem Ableben. Das Schicksal geht oft seltsame Wege."

Mabel blieb nichts anderes übrig, als nun auch aufzustehen, denn es gab keinen Grund mehr, das Gespräch weiter in die Länge zu ziehen. Höflich begleitete Chenhill sie zur Tür und reichte ihr die Hand. Sie war eiskalt und feucht.

Während der Rückfahrt nach Lower Barton rekapitulierte Mabel das Gespräch mit dem Verleger. Er war nicht unfreundlich gewesen, aber ohne einen Hauch von Wärme. Ein eiskalter Geschäftsmann, dachte Mabel. Ein Mann, der zum Erreichen seiner Ziele über Leichen ging, wie man so schön sagte. Nur dass es in diesem Fall wirklich einen Toten gegeben hatte, von dem Chenhill finanziell profitierte. Beim Gedanken daran, dass sie die letzte Stunde vielleicht in der Gesellschaft eines Mörders verbracht hatte, fröstelte Mabel, obwohl die Autoheizung auf höchster Stufe lief. Sie musste unbedingt in Erfahrung bringen, was mit Kernicks Tantiemen geschehen würde, und bedauerte, dass Alan Trengove nicht zu erreichen war. Für einen Anwalt musste es doch ein Leichtes sein herauszufinden, wer in den Genuss von Kernicks posthumem Erfolg kam.

„Wozu gibt es Handys?", sagte sie plötzlich laut zu sich selbst. „Ich werde ihm eine SMS schicken."

Mabel hielt in der Einfahrt zu Trago Mills an, einem

der größten Warenhäuser Cornwalls, in dem man von Lebensmitteln, Gartenbedarf, Kleidung und Möbeln bis hin zur Toilettenschüssel alles kaufen konnte. Für den kurzen Text „Alan, bitte um Hilfe! Wer bekommt Tantiemen eines Autors, wenn dieser tot ist und es keine Erben gibt? Der Verlag? Herzlichen Gruß, Mabel Clarence" brauchte sie eine gute Viertelstunde, denn immer wieder vertippte sie sich. Diese Tasten waren einfach zu klein für ihre Finger, dachte sie, obwohl sie bereits ein sogenanntes Seniorenhandy mit extragroßen Tasten besaß. Endlich fand sie den richtigen Befehl, den Text abzuschicken, und sah auf die Uhr. In Singapur war es jetzt früher Abend, vielleicht würde Alan ihre Nachricht gleich lesen und beantworten.

Da es bald Zeit für den Lunch war, beschloss Mabel, das Kochen heute ausfallen zu lassen. Im Warenhaus gab es einen Pasty-Shop, der ganz ausgezeichnete kornische Pasteten anbot. Sie würde für Victor und sich eine besorgen.

Gelangweilt blätterte Chefinspektor Warden in einer dünnen Akte und las lustlos das Protokoll durch, das er am Vortag selbst aufgenommen hatte. Einem Farmer, vier Meilen nordöstlich von Lower Barton, war sein Traktor aus der unverschlossenen Scheune gestohlen worden. Der Mann hatte Anzeige erstattet und gleich einen Verdächtigen präsentiert.

„Das war mein Nachbar", hatte er lautstark gepoltert. „Der will schon lange, dass ich pleitegehe, damit er billig an mein Land kommt. Sie müssen ihn verhaften, Inspektor, und hinter Schloss und Riegel bringen."

Womit ich mich alles beschäftigen muss, dachte Warden und ließ seine Schultern kreisen, um die Verspannung in seinem Nacken zu lockern. Dabei fiel sein Blick aus dem Fenster auf den Parkplatz des Supermarktes, wo gerade eine ältere Dame aus ihrem Auto stieg und auf das Polizeirevier zusteuerte.

„Oh, nein!" Er verharrte in der Bewegung und stöhnte. „Bitte nicht schon wieder!"

Hastig griff er zum Telefon, tippte zwei Nummern ein und sagte, als am anderen Ende abgenommen wurde: „Bourke, diese Mabel Clarence ist im Anmarsch. Ich bin nicht da. – Wo ich bin? – Sagen Sie, ich bin auf den Scillys ... nein, halt, das ist zu nah. Sagen Sie ihr, ich wäre nach Timbuktu ausgewandert. – Was? Es ist mir egal, ob die Al... äh, ob Miss Clarence mich für verrückt hält. Ich bin nicht hier! Haben Sie verstanden?"

Ohne eine Antwort abzuwarten, pfefferte Warden den Hörer hin, dann verhielt er sich ganz ruhig. Leise stand er auf, schlich zur Tür und presste ein Ohr dagegen. Die Tür bestand jedoch aus schalldichtem Kunststoff, so konnte Warden nicht hören, was auf der anderen Seite gesprochen wurde. Er wusste, sein Verhalten hatte etwas Infantiles, denn am liebsten hätte er auch noch durchs Schlüsselloch gespäht.

„Reiß dich zusammen, Randolph", murmelte er leise.

Warum versteckte er sich eigentlich? Schließlich war er ein gestandener Mann, der doch keine Angst vor einer alten Frau hatte, die sich selbst als Reinkarnation von Miss Marple sah. Automatisch fuhr seine Hand zum Kopf, und er verzog schmerzhaft das Gesicht, als seine Finger die immer noch olivengroße Beule ertasteten. Natürlich war er nach der nächtlichen Begegnung mit Mabel im Krankenhaus gewesen und hatte sich untersuchen lassen. Schließlich wusste Warden selbst, dass mit einer Gehirnerschütterung nicht zu spaßen war, auch wenn er das Mabel gegenüber niemals zugeben würde. Glücklicherweise war alles in Ordnung gewesen, und die kleine Platzwunde war fast schon abgeheilt. Nur die Beule würde ihn noch einige Zeit an den Vorfall erinnern. Wie es zu der Verletzung gekommen war, hatte Warden gegenüber seinen Kollegen tunlichst verschwiegen. Für ihn als Chefinspektor wäre es doch zu peinlich zuzugeben, von einer älteren Dame niedergeschlagen worden zu sein.

Als es plötzlich an der Tür klopfte, sprang Warden einen Schritt zurück.

„Ja?", rief er heiser.

Die Tür öffnete sich, und Sergeant Bourke schaute herein.

„Ist sie weg?", flüsterte Warden.

Sein Mitarbeiter nickte, trat ein und schloss die Tür hinter sich.

„Ich soll Sie von Miss Clarence herzlich grüßen, Sir. Sie lässt fragen, was Ihr Kopf macht." Fragend sah er seinen Vorgesetzten an, der sich jedoch hütete, auf Bourkes Bemerkung einzugehen.

„Was wollte sie denn jetzt schon wieder?"

„Oh, das ist vielleicht wirklich eine interessante Sache." Bourke strahlte über sein ganzes, rundes Gesicht. „Heute Mittag hat Miss Clarence Barbra Hickery – das ist die Frau des Mannes, der als Tatverdächtiger an dem Mord des Schriftstellers ..."

„Ich weiß, wer Barbra Hickery ist", unterbrach Warden ungeduldig und wedelte mit der Hand. „Weiter! Was meint Miss Clarence nun wieder entdeckt zu haben?“

Bourke räusperte sich. „Also, heute hat Miss Mabel Hickerys Witwe beim Einkaufen beobachtet. Sie war in Begleitung eines wesentlich jüngeren Mannes, der offenbar ihr Liebhaber ist, und die beiden kauften lauter teure Dinge ein. Und das, wo ihr Mann noch keine drei Tage unter der Erde ist.“

Erneut winkte Warden ab. „Na und? Deswegen stiehlt diese Frau Ihre Zeit? Es soll Menschen geben – und dazu zählen Sie ebenso wie ich –, die von Zeit zu Zeit unter einem gewissen Hungergefühl leiden. Was tut man dann? Richtig, Bourke, man geht einkaufen! Und was diesen jungen Mann betrifft – Barbra Hickery lebte seit Monaten von ihrem Mann getrennt, die Scheidung stand kurz bevor. Wir können ihr kaum verübeln, dass sie nicht um ihren Mann trauert, oder?“

„Das schon, Sir ...“ Unsicher trat Bourke von einem Fuß auf den anderen. „Miss Clarence meinte nur, es wäre doch seltsam, dass sich Barbra Hickery, so kurz nachdem erst ihr Geliebter und dann ihr Mann gestorben ist, mit einem anderen amüsiert. Sie vermutet, dass der Tod Kernicks der Frau nicht ungelegen kam.“

„So ein Quatsch!“ Warden ließ sich in seinen Bürostuhl fallen und runzelte unwillig die Stirn. „Lassen Sie mich raten, Bourke: Unser Miss-Marple-Verschnitt denkt, dass die Hickery den Schriftsteller um die Ecke gebracht hat und dieses Ereignis nun gebührend feiert.“

„Ähm ... ja ... so ähnlich.“ Das Blut schoss in Bourkes Gesicht und ließ seinen roten Haarschopf wie Feuer leuchten. Er mochte es nicht, wenn sein Vorgesetzter so abfällig von Mabel sprach, die doch wirklich eine reizende und liebenswürdige ältere Dame war. „Sie wollte uns diese Beobachtung mitteilen, da es vielleicht wichtig für Ihre Ermittlungen wäre. Ich meine, die Ermittlungen bezüglich der zahlreichen Geliebten Kernicks. Schließlich fand sich auch Mrs Hickerys Konterfei in Kernicks Aufzeichnungen."

Wardens Augen fixierte seinen Mitarbeiter. „Bourke, Sie wissen, dass der Fall Clark Kernick abgeschlossen ist? Harrison Hickery gilt als Täter, und auch wenn es vielleicht den einen oder anderen Zweifel geben sollte – von oberster Stelle haben wir den Befehl erhalten, die Akte zu schließen und uns um andere Fälle zu kümmern."

„Ja, Sir." Bourke senkte den Kopf, holte tief Luft und stieß dann hervor: „Wobei ich es, bei allem Respekt, für falsch halte, dass wir nicht weiter ermitteln." Mutig geworden, da er von Warden nicht unterbrochen wurde, fuhr er rasch fort: „Dieses Heft, in dem Kernick all seine Affären dokumentierte, könnte doch wirklich ein Hinweis auf einen anderen Täter sein. Sie selbst, Sir, haben gewisse Zweifel an Hickerys Schuld geäußert. Woher weiß Miss Mabel überhaupt von dem Heft?"

Unwillkürlich fuhr Wardens Hand wieder zu seinem Hinterkopf. Mit einem gequälten Lächeln antwortete er: „Glauben Sie mir, Bourke, das wollen Sie nicht wirklich wissen. Jetzt genug davon." Mit der flachen Hand schlug er auf die vor ihm liegende Akte. „Wie weit sind Sie mit der Zeugenbefragung des Nachbarn des Farmers? Der, der beschuldigt wird, den Traktor entwendet zu haben."

Bourkes Wangen standen der Farbe seines Haares in

nichts mehr nach. „Ähm ... also ... ich wollte nachher hinfahren, Sir."

„Dann machen Sie das, aber sofort! Und kommen Sie mir ja nicht ohne diesen vermaledeiten Traktor zurück." Warden sah den Sergeant streng an. „Na los, worauf warten Sie noch? Wir haben hier Wichtigeres zu tun, als irgendwelchen Fantasien von senilen Damen nachzugehen."

Wie ein geprügelter Hund schlich Bourke aus dem Zimmer seines Vorgesetzten. Er fand, sein Chef machte einen gravierenden Fehler, Mabels Beobachtungen zu ignorieren. Natürlich waren ihnen durch die Anweisung von oben die Hände gebunden – ein paar vorsichtige Erkundigungen bei den Frauen, die Kernicks Gunst genossen hatten, konnten jedoch nicht schaden. Sollte sich am Ende herausstellen, dass sie allesamt unschuldig waren und doch Harrison Hickery den Schriftsteller auf dem Gewissen hatte, so würde auch er, Bourke, wieder ruhiger schlafen können. Die Vorstellung, eventuell einen Unschuldigen verhaftet und damit zum Selbstmord getrieben zu haben, lastete mehr auf ihm, als er zugeben würde. Doch auch ein Sergeant hatte einmal Feierabend, und da konnte ihm niemand, auch Warden nicht, verbieten, sich ein wenig umzuhören.

Er hatte bereits damit begonnen, nach Kernicks Gespielinnen zu suchen – natürlich nur in seiner Freizeit –, was sich aber als schwierig erwies, denn keine der Damen war polizeilich bekannt, und außer den Vornamen hatte Bourke keine weiteren Hinweise auf deren Identitäten. Auch vom Sehen kannte er, außer Barbra Hickery, keine der Frauen. Er konnte ja schlecht eine Suchanzeige in die Zeitung setzen. Christopher Bourke fuhr sich nachdenklich durchs Haar. Es schien, als würde die Sache im Sande verlaufen, dabei teilte er durchaus Mabels Meinung, dass Kernick vielleicht oder sogar vermutlich wegen seiner zahlreichen Affären umgebracht worden war. Was konnte aber er, ein einfacher Sergeant, schon ausrichten?

12

Bei der nächsten Zusammenkunft des Schreibclubs erwähnte Mabel ihren Besuch im Verlagshaus Pixy Prints mit keinem Wort. Allerdings brachte sie gleich zu Anfang, als Penelope Jennings den Tee servierte, das Gespräch auf David Chenhill.

„Kennt jemand von Ihnen eigentlich Kernicks Verleger?“, fragte sie unschuldig in die Runde. „Der Verlag erwirtschaftet einen enormen Gewinn, seit Clark Kernicks Roman ein Bestseller ist.“

„Pixy Prints ist natürlich jedem hier bekannt.“ Sue schüttelte den Kopf. „Es hat aber keinen Sinn, dort etwas anzubieten.“

„Warum nicht?“

„Na, für diesen Chenhill sind wir viel zu kleine Lichter“, antwortete Joyce an Sues Stelle und errötete. „Ich gebe zu, vor ein paar Monaten habe ich mal etwas an Pixy Prints geschickt, aber nie etwas gehört. Nach ein paar Wochen rief ich an, um nachzufragen. Eine äußerst schnippische Dame sagte mir, Mister Chenhill wäre zu beschäftigt, um sich mit den dilettantischen Ergüssen schreibender Hausfrauen abzugeben. Ich sage euch, der Verleger hat meinen Text sicher nie zu Gesicht bekommen."

Geräuschvoll zog Penelope Jennings die Luft ein, ihr bohrender Blick glitt über die Frauen und blieb dann an Joyce hängen. „Das geschieht dir recht, meine Liebe. Hatten wir nicht vereinbart, dass niemand von uns einen Text irgendwo anbietet, ohne dass wir ihn durchgesprochen und für eine Veröffentlichung freigegeben haben?"

„Du meinst wohl, nicht ohne dass du damit einverstanden bist", gab Joyce schnippisch zurück. „Für deine Tipps und Hinweise, wie wir schreiben sollen, bin ich dir zwar sehr dankbar, muss dich aber daran erinnern, dass du außer einem Kochbuch auch noch nichts veröffentlicht hast. Daher verstehe ich nicht, warum du dir anmaßt zu beurteilen, ob unsere Texte druckreif sind oder nicht."

Penelope schluckte mehrmals, ihr Gesicht verlor jegliche Farbe. Sekundenlang musterten sich die beiden Frauen. Die anderen schwiegen, denn es lag eine solche Spannung in der Luft, dass es jeden Augenblick zu einem explosionsartigen Ausbruch kommen konnte.

Dieser Disput zeigte Mabel, dass Joyce und Penelope keine Freundinnen waren und es wohl auch niemals werden würden. Vielleicht war Joyce auch eine von Kernicks Gespielinnen und hatte herausgefunden, dass Penelope ebenfalls sein Bett teilte. Mabel musste über sich selbst den Kopf schütteln.

„Nun lasst uns endlich anfangen!" Sues energische Stimme unterbrach die Stille. Mit einem unbefangenen Lächeln sah sie in die Runde, dann nickte sie Mabel aufmunternd zu. „Wie ist es, Mabel? Möchten Sie uns Ihren Entwurf heute vorstellen?"

„Sehr gern.“ Mabel nahm das Exposé zur Hand, räusperte sich und las den kurzen Text vor. Nachdem sie geendet hatte, schwiegen die anderen, und Mabel sah erwartungsvoll auf.

Als Erste sprach Penelope. „Das ist wirklich eine schöne Geschichte.“ Sie nickte wohlwollend. „Ich muss Ihnen mein Kompliment aussprechen, Mabel. Wenngleich – sprachen Sie nicht davon, Ihre eigene Lebensgeschichte niederschreiben zu wollen?“

Mabel tat das Lob sichtlich gut. „Das hatte ich ursprünglich auch vor, dann stieß ich jedoch auf diese Sache, die mich sofort interessierte und nicht mehr losließ.“

„Nun, jetzt müssen Sie ja nur noch ein paar Hundert Seiten schreiben“, sagte Sue und lachte. „Das ist das Schwerste an der Schreiberei. Ideen hätte ich viele, bei mir hapert es jedoch an der Geduld, diese dann auch bis zum Ende zu Papier oder vielmehr auf die Festplatte zu bringen. Am liebsten hätte ich einen Ghostwriter, dem ich erzählen könnte, worum es in meiner Geschichte geht, und der schreibt dann alles fertig.“

Joyce und May nickten zustimmend und Penelope sagte: „Dafür gibt es unsere Gruppe. Wir müssen uns gegenseitig motivieren, immer weiterzuschreiben.“ Sie wandte sich wieder an Mabel. „Vielleicht lesen Sie uns jetzt die ersten ausformulierten Seiten vor?“

Im Laufe des Abends ergab sich keine Gelegenheit, das Gespräch wieder auf Clark Kernick oder David Chenhill zu bringen. Mabel wollte auch nicht zu forsch vorgehen und zu viele Fragen stellen, um keinen Verdacht zu erregen. Obwohl sie jetzt wusste, dass Penelope Jennings eine von Kernicks Geliebten gewesen war, zweifelte sie daran, dass sie auch seine Mörderin sein könnte. Penelope war kühl und distinguiert, so eine Frau ging nicht einfach hin und schlug jemandem den Schädel ein. Wobei – gerade zurückhaltende Menschen gerieten leicht in Gefahr auszurasten, wenn ihre lang angestauten Emotionen aufbrachen. Vielleicht hatte Kernick sie mit unschönen Worten – Mabel erinnerte sich noch gut an seine Bemerkungen über Penelope in dem Heft – beleidigt, und Penelope waren die Sicherungen durchgebrannt, wie man so schön sagt. Frauen, deren Gefühle verletzt wurden, konnten durchaus zu unüberlegten Reaktionen neigen.

Nach einer nebligen Nacht und einem frostigen Morgen, an dem eine leichte Eisschicht die Scheiben von Mabels Auto überzog, brach die Sonne schon bald durch die Wolken, vom Meer her wehte jedoch ein kühler Wind. Pünktlich um halb acht traf Mabel beim Haus des Tierarztes ein. Zuvor hatte sie bereits beim Bäcker und in einem kleinen Lebensmittelladen, der ab sechs Uhr geöffnet hatte, die Einkäufe für den heutigen Tag erledigt. Mabel war immer eine Frühaufsteherin gewesen. Der jahrzehntelange Schichtdienst als Krankenschwester hatte ihren Schlafrhythmus beeinflusst, sodass sie auch im Ruhestand gegen sechs Uhr aufwachte.

Die Praxis war noch geschlossen – Diana Scott kam erst gegen acht –, und Mabel schloss die Tür mit ihrem eigenen Schlüssel auf, den Victor ihr anvertraut hatte. Um die Hände freizuhaben, musste sie die Einkaufstüten abstellen, da fiel ihr ein kleines Päckchen ins Auge, das jemand direkt vor die Tür gelegt haben musste, denn es war nicht frankiert. Lediglich Victors Vor- und Zuname standen in steiler Schrift auf dem Umschlag. Sie klemmte das Päckchen unter den Arm, nahm ihre Taschen wieder auf und ging in den ersten Stock hinauf. Im Badezimmer hörte sie die Dusche rauschen, Victor würde in Kürze sein Frühstück erwarten. Schnell räumte sie die Einkäufe in die Schränke und machte sich ans Kochen.

„Guten Morgen." Victors spärliche Haare am Hinterkopf waren noch feucht, als er die Küche betrat. Er schnupperte. „Mmh, das riecht gut."

„Der Tee ist schon fertig", sagte Mabel. „Eier und Speck folgen sofort."

Victor aß mit gutem Appetit, dann fiel sein Blick auf das Päckchen, das Mabel auf den Tisch gelegt hatte. „Was ist das?"

„Oh, das hatte ich völlig vergessen. Das lag heute Morgen vor Ihrer Tür."

Er nahm die Sendung in die Hand, drehte sie um und runzelte über den fehlenden Absender die Stirn. „Die Post kommt doch erst gegen Mittag."

„Das Päckchen scheint jemand direkt hier vorbeigebracht zu haben", entgegnete Mabel. „Wenn Sie es aufmachen, werden Sie wissen, was und von wem es ist." Mabel konnte eine gewisse Neugier nicht verleugnen, obwohl sie selbstverständlich das Postgeheimnis respektierte. Jetzt jedoch interessierte es sie brennend, wer Victor am frühen Morgen ein Päckchen vor die Tür legte.

Victor zeriss das hellbraune Papier. Zum Vorschein kam eine Schachtel Pralinen. „Was zum Teufel ...?"

„Fluchen Sie nicht!", ermahnte Mabel den Freund, gleichzeitig sah sie ebenso überrascht wie er auf die Süßigkeiten. „Ich wusste gar nicht, dass Sie Pralinen mögen.

Und dazu noch in Herzchenform. Diese romantische Seite an Ihnen ist mir bisher verborgen geblieben, Victor.“ Mabel konnte ein Kichern nicht unterdrücken.

Victor bedachte sie mit einem missbilligenden Blick. Eine kleine rote Karte war mit einem Klebestreifen auf die Pralinenschachtel geklebt. „Für den liebsten Menschen, dem ich je begegnet bin“, las Victor mit wachsendem Erstaunen laut vor. „Es ist aber nicht allein Ihr Äußeres, das mein Herz beschwingt und mein Blut in Wallung bringt, sondern Ihre innere Schönheit, die so manchem beim ersten Blick verborgen bleibt ...“

Als berührte er glühendes Eisen, warf Victor die Karte weit von sich. Mit einem schnellen Griff konnte Mabel gerade noch verhindern, dass die Pralinenschachtel folgte.

„Es wäre doch schade drum“, sagte sie und verkniff sich ein Grinsen, denn Victor war so aufgebracht und zornig, wie Mabel ihn bisher selten erlebt hatte.

„Das kommt hundertprozentig von dieser ... dieser Farmersfrau ... dieser Tremellin.“ Seine Augen sprühten Funken.

Mabel nickte. „Das glaube ich auch. Die Frau hat es offenbar erwischt, lieber Victor. Sind Sie sicher, nichts getan zu haben, das sie zu einem solchen Handeln ermuntert haben könnte?“

„Bestimmt nicht! Ich habe mich immer korrekt verhalten.“ Victors geballte Faust donnerte auf die Tischplatte, dass die Teller klirrten. „Abgesehen davon, dass ich freundlich zu ihr gewesen bin – die Frau ist verheiratet! Nie, niemals habe ich Hoffnungen in ihr geweckt, im Gegenteil! Zwei Mal habe ich ihre Einladung zum Tee abgelehnt, und bei meinem letzten Besuch ...“ Aufgebracht sah er Mabel an. „Das wissen Sie ja, ich habe gemacht, dass ich wegkam. Das jetzt ... das grenzt ja schon an Stalking. Na, der werde ich aber den Marsch blasen!“

„Warten Sie.“ Mabel versuchte, Victor zu beruhigen. „Obwohl ich die Frau nicht kenne, tut sie mir leid. Haben Sie mir nicht erzählt, ihr Mann sei ein ziemlich grobschlächtiger Kerl? Mrs Tremellin wird auf ihrer Farm sehr einsam sein, wahrscheinlich hat sie nur wenige oder gar keine Freunde. Dann kamen Sie daher, schenkten ihr ein freundliches Lächeln und schon denkt sie, Sie wären ihr Retter in der Not. So wie ein Ritter auf einem weißen Pferd.“

Mabels Worte beruhigten Victor tatsächlich, sie zauberten ihm sogar ein Lächeln auf die Lippen. „Ich, ein Ritter auf einem Pferd? Das ist wirklich lustig. Doch im Ernst, Mabel, was soll ich jetzt tun? Was raten Sie mir? Ich habe Linda Tremellin in aller Deutlichkeit gesagt, dass ich kein Interesse an ihr habe und auch niemals haben werde.“

Mabel wiegte den Kopf. „Ich denke, deutliche Worte in angemessener Form sind nötig. Manchmal hilft nur die nackte Wahrheit. Da ich Sie ein wenig kenne, Victor Daniels, weiß ich, dass Diplomatie und Feinfühligkeit nicht gerade Ihre stärksten Charaktereigenschaften sind, dennoch sollten Sie noch einmal mit der Frau sprechen, aber bitte unter vier Augen. Es ist nicht nötig, dass der Farmer von der derzeitigen Gefühlsverirrung seiner Frau erfährt.“

„Können nicht Sie ...?“ Der Blick aus Victors grauen Augen erinnerte Mabel an einen treuen Dackel.

„Sicher nicht! Das ist allein Ihre Angelegenheit, die müssen Sie schon selbst bereinigen.“

„Sie lassen mich also im Stich.“ Er schob die Pralinenschachtel zur Seite und stand auf. „Sorgen Sie dafür, dass dieses Zeugs verschwunden ist, wenn ich nachher aus der Praxis komme. Von mir aus können Sie die Dinger essen oder in den Müll werfen. Und die Karte verbrennen Sie am besten.“

Die Hände in den Hosentaschen stapfte Victor aus der Küche, und Mabel begann den Tisch abzuräumen. Da sie sich nichts aus Schokolade machte, wollte sie die Pralinen zum nächsten Treffen des Schreibclubs mitnehmen. Bevor sie die Karte in den Müll warf, las sie die Zeilen noch einmal und schmunzelte über die blumige Wortwahl. Sie klangen fast, als stammten sie aus dem Tagebuch eines Teenagers, der gerade seine erste Liebe erlebt, oder aus einem Liebesroman.

Mabel verharrte in der Bewegung. Roman? Sie kannte diese Worte, hatte sie erst kürzlich in einer ähnlichen Form gelesen. Die Bratpfanne, die sie gerade abwaschen wollte, fiel mitten ins Spülwasser, das daraufhin in alle Richtungen spritzte. Das kümmerte Mabel jedoch nicht, denn sie erinnerte sich urplötzlich, woher sie die Sätze kannte: aus Clark Kernicks Roman!

„Offensichtlich ist sie ebenfalls ein Fan von Kernick“, sagte Mabel laut, und ihre Gedanken begannen zu arbeiten. Sie überlegte, ob Linda Tremellin ebenfalls eine von Kernicks Gespielinnen gewesen sein konnte, und ob sie auch in Kernicks Heft aufgeführt gewesen war. Die Frau war auf der Suche nach einem Liebhaber – warum sollte sie es nicht auch bei Kernick versucht haben? Victor hatte nie ein Wort über das Aussehen Lindas verloren, daher wusste Mabel nicht, ob die Farmersfrau attraktiv war.

Die Geliebten des Schriftstellers waren allesamt gut aussehend gewesen, sogar Penelope Jennings, obwohl deutlich älter als Kernick, verfügte über ein apartes Äußeres. Hastig trocknete sich Mabel die Hände ab und eilte in die Praxis hinunter.

„Der Doktor hat gerade einen Patienten", wurde sie von Diana aufgehalten, als Mabel in das Behandlungszimmer stürmen wollte. „Bitte warten Sie ein paar Minuten."

Nervös trat Mabel von einem Bein auf das andere. Das Wartezimmer war gut gefüllt: Drei Hunde, vier Katzen, ein Meerschweinchen und zwei Hamster warteten mit ihren Besitzern darauf, zu Victor vorgelassen zu werden. Obwohl weniger als fünf Minuten vergangen waren, erschien Mabel die Wartezeit wie eine halbe Ewigkeit. Endlich öffnete sich die Tür, eine Frau mit einem Pudel auf dem Arm trat heraus, und Mabel hörte, wie Victor sagte: „Wir sehen uns dann in zwei Tagen zum Verbandwechsel. Lassen Sie sich einen Termin geben."

„Victor, ich muss Sie sprechen." Resolut drängte sich Mabel an der Frau, die gerade mit ihrem Meerschweinchen in das Behandlungszimmer treten wollte, vorbei.

„Ich war zuerst da!", protestierte die Dame.

„Es ist wichtig!" Eindringlich sah Mabel den Freund an. „Es dauert nur eine Minute."

„Ich bin gleich für Sie und Peebles da", sagte Victor zu der konsternierten Frau, schloss die Tür hinter Mabel und blieb abwartend stehen. Bisher war Mabel noch nie während der Sprechzeiten in die Praxis gekommen, es musste also etwas Gravierendes geschehen sein.

„Wie sieht Linda Tremellin aus?", fragte Mabel auch sofort.

„Wie? Was?“ Verwirrt sah Victor sie an. „Ich verstehe nicht, was Sie meinen ...“

„Nun, ich frage, ob sie attraktiv ist. Ist sie blond, hat lange Beine und viel Busen?“

„Hä?“ Victor war sichtlich verwirrt, und Mabels Geduld wurde auf eine harte Probe gestellt. „Also, ich weiß nicht ...“

„Victor, ich hätte mir denken können, dass Sie einer Frau nicht die Aufmerksamkeit schenken, um sich an ihr Äußeres zu erinnern. Bitte versuchen Sie es trotzdem, es ist wichtig.“

Nachdenklich kratzte sich Victor am Kinn. Eigentlich hatte er erwartet, dass Mabel im Mordfall Kernick zu einer besonderen Erkenntnis gelangt war, stattdessen fragte sie ihn über eine Frau aus, die ihm gehörig auf die Nerven ging.

„Also ... Linda Tremellin ist klein, so wie Sie, und sie hat, glaube ich, dunkelbraune Haare.“

„Halten Sie sie für hübsch?“

Victors Verwirrung wurde immer größer. „Mabel, was bezwecken Sie mit Ihren Fragen? Ich denke, ich habe deutlich erklärt, dass ich kein Interesse an Linda Tremellin habe, daher es ist es völlig gleichgültig, wie sie aussieht, ob sie hübsch ist oder nicht.“

„Bitte, es ist wichtig!“

„Wenn Sie es unbedingt wissen wollen ... Ja, ich denke, dass sie einmal recht hübsch gewesen sein muss. Jetzt wirkt sie irgendwie verhärmt und auch resigniert, kein Wunder bei dem harten Leben auf der Farm.“

Mabel atmete tief aus. „Danke, Sie haben mir geholfen. Ich überlege, ob Linda Tremellin vielleicht auch eine Affäre mit Kernick gehabt haben könnte.“

„Mit dem Schriftsteller?“ Victor lachte spöttisch. „Das kann ich mir kaum vorstellen, wobei ... bei Frauen weiß man ja nie.“

Mabel nickte und zwinkerte ihm zu. „Entschuldigen Sie die Störung und lassen Sie Ihren nächsten Patienten nicht länger warten. Später werde ich Ihnen alles erklären.“

In den folgenden Stunden erledigte Mabel mechanisch die Hausarbeit, ihre Gedanken schweiften jedoch in die unterschiedlichsten Richtungen. Kernicks Roman war ein Bestseller, nicht nur in Cornwall, sondern in ganz England. So war es nicht erstaunlich, dass Linda Tremellin das Buch ebenfalls gelesen und die Liebesschwüre für Victor abgeschrieben hatte. Wenn sie jeden verdächtigte, der den Roman gekauft hatte, dann kämen allein in England Hunderttausende in Frage.

„Mabel, verrenn dich nicht in eine fixe Idee.“

Selbstgespräche halfen Mabel, strukturierter zu denken. Außerdem war heute Waschtag, und vor ihr lag eine Menge Arbeit. Wenn sie nur wüsste, ob Chefinspektor Warden Kernicks zahlreiche Geliebten schon vernommen und deren Alibis überprüft hatte. Vielleicht sollte sie versuchen, den netten Sergeant Bourke abzupassen, der gerne mehr verlauten ließ, als er durfte.

Während der nachmittäglichen Teestunde äußerte Mabel ihren Verdacht, doch Victor zog sofort die gleichen Schlüsse wie sie. „Nun, Linda hat das Buch gelesen und fand es wohl passend, mir diesen Schmalz zu schreiben.“ Genervt verdrehte er die Augen. „Als ob ein Mann auf solche Worte steht. Es sei denn, er ist ein Weichei oder schwul.“

„Victor, Victor!" Spielerisch drohte Mabel mit dem Finger. „Auf diesem Planeten gibt es durchaus Männer mit einem gewissen Sinn für Romantik. Kernick gehörte wohl dazu, denn sonst hätte er nicht so gefühlvolle Liebesszenen geschrieben."

Die Türklingel enthob Victor einer Antwort. Mabel ging, um zu öffnen. „Mr Trengove!" Überrascht starrte sie den unerwarteten Besucher an. „Ich wähnte Sie in Singapur."

„Ich bin heute Morgen in London gelandet und wollte gleich vorbeikommen." Er sah sich um. „Ist Victor auch hier?"

Mabel nickte. „Wir sind in der Küche. Möchten Sie eine Tasse Tee?"

Alan Trengove nahm die Einladung dankend an. Die Begrüßung zwischen ihm und Victor war höflich, aber nicht herzlich, wie Mabel feststellte. Sie seufzte verhalten. Es brauchte noch viel Zeit, bis die beiden wieder unbefangen miteinander verkehren konnten. Sie rechnete Alan jedoch hoch an, dass er gleich zu ihnen gekommen war, obwohl er von dem langen Flug und der Zeitverschiebung müde sein musste.

In der Küche sah er erstaunt auf den Hund, der zufrieden in seinem Körbchen schlummerte. „Willst du Hickerys Hund tatsächlich behalten?", fragte er Victor.

„Tja, was soll ich machen?" Mit einem schiefen Grinsen zuckte Victor die Schultern. „Debby hat sich in den wenigen Tagen an mich gewöhnt, ich bringe es einfach nicht übers Herz, sie in ein Tierheim zu bringen."

Vor dem Hund ging er in die Hocke und strich über den schmalen Kopf. Debby öffnete die Augen, und der Ausdruck, mit dem die Hündin Victor ansah, war so voller

Vertrauen und Zuneigung, dass es Mabel warm ums Herz wurde. Sie tauschte mit Alan einen Blick, aus dem sprach: Er hat auch eine sehr weiche Seite, die er eben nur selten zeigt.

Als Alan einen Schluck Tee getrunken und hungrig zwei Scones mit Erdbeermarmelade und Clotted Cream verspeist hatte, kam er zur Sache.

„Ich habe Ihre SMS erhalten, Miss Mabel. Verzeihen Sie bitte, dass ich nicht gleich darauf geantwortet habe. Ich wollte mich erst noch kundig machen, bevor ich Ihnen eine Auskunft gebe."

„Welche SMS?" Victor sah fragend von Mabel zu Alan, und Mabel erklärte in knappen Worten, warum sie Alan eine Kurznachricht gesendet hatte.

„Die Sachlage ist Folgende: Die Behörde bestellt einen Nachlassverwalter. Dessen Aufgabe ist es, die Verwandtschaftsverhältnisse des Verstorbenen genau zu prüfen. Irgendwo gibt es vielleicht familiäre Verbindungen. Dazu werden alle Nachfahren seiner Eltern, Großeltern und so weiter überprüft, bis sich schließlich jemand findet."

„Das hört sich nach langwierigen Nachforschungen an", schlussfolgerte Mabel.

Alan nickte zustimmend. „So eine Erbensuche dauert oft Jahre, besonders, wenn es um hohe Vermögenswerte geht."

„Was geschieht in dieser Zeit mit dem Honorar, das Kernick aus dem Verkauf seines Buches erzielt?"

Ebenso gespannt wie Mabel harrte Victor der Antwort seines Patensohnes.

„Das Geld kommt auf ein Treuhandkonto, wo es verbleibt, bis die Ansprüche geklärt sind."

Enttäuscht sah Mabel auf. „Dann hat der Verleger keine Vorteile von Kernicks Tod? Ich dachte, das Honorar würde beim Verlag bleiben, und Chenhill könnte damit wirtschaften und Zinsen erzielen."

„So ist es nicht, Miss Clarence", beantwortete Alan ihre Frage. „Chenhill ist verpflichtet, die Abrechnungen vertragsmäßig zu erstellen und das Honorar auf das genannte Konto zu überweisen."

„Chenhill profitiert durchaus von Kernicks Tod", warf Victor ein. „Immerhin wurde das Buch zum Beststeller, und davon kann der Verlag ein hübsches Sümmchen für sich verbuchen."

„Richtig, Onkel Victor." Der Blick zwischen den beiden Männern war jetzt freundlich und frei von jeglicher Ablehnung, wie Mabel erfreut feststellte.

„Da wir hier von einer mindestens sechsstelligen Summe sprechen, handelt es sich um eine kräftige Finanzspritze für den Verlag", stellte Mabel fest. „Durchaus ein Grund, jemanden zu töten. Chenhill wusste bestimmt, dass das allgemeine Interesse an seinem Buch steigt, wenn ein Schriftsteller auf eine solch tragische Weise ums Leben kommt." Sie schüttelte bestimmt den Kopf. „Nein, wir dürfen Chenhill nicht voreilig aus dem Kreis der Verdächtigen ausschließen."

Victor runzelte nachdenklich die Stirn. „Ist das nicht ein schwaches Motiv? Ich meine, man bringt doch niemanden um, nur in der Hoffnung, einen Roman damit zu hohen Verkaufzahlen zu bringen?"

Alan und Mabel sahen sich an. Sie waren in eine Sackgasse geraten.

„Also war es doch eine von Kernicks Geliebten oder

ein eifersüchtiger Ehemann?", griff Mabel einen anderen Strang auf.

Alan hob hilflos die Hände. „Es könnte jeder gewesen sein. Die Erfahrung hat gezeigt, dass es fast unmöglich ist, ein Verbrechen aufzuklären, wenn man das Motiv nicht kennt. Tatsache ist, dass es zwei Gründe gibt, aus denen meistens gemordet wird: Geld und Liebe. Und beides könnte bei Kernick zutreffen."

Eindringlich sah Mabel den Anwalt an und bat: „Könnten Sie trotz allem mehr über Kernicks Verlag und über David Chenhill herausfinden? Natürlich auf legalem Weg, als Anwalt haben Sie doch ganz andere Möglichkeiten. Mich würde die finanzielle Lage des Verlags interessieren, ebenso die Vermögensverhältnisse Chenhills. Auf den ersten Blick scheint es dem Unternehmen gut zu gehen, man weiß jedoch nie. Vielleicht ist Chenhill bis über beide Ohren verschuldet und kann die momentane Finanzspritze gut gebrauchen."

Alan rieb sich übers Kinn, das nach der langen Reise einer dringenden Rasur bedurfte. „Ich werde sehen, was sich machen lässt, Miss Mabel." Er stand auf. „Wenn Sie mich jetzt bitte entschuldigen? Der lange Flug und die Zeitumstellung stecken mir in den Knochen. Ich sehne mich nach einem heißen Bad und ausreichend Schlaf, am besten zehn Stunden am Stück."

Während Victor sitzen blieb und Alan nur ein gewohnt knurriges „Auf Wiedersehen" zurief, begleitete Mabel den Anwalt zur Tür. Dort nahm er ihre Hände und sah ihr fest in die Augen. „Miss Mabel, passen Sie auf sich auf, ja? Vielleicht hat die Polizei recht und Harrison Hickery war der Täter. In diesem Fall verschwenden Sie Ihre Energie. Wenn der wahre Mörder aber noch auf freiem Fuß ist, könnten Sie sich in große Gefahr begeben."

Mabel war gerührt, wie besorgt der junge Mann um sie war. Ähnlich wie Victor. Wenn sie da an ihre erste Begegnung dachte ... Damals hatte sie den Anwalt für einen arroganten Stutzer gehalten, diese Meinung aber bald revidiert. Alan Trengove war zu einem verlässlichen Freund geworden.

„Keine Sorge, Mr Trengove. Wie wir vorhin festgestellt haben, habe ich nicht die geringste Ahnung, warum der Schriftsteller getötet wurde, daher ist es mir unmöglich, irgendwelche konkreten Ermittlungen aufzunehmen."

„Jetzt hören Sie sich an wie Warden." Alan lachte und verabschiedete sich mit einem kräftigen Händedruck. Mabel hoffte, er würde sich gründlich ausschlafen können, die Müdigkeit stand ihm ins Gesicht geschrieben.

Zurück in der Küche klingelte ihr Handy. Mabel erschrak immer noch bei der Melodie von Glenn Millers „In the Mood", die sie sich als Klingelton eingestellt hatte, denn es kam nicht häufig vor, dass jemand sie auf dem Mobiltelefon anrief.

„Sie werden es schon noch lernen, Mabel", sagte Victor wohlwollend, als sie zunächst die falsche Taste drückte, dann aber das Gespräch entgegennehmen konnte.

Nachdem sie aufgelegt hatte, schüttelte sie ungläubig den Kopf. „Es war David Chenhill, Kernicks Verleger. Er will mich wegen meines Romans sprechen."

„Wirklich? Und so schnell?"

„Das wundert mich auch. Eigentlich hatte ich damit gerechnet, dass er mein Exposé in den Papierkorb wirft und ich nie wieder etwas höre."

„Vielleicht werden Sie ja eine erfolgreiche Autorin?“, scherzte Victor.

„Sicherlich nicht. Ich bin aber gespannt, was Chenhill zu sagen hat. Morgen Vormittag um neun Uhr habe ich einen Termin. Sie müssen sich Ihr Frühstück also ausnahmsweise allein machen.“

Gespielt grimmig zog Victor die Stirn kraus und musterte Mabel von oben bis unten. „Eigentlich bezahle ich keine Haushältern, damit sie Detektivin spielt und mich sträflich vernachlässigt.“

„Und ich arbeite nur für jemanden, der nett und freundlich ist“, konterte Mabel.

Dann sahen sie sich an und grinsten.

13

Bei ihrem zweiten Besuch im Verlagshaus Pixy Prints wurde Mabel von der langbeinigen Blondine, die sich heute freundlich als Peggy, allerdings ohne Nachnamen, vorstellte, begrüßt und von ihr persönlich in Chenhills Büro geführt. Der Verleger erwartete sie bereits und bat seine Mitarbeiterin, Kaffee und Tee zu bringen.

„Auch etwas Süßes dazu?“, wandte sich Chenhill an Mabel.

Die lehnte dankend ab, ihr Frühstück lag ja erst eine Stunde zurück, und nahm dann in einem der unbequemen Ledersessel Platz.

„Sie wollten mich sprechen, Mister Chenhill?“, begann

sie und sah ihr Gegenüber offen an. „Ich bin etwas überrascht, so schnell von Ihnen zu hören. Bei unserem letzten Gespräch meinten Sie, die Prüfung meiner Unterlagen könne durchaus ein paar Wochen in Anspruch nehmen."

David Chenhill rückte seine Brille zurecht. Er lächelte, aber wieder blieben seine Augen davon unberührt. „Miss Clarence, ich habe eine gute Nachricht für Sie." Er nickte ihr zu und machte eine kleine Pause, wohl um die Spannung zu erhöhen. „Ich habe Ihr Exposé und die Leseprobe mit großem Vergnügen gelesen. Ihre Idee ist sehr gut, daher kann ich mir eine Veröffentlichung in meinem Verlag durchaus vorstellen."

„Wirklich?" Vor Verblüffung wusste Mabel nicht, was sie sagen sollte, denn mit dieser Antwort hätte sie niemals gerechnet.

Chenhill nickte. „Wir sind stets auf der Suche nach Geschichten mit Lokalkolorit, daher passt die Idee sehr gut in unser Programm. Allerdings ist eine Veröffentlichung nicht ganz so einfach ..."

Ah ja, dachte Mabel, wenig überrascht, jetzt kommt der Haken bei der Sache. „Und warum?", fragte sie freundlich, und Chenhill hob bedauernd die Hände.

„Nun, man merkt der Leseprobe an, dass es sich um den ersten Roman aus Ihrer Feder handelt. Das ist nicht abwertend gemeint, meine liebe Miss Clarence. Ich bewundere Sie, dass Sie in Ihrem Alter noch über so eine große Fantasie verfügen. Allerdings werden wir einen guten Lektor einsetzen müssen, um dem Ganzen den richtigen Schliff zu geben. Sie verstehen, was ich meine?"

„Ich denke schon", antwortete Mabel.

„Lektoren kosten Geld." Theatralisch verdrehte Chenhill

die Augen und stöhnte, als litte er unter Schmerzen. „Sehr viel Geld, meine Liebe. Hinzu kommt, dass Sie auf dem Buchmarkt völlig unbekannt sind. Das bedeutet für meinen Verlag einen zusätzlichen Werbeaufwand, was ebenfalls eine Menge Geld kostet. Sie werden verstehen, dass es mir nicht möglich ist, dieses Risiko völlig allein zu tragen."

„Ich verstehe nicht." Mabel runzelte die Stirn und harrte seiner weiteren Worte.

„Ich bin kein Freund langer Reden, daher komme ich am besten gleich zum Punkt. Also, Miss Clarence, ich habe die Sache durchgerechnet und kann Ihnen das Angebot machen, Ihre Geschichte gegen eine kleine Aufwandsentschädigung Ihrerseits zu veröffentlichen."

„Aha." Mabel begann zu verstehen. „Und wie hoch wäre diese ... kleine Aufwandsentschädigung?"

„Achttausend Pfund", antwortete Chenhill wie aus der Pistole geschossen und fuhr schnell fort, bevor Mabel die Chance eines Einwandes hatte. „Dafür erhalten Sie ein erstklassig gedrucktes und gebundenes Buch, Hardcover, versteht sich, und der Roman wird selbstverständlich in allen wichtigen Medien Cornwalls und darüber hinaus beworben. Von jedem verkauften Exemplar erhalten Sie Ihren Anteil in Höhe von acht Prozent des Verkaufspreises. Das heißt, wenn wir zehntausend Exemplare verkaufen – was überhaupt kein Problem sein wird, im Gegenteil, ich rechne mit einer wesentlich höheren Auflage –, dann erhalten Sie Ihre kleine Beteiligung schnell wieder zurück. Und darüber hinaus fangen Sie an zu verdienen." Chenhill lehnte sich vor und sah Mabel fest in die Augen. „Kann ich in etwa drei Monaten mit dem fertigen Manuskript rechnen?"

Mabel überlegte, wie sie reagieren sollte, denn da sie

nicht vorhatte, diesen Roman überhaupt fertig zu schreiben, war Chenhills Angebot zwar ohne Bedeutung, diente jedoch dazu, weiter mit dem Verleger in Kontakt zu bleiben. Sie musste die Fassade aufrichtigen Interesses aufrechterhalten, zumindest so lange, bis sie irgendetwas fand, was Chenhill mit dem Mord an Kernick in Verbindung brachte. Allein der Verdacht, er könnte es getan haben, damit Kernicks Roman womöglich ein Bestseller wird, reichte tatsächlich nicht aus. Was Mabel fehlte, waren Beweise – handfeste Beweise, die sie nur bei einer Zusammenarbeit mit dem Verleger würde finden können.

„Ich danke Ihnen für dieses Angebot“, sagte sie freundlich, aber nicht euphorisch. „Sie werden verstehen, dass ich darüber nachdenken muss. Eine Frage noch: Musste Clark Kernick für die Veröffentlichung seines Romans eigentlich auch bezahlen?“

„Wie bitte?“ Mabels unterwartete Frage brachte Chenhill aus dem Konzept, zum ersten Mal zeigte sich ein Funken Leben in seinem Blick. „Ich wüsste nicht, was das mit unserer Angelegenheit zu tun hat.“

„Ach, es würde mich nur interessieren.“ Mabel lächelte unbekümmert. „Ich habe ‚Der Thron und die Rosen‘ gelesen und halte es für ein ganz wunderbares Buch, das bestimmt auch in einem anderen Verlag gute Chancen gehabt hätte.“ Sie machte eine kleine Pause, in der sie Chenhill nicht aus den Augen ließ. „In einem Verlag, wo der Autor nichts für seine Veröffentlichung bezahlt. Clark Kernick hat sein Manuskript bestimmt auch anderen Verlagen angeboten, nicht wahr? Was hat ihn bewogen, ausgerechnet bei Ihnen zu veröffentlichen?“

David Chenhill erhob sich. Er lächelte unverbindlich, tat

aber so, als hätte er Mabels Frage nicht gehört. „Sie haben mein Angebot gehört, Miss Clarence. Ich habe ernsthaftes Interesse an Ihrem Roman, denken Sie also gut darüber nach, ob Sie es ausschlagen wollen." Er sah auf seine teure Armbanduhr und hob bedauernd die Schultern. „Der nächste Termin wartet schon."

Nun erhob sich auch Mabel. „Ich danke Ihnen und werde mir die Sache durch den Kopf gehen lassen." Sie ließ es zu, dass Chenhill ihr in den Mantel half, war aber erstaunt, als er anbot, sie zu ihrem Wagen zu begleiten. Offenbar witterte er ein gutes Geschäft und gab sich deswegen so zuvorkommend.

„Ich muss ohnehin nach unten, um etwas aus meinem Auto zu holen", erklärte er und ließ sie an sich vorbei auf den Gang treten.

Schweigend gingen sie die Treppe hinunter und verließen gemeinsam das Gebäude. Bis zum Parkplatz waren es nur ein paar Schritte. Mit einem Blick zum wolkenlosen Himmel sagte Chenhill: „Es ist recht frisch geworden, nicht wahr? Wir werden doch nicht etwa Schnee zu Weihnachten bekommen?"

„Schnee? Hier in Cornwall?"

Chenhill nickte und war auf einmal sehr gesprächig. „In manchen Jahren schneit es tatsächlich, obwohl wir sonst vom milden Klima des Golfstroms begünstigt sind. Der Schnee bleibt zwar nie lange liegen, auf den Straßen bricht dennoch das Chaos aus, weil hier kaum jemand auf solche Witterungsverhältnisse eingestellt ist." Er deutete auf Mabels Reifen. „Ich hoffe, Sie haben ein gutes Profil? Am besten lassen Sie Ihren Wagen stehen, wenn der Schnee kommt."

„Danke für den Tipp“, antwortete Mabel und nahm den Autoschlüssel aus ihrer Manteltasche.

Sie standen direkt neben Mabels Auto, und in dem Moment, als sie Chenhill die Hand zur Verabschiedung entgegenstreckte, ertönte ein lautes, scharfes Geräusch, und etwas pfiff haarscharf an Mabels Kopf vorbei. Bevor Mabel „Runter!“ schreien und sich zu Boden werfen konnte, erfolgte der nächste Knall. Jemand schoss auf sie und den Verleger. Mit beiden Knien prallte sie auf den harten Boden. David Chenhill stürzte auf sie, begrub Mabel unter sich, und sie wurde mit der Brust auf die Straße gepresst. Es folgte noch ein dritter Schuss, dessen Kugel die Windschutzscheibe von Mabels Auto durchschlug und ein kreisrundes Loch zurückließ. Mabels Herz raste, sie zitterte am ganzen Körper. Nach dem dritten Schuss blieb es ruhig. Sie zählte bis zehn, bis sie es wagte, den Kopf zu drehen, um nach Chenhill, dessen Gewicht sie zu erdrücken schien, zu sehen. „Sind Sie in Ordnung?“

Sie brauchte ihre ganze Kraft, um unter seinem Körper freizukommen, dabei spürte sie eine warme, klebrige Flüssigkeit an ihren Händen. Für einen Moment dachte Mabel, sie wäre getroffen, obwohl sie keinen Schmerz spürte, dann registrierte sie, dass es Chenhills Blut war, das an ihren Fingern klebte. Endlich war sie frei, und es gelang ihr, Chenhill auf den Rücken zu drehen. Im Brustbereich verfärbte sich sein Hemd rot, und der Fleck breitete sich immer weiter aus. Mabel reagierte wie immer in solchen Situationen blitzschnell. Das Leben hatte sie gelehrt, routiniert und logisch vorzugehen. Mit einer Hand tastete sie nach Chenhills Halsschlagader, mit der anderen nestelte sie ein sauberes Stofftaschentuch aus ihrer Tasche und presste es fest auf die Wunde. Auch ohne medizinische Geräte stellte sie fest, dass er noch lebte, sein Puls war jedoch sehr schnell und kaum tastbar. Da sie befürchten musste, dass der Schütze noch in der Nähe war und nur darauf wartete, bis sie sich wieder aufrichtete, schrie sie so laut sie konnte um Hilfe.

Die Schüsse waren indes auch im Verlagsgebäude nicht unbemerkt geblieben. Peggy, die Empfangsdame, und zwei männliche Mitarbeiter stürmten über den Parkplatz auf Mabel zu, wobei die Blondine in ihren High Heels mehrmals umknickte.

„Vorsicht!", warnte Mabel. „Gehen Sie lieber in Deckung. Hat jemand ein Handy dabei? Gut! Rufen Sie den Notarzt und die Polizei, aber schnell! Und jemand soll mir den Verbandskasten aus meinem Wagen bringen, er ist unter dem Beifahrersitz." Sie warf dem nächststehenden Mann ihren Autoschlüssel zu. „Na los, worauf warten Sie noch?", herrschte sie die Männer an, die vor Entsetzen gelähmt auf den blutenden Chenhill starrten.

Während die Blondine ihr Telefon zückte, beeilte sich einer der Mitarbeiter, das Verbandsmaterial zu besorgen. Mabel konnte nicht feststellen, wo genau die Kugel Chenhill getroffen hatte, sie wusste aber, dass jede Minute zählte. Auch wenn die Schussverletzung selbst nicht tödlich war, durch den hohen Blutverlust stand der Verleger jedoch kurz davor, einen Schock zu erleiden. Der Schütze war offenbar geflohen, denn es fielen keine weiteren Schüsse.

„Ein großes Verbandspäckchen und ein Dreiecktuch. Schnell!", rief Mabel. Sie wies den Mann an, das Verbandsmaterial fest auf die Wunde zu pressen, während sie regelmäßig Chenhills Puls und dessen Atmung kontrollierte. „Wo bleibt der Notarzt?"

„Ist gleich da." Mit weit aufgerissenen Augen starrte die Blondine auf ihren verletzten Chef. „Ist er ... tot?"

„Noch nicht, er muss aber so schnell wie möglich in ein Krankenhaus."

Chenhill war bewusstlos, seine Gesichtsfarbe wurde zunehmend fahler. Mabel stand auf, packte seine Beine und hob sie ein Stück an. In dieser Stellung verhaarte sie.

„Was machen Sie da?", fragte der zweite Mitarbeiter.

„Ich weiß, was ich tue", gab Mabel kurz zurück. „Wir müssen sehen, dass die Blutzirkulation in den wichtigsten Organen aufrechterhalten bleibt." Auf den erstaunten Blick des Mannes fügte sie hinzu: „Ich bin Krankenschwester, und Sie sollten sich mal wieder in Erster Hilfe schulen lassen."

Die folgenden Minuten wurden zu den längsten in Mabels Leben, obwohl es nur knappe zehn Minuten dauerte, bis das Heulen der Martinshörner zu hören war. Zwei Rettungswagen und eine Polizeistreife hielten mit quietschenden Reifen auf dem Parkplatz, der Notarzt und drei Sanitäter kümmerten sich sofort um David Chenhill.

Der vierte Sanitäter wandte sich an Mabel, die über und über mit Blut besudelt war. „Sind Sie verletzt?"

Mabel schüttelte den Kopf. „Ich habe nur versucht zu helfen."

Zwei uniformierte Polizisten sprachen bereits mit Chenhills Angestellten und wandten sich jetzt an Mabel. In knappen Worten schilderte sie, was geschehen war, woraufhin sie über Funk Verstärkung anforderten.

„Wir müssen das Gelände absperren", sagte der Constable. „Wahrscheinlich hat es wenig Sinn, hier und jetzt nach dem Täter zu suchen, der wird längst über alle Berge sein."

Vage deutete Mabel auf die vierstöckigen Bürogebäude im Osten, die sich noch im Bau befanden. „Die Schüsse kamen von dort. Wahrscheinlich hat sich der Täter in einem der Neubauten versteckt."

Der Constable nickte kurz, wies Mabel dann aber an, zur Seite zu treten. Jetzt, da es für Mabel nichts mehr zu tun gab, merkte sie, wie alles Blut aus ihrem Kopf wich und ihr schwindlig wurde. Halt suchend griff sie nach dem Arm der Blondine.

„Bringen Sie die Frau ins Gebäude", wies der Constable sie an. „Sie müssen sich alle zu unserer Verfügung halten."

Nach der Kälte draußen schien es Mabel in dem Besucherraum des Verlages unerträglich heiß und stickig zu sein. Wahrscheinlich war es ihre eigene Erregung, die ihr die Luft zum Atmen nahm. Dankbar ergriff sie einen großen Becher mit heißem, schwarzem Kaffee, obwohl sie sonst lieber Tee trank. Mit aschfahlem Teint und zitternden Händen versorgte Peggy alle mit Getränken, denn inzwischen hatten sich sämtliche Mitarbeiter eingefunden. Niemandem waren die Schüsse auf dem Parkplatz verborgen geblieben.

„Wer tut so was?", murmelte Peggy, während Mabel erst jetzt bewusst wurde, wie knapp sie dem Tod entkommen war.

Unmittelbar nachdem der Rettungswagen mit heulender Sirene abgefahren war, trafen weitere Polizeiautos ein. Durch das Fenster konnte Mabel beobachten, wie blau-weiße Absperrbänder um den gesamten Parkplatz gespannt wurden und die Spurensicherung unverzüglich ihre Arbeit aufnahm. Der bittere Kaffee belebte sie, die Anspannung wich, und ihr Puls schlug wieder normal. Ein Constable trat ein und blickte in die Runde.

„Wir müssen Sie bitten, sich alle für die Befragung zur Verfügung zu halten. Am besten verlässt keiner das Zimmer. Mein Vorgesetzter wird gleich bei Ihnen sein."

Mabel hoffte, jemand anderes als Chefinspektor Warden würde den Fall übernehmen, denn immerhin waren die Schüsse in Liskeard gefallen, und damit war die dort ansässige Polizei zuständig. Sie sah auf ihre blutverschmierten Hände, dann an sich hinunter und wandte sich an Peggy: „Kann ich mich hier ein wenig säubern?"

Peggy nickte und deutete auf eine Tür, die in die Waschräume führte. Mit Hilfe von Wasser, Seife und Papierhandtüchern versuchte Mabel, notdürftig das Blut von ihrem Mantel und der Bluse zu entfernen, was zur Folge hatte, dass sich die Flecken noch weiter ausbreiteten. Wahrscheinlich würde sie die Kleidungsstücke wegwerfen müssen. Gründlich wusch sie sich Gesicht und Hände. Das kalte Wasser tat gut, und Mabels Kopf begann wieder normal zu arbeiten. Obwohl sie um Chenhills Leben bangte, fühlte sie eine leichte Genugtuung, dass sie mit ihrer Vermutung, der Verleger wäre in unlautere Machenschaften verstrickt, offenbar recht gehabt hatte. Warum sonst sollte jemand einen solch feigen Anschlag auf ihn verüben?

„Sie glauben nicht, was dieser ... dieser Dorfpolizist zu mir gesagt hat!" Wie ein Tiger im Käfig lief Mabel in Victors Küche auf und ab. Ihre Wangen waren gerötet, und ihre Augen funkelten zornig.

„Hören Sie endlich mit dem Hin- und Hergelaufe auf! Das macht mich völlig nervös."

„Und ich *bin* nervös", blaffte Mabel zuerst unfreundlich, setzte sich dann aber doch zu Victor an den Tisch. Der Tee in ihrer Tasse, den sie sich zur Beruhigung zubereitet hatte, war längst kalt. In der letzten halben Stunde hatte sie dem Tierarzt von den Schüssen auf David Chenhill erzählt, und Victor hatte ihren Worten fassungslos gelauscht.

„Der Chefinspektor, also dieser Warden, wurde tatsächlich nach Liskeard bestellt, da irgendjemand einen Zusammenhang zwischen dem Mord an Kernick und den Schüssen auf Chenhill gesehen hat." Sie seufzte und fuhr sich mit dem Handrücken über die noch immer schweißnasse Stirn. „Warden wollte allerdings nichts von alledem, was wir vermuten, wissen und sagte, ich möge mich mit genügend Vorräten zu Hause einschließen und dort bleiben, bis der Fall aufgeklärt wäre." Die Empörung stand Mabel ins Gesicht geschrieben. „Außerdem sähe er keinen Zusammenhang zwischen dem Mord an Kernick und dem Anschlag auf Chenhill." Mabel war derart in Rage, dass sie Victor, der den Mund öffnete, das Wort abschnitt und fortfuhr: „Warden ging sogar noch weiter. Er meinte, die Schüsse hätten vielleicht gar nicht dem Verleger, sondern mir gegolten. Mir! Können Sie sich das vorstellen? Was für eine infame Idee! Ich wusste schon immer, dass Warden unfähig ist ..."

„Halten Sie mal die Luft an, Mabel!" Victor erhob seine Stimme, und Mabel verstummte tatsächlich. Er beugte sich vor, nahm ihre Hand. Aufrichtige Sorge lag in seinen Worten: „So ungern ich es sage, aber könnte Warden in diesem Fall nicht sogar recht haben? Wir sind uns einig, dass

Kernicks Mörder noch irgendwo da draußen herumläuft. Sicher hat er bemerkt, dass Sie überall herumschnüffeln. Was, wenn die Schüsse tatsächlich nicht Chenhill, sondern Ihnen gegolten haben?"

Fassungslos starrte Mabel den Freund an. „Mir? Aber Chenhill wurde getroffen und schwer verletzt ..."

„Ein Versehen", warf Victor ein. „Der Täter hat vielleicht sein eigentliches Ziel verfehlt."

Ungläubig schüttelte Mabel den Kopf, nahm einen Schluck aus ihrer Tasse und verzog angewidert das Gesicht. „Kalter Tee ist schrecklich. Ich mache uns jetzt erst einmal frischen, dann kann ich besser denken." Während Mabel mit dem Wasserkocher hantierte, sagte sie nachdenklich: „Etwas seltsam ist es schon, dass Chenhill darauf bestand, mich zum Wagen zu begleiten. Bei meinem ersten Besuch hielt er das nicht für nötig."

„Vielleicht hat er den Täter über Ihren Besuch informiert. Der lauerte dann in dem Neubau, und als Chenhill mit Ihnen auf den Parkplatz trat, war das das Zeichen. Es war Zufall oder vielmehr pures Glück, dass die Kugel Sie verfehlte und stattdessen den Verleger traf."

Mabel verharrte in der Bewegung. Victors Ausführungen deckten sich mit denen von Chefinspektor Warden. Jetzt, Stunden nach dem Anschlag, lief Mabel ein kalter Schauer über den Rücken, und plötzlich bekam sie Angst. Leise sagte sie: „Wenn es stimmt, und die Kugeln galten mir, beweist das doch, dass ich ... dass wir auf der richtigen Spur sind. Dieser Chenhill hat Dreck am Stecken, und er will unter allen Umständen verhindern, dass jemand etwas aufdeckt. Vielleicht hat er sogar noch mehr Leichen im Keller. Viele Geschäftsleute sind korrupt, und Chenhill macht nicht den Eindruck, als würde er nur mit ehrlicher Arbeit seine Brötchen verdienen."

Victor stand auf und trat zu Mabel, die mit dem Rücken an der Spüle lehnte. Als er einen Arm um ihre Schultern legte, spürte er, wie sie zitterte. „Mabel, ich mache mir Sorgen." Sein Blick wich ihrem aus, trotzdem sah Mabel die Angst in seinen Augen. „Überlassen Sie die Sache der Polizei. Kernicks Ermordung mag für Warden abgeschlossen sein, jetzt jedoch liegt ein neuer Fall vor, und der Inspektor muss tätig werden. Wenn Sie recht haben, und die Fälle hängen zusammen, dann wird sich bald alles klären. Die Polizei wird die Kugeln überprüfen und dadurch auch die Waffe finden, aus der geschossen wurde. In der Umgebung, von wo aus der Täter geschossen hat, wird es weitere Spuren geben. Wir beide haben doch gar keine Ahnung, wie moderne Polizeiarbeit vonstattengeht."

Für einen Moment war Mabel geneigt, Victors Bitte nachzukommen, sich in ihr Cottage zurückzuziehen und dieses erst wieder zu verlassen, wenn Kernicks Mörder und der Schütze – von dem Mabel überzeugt war, dass es sich um ein und dieselbe Person handelte – überführt und gefasst war. Wenn die Schüsse nun aber doch nicht ihr, sondern dem Verleger gegolten hatten – wer hatte ein Interesse daran, Chenhill zu töten? Obwohl es in der Küche warm war, fröstelte Mabel, und sie schlang beide Arme um ihren Oberkörper. „Was sollen wir jetzt machen, Victor?"

Er kratzte sich nachdenklich am Kopf und sah Mabel dann ernst an. „Nichts. Sie werden gar nichts mehr unternehmen. Jedenfalls sollten Sie sich die nächsten Tage ruhig verhalten, bis wir wissen, was die Polizei über den Anschlag herausgefunden hat."

„Ob Chenhill überlebt?", überlegte Mabel laut. „Die Kugel ist in seinen Brustkorb eingedrungen, hat sein Herz aber nicht getroffen, sonst wäre er sofort tot gewesen."

Ein erleichtertes Grinsen huschte über Victors Gesicht. „Das können wir herausfinden. Sie wissen nicht zufällig, in welches Krankenhaus man Chenhill gebracht hat?"

„Ich nehme an, nach Bodmin", erwiderte Mabel. „Das liegt am nächsten."

Victor nickte, verließ die Küche, kehrte wenig später mit dem Telefonbuch zurück, blätterte in den Seiten und griff zum Telefon. „Ist da das Hospital in Bodmin? – Ja, schön. Mein Name ist Doktor Daniels, und ich möchte mich nach dem Zustand von David Chenhill erkundigen, der heute mit einer Schussverletzung eingeliefert wurde. – Selbstverständlich bin ich Arzt. – Ja, danke, ich warte."

Es vergingen einige Minuten, in denen Victor wohl zu einem Arzt durchgestellt wurde. Vertraulich zwinkerte er Mabel zu, dann formulierte er erneut seine Frage, auf die offenbar eine Gegenfrage gestellt wurde.

„Der Patient war in meiner Praxis", sagte Victor im Brustton der Überzeugung. „Sonst würde ich ja nicht anrufen und mich erkundigen."

Nach einer für Mabel scheinbar unendlichen Zeit beendete Victor das Gespräch, ein zufriedenes Lächeln auf den Lippen. „Ich muss schon sagen, mit der Schweigepflicht nehmen die es nicht gerade genau. Schließlich hätte ja jeder anrufen und behaupten können, Arzt zu sein."

„Haben Sie erfahren, wie es Chenhill geht?" Gespannt beugte Mabel sich vor.

Victor nickte. „Er lebt und wird wahrscheinlich durchkommen. Mehr wollte mir der behandelnde Arzt nicht sagen."

„Ich wusste gar nicht, dass Sie so gut lügen können." In Mabels Stimme lag keine Missbilligung, sondern Bewunderung.

„Lügen? Ich? Wieso?" Victor sah sie an, als könne er kein Wässerchen trüben. „Ich habe nicht gelogen, liebe Mabel. Gestern habe ich meine Patientenkartei durchgesehen – ich hatte da so eine vage Erinnerung. Tatsächlich hat mich Chenhill vor drei Jahren aufgesucht. Damals besaß er einen Hund, den ich impfte – der Kollege in Liskeard war mal wieder im Urlaub." Victor grinste schelmisch. „Irgendetwas mache ich mit meiner Praxis falsch. Ich habe den Eindruck, dass mein Kollege alle paar Wochen in Urlaub fährt und ich dann seine ganze Arbeit machen darf. Aber um wieder zum Thema zu kommen: Chenhill war also tatsächlich in meiner Praxis, wenn auch nur einmal, also habe ich nicht gelogen. Was kann ich dafür, dass der Kollege der Humanmedizin daraus falsche Schlüsse zieht?"

Der Schalk sprühte aus Victors Augen, und unwillkürlich musste Mabel lachen. „Sie sind mir einer, Victor. Je besser ich Sie kennenlerne, desto mehr erstaunen Sie mich."

Victor drehte sich um und warf einen Blick aus dem Fenster. „Ich fahre Sie jetzt am besten nach Hause, es ist schon dunkel. Oder wollen Sie heute Nacht lieber hierbleiben?" Als er Mabels überraschten Gesichtsausdruck sah, fügte er schnell hinzu: „Ich meine nur, wenn der Täter wirklich Sie treffen wollte, könnte er es erneut versuchen."

„Keine Sorge, ich kann auf mich aufpassen." Zielstrebig ging Mabel zur Tür, woraufhin Debby aufsprang, mit dem Schwanz wedelte und deutlich machte, dass sie mitgenommen werden wollte. „Wenn Sie mich nach Hause fahren könnten, wäre ich Ihnen sehr dankbar. Mein Wagen steht ja mal wieder nicht zur Verfügung. Eine Kugel steckt in der Lehne des Fahrersitzes, und die Polizei weiß noch nicht, wann sie mein Auto wieder freigeben kann. Darüber hinaus ist die Windschutzscheibe kaputt. Also, wenn mich jeder Fall ein neues Auto oder zumindest eine Reparatur kostet, dann wird das auf Dauer ein teures Vergnügen."

Erleichtert lächelte Victor und half Mabel in den Mantel. Sie hatte zu ihrer Unbekümmertheit zurückgefunden, wenngleich Victor ihre Angst unterschwellig spürte.

„Nun, James Bond schrottet auch pro Mission mindestens einen Wagen", sagte er leichthin. „Außerdem hoffen wir doch beide, dass Mörder in Lower Barton nicht zur Regel werden, oder?"

14

Obwohl der Anschlag auf David Chenhill im zehn Meilen entfernten Liskeard stattgefunden hatte, war die Tat bereits am nächsten Tag Hauptgesprächsthema in Lower Barton. Mabel, die ihr ganzes Leben in der Anonymität Londons zugebracht hatte, war immer wieder erstaunt, wie schnell auf dem Land die Buschtrommeln arbeiteten.

Sie fragte sich, woher die Leute die Informationen hatten, die sie mit wilden Spekulationen mischten. Auch heute war der Fleischerladen die wichtigste Anlaufstelle und die Metzgerin ganz in ihrem Element.

„Man sagt, die Polizei schließe einen Terrorakt nicht aus", rief Mrs Roberts und konnte sich mit diesen Worten der allgemeinen Aufmerksamkeit sicher sein.

„Terroristen hier in Cornwall?" Eine junge Frau mit einem kleinen Kind schlug sich erschrocken eine Hand vor den Mund, und eine dicke, ziemlich derb wirkende Kundin warf ein: „Blödsinn! Der, den sie angeschossen haben, war doch mit dem Schriftsteller, dem der Schädel eingeschlagen wurde, bekannt. Ich glaube eher, jemand hat es auf die gesamte Buchbranche abgesehen."

„So ein Quatsch, Rosemary!" Laut unterbrach Mrs Roberts die Kundin. „Der Mörder von Kernick ist tot und begraben. Nee, nee, ich sage euch, dahinter stecken entweder Terroristen oder die Mafia."

Mabel lächelte still in sich hinein. Sie würde sich hüten, sich an der Diskussion zu beteiligen, es war aber interessant zu hören, welche Schlüsse die Menschen zogen. Als sie an der Reihe war, bestellte sie Corned Beef, geräucherten Speck und ein saftiges Stück Rindfleisch, das sie sich morgen in einer Rotweinsoße zubereiten wollte. Gerade als sie ihre Einkäufe bezahlte, betrat eine weitere Kundin die Metzgerei. Mit einem grünen Parka, Jeans und Gummistiefeln war sie einfach gekleidet, ihr Haar unter einem Kopftuch verborgen. Mabel hatte sie nie zuvor gesehen, Mrs Roberts kannte die Frau aber offenbar, denn sie runzelte ärgerlich die Stirn und sagte, ungeachtet dessen, dass alle anderen mithören konnten: „Ich hoffe, Sie sind gekommen, um Ihre Rechnungen zu bezahlen. Wenn nicht, dann können Sie gleich wieder gehen, wir gewähren Ihnen keinen weiteren Kredit."

Das schmale Gesicht der Frau wurde puterrot, sie war den Tränen nahe. „Mrs Roberts ... bitte ... nächste Woche, da bezahle ich alles, aber wir brauchen ..."

„Auf keinen Fall!" Barsch schnitt die Metzgerin der Kundin das Wort ab, woraufhin diese mit hängenden Schultern den Laden wieder verließ. Obwohl Mabel noch nie hatte anschreiben lassen und auch für Schuldenmacherei nichts übrig hatte, empfand sie Mitleid mit der Unbekannten.

Mrs Roberts sah sich wohl genötigt, eine Erklärung abzugeben, denn die Kunden starrten sie allesamt an. „Ist doch wahr", murmelte sie. „Seit vier Wochen kommt diese Person hierher, obwohl sie nicht aus Lower Barton ist. Sonst würde ich sie nämlich kennen. Fünfmal hat sie anschreiben lassen und mich immer wieder vertröstet. Wir sind schließlich kein Wohltätigkeitsverein und müssen unsere Rechnungen auch bezahlen."

„Ich kenne sie", mischte sich eine ältere Dame ein. „Nun ja, meine Eltern kannten deren Eltern, die schon lange tot sind. Früher war die Familie offenbar vermögend, und die Tochter wurde auf den besten Schulen des Landes erzogen. Dann hat ihr Vater an der Börse spekuliert und alles verloren. Ich meine mich zu erinnern, dass die Tochter schließlich den Erstbesten geheiratet hat, um der Armut zu entgehen."

Mrs Roberts lachte spöttisch. „Sieht nicht so aus, als wäre ihr das gelungen." Sie wandte sie sich an die nächste Kundin und fragte nach deren Wünschen, und auch Mabel hatte die fremde Frau vergessen, als sie die Fleischerei verließ.

So schnell es ihre Gelenke, in denen es bei dem wechselhaften Wetter zwickte und zwackte, zuließen, eilte Mabel nach Hause. Obwohl sie gerne spazieren ging, hoffte sie, ihren Wagen bald wiederzubekommen, denn die Einkaufstüten wogen schwer. Wie jeden Samstag arbeitete sie auch heute nicht bei Victor und freute sich auf ein ruhiges Wochenende, an dem sie die letzten Vorbereitungen für das Weihnachtsfest in der kommenden Woche erledigen wollte.

Zuerst schenkte Mabel dem Mann, der eine Zigarette rauchend vor ihrem Cottage auf- und abging, keine Beachtung, erst, als er auf sie zukam, freundlich nickte und fragte: „Miss Clarence? Miss Mabel Clarence?", sah sie ihn abwartend ab.

„Ja, und Sie sind?"

„Mein Name ist Chris Jonson, ich bin Redakteur beim ..."

Alles in Mabel ging auf Abwehr. „Es tut mir leid, ich habe keine Zeit, außerdem spreche ich nicht mit Journalisten." Ärgerlich fuhr sie lauter, als es sonst ihre Art war, fort: „Ich habe keine Ahnung, woher ihr Journalisten immer so schnell Bescheid wisst, Ihre Fragen stellen Sie bitte der Polizei."

Mabel wollte sich an dem jungen Mann vorbeidrängen, doch er trat ihr in den Weg. „Bitte, Miss Clarence, es geht um Clark Kernick, den Schriftsteller."

„Ich weiß, wer Clark Kernick ist. Aber ich habe nichts zu sagen, außerdem bin ich dem Mann nur einmal begegnet. Darf ich jetzt bitte mein Haus betreten, ich habe zu tun."

„Verzeihung." Mit einem entschuldigenden Lächeln trat Jonson zur Seite. „Ich dachte, Sie könnten mir ein paar Fragen beantworten, immerhin haben Sie den Toten gefunden."

Mabel, den Schlüssel bereits im Schloss, verharrte, drehte dann den Kopf und fragte: „Woher wissen Sie das?"

„Wir haben so unsere Quellen, Miss Clarence." Sein freundliches Lächeln war unverbindlich und routiniert. „Selbstverständlich wurde in der Presse davon nichts erwähnt, ich möchte mich dennoch gern mit Ihnen unterhalten. Nur ein paar Minuten, bitte."

Mabel wusste, es hatte keinen Sinn zu dementieren, dass sie Kernicks Leiche entdeckt hatte, also fragte sie: „Bei welchem Medium arbeiten Sie?"

„Beim Berkshire Cronicle, einer großen Tagezeitung mit Sitz in Reading."

Nun war Mabels Aufmerksamkeit doch geweckt. In Lower Barton hatte nichts über ihre Beteiligung an dem Mordfall in den Zeitungen gestanden, wie kam ein Journalist aus Berkshire zu dieser Information? „Warum hat ein Blatt aus dem Osten überhaupt Interesse an einem Todesfall hier in Cornwall?", fragte sie direkt.

Chris Jonson war die Erleichterung, dass Mabel ihre ablehnende Haltung aufgab, anzusehen. Sie vermutete, dass er ein junger Journalist mit wenig Berufserfahrung war, der sich auf seinem Posten noch bewähren musste. Unwillkürlich tat er Mabel leid, wenngleich sie nicht gewillt war, mit ihm über den schrecklichen Abend in Kernicks Haus zu sprechen.

Er grinste und wirkte wie ein Lausbub, der einen Streich ausheckte. „Immerhin wurde Kernick von einem Gericht in Reading verurteilt und saß dort ein. Damals schlug die Sache hohe Wellen, also interessiert es unsere Leser, dass er nun selbst Opfer eines Verbrechens geworden ist."

Mabels fiel beinahe die Einkaufstasche aus der Hand. Gericht? Haft? Offenbar verfügte der junge Mann über wichtige Informationen aus Kernicks früherem Leben. „Nun gut, kommen Sie herein."

Sie traten in ihr kleines, gemütliches Wohnzimmer mit den Sprossenfenstern und der niedrigen Balkendecke. Lucky, Mabels Katze, sprang aus dem Sessel, sah den Besucher erst mit angelegten Ohren an, dann trollte sie sich nach draußen. Sie mochte keine Fremden in ihrem Haus.

„Was haben Sie vorhin gesagt? Clark Kernick saß im Gefängnis?"

Eifrig nickte Jonson. „Es ist genau zwanzig Jahre her. Nach einer durchzechten Nacht war Kernick auf dem Weg nach Hause, als er einen Jungen auf dem Schulweg überfuhr. Da Kernick betrunken war, beging er Fahrerflucht, anstatt dem Kind zu helfen. Sein Wagen und damit auch er konnten schnell ermittelt werden."

„Und dann?" Gebannt lauschte Mabel dem Bericht Jonsons.

„Kernick wurde zu elf Jahren Haft verurteilt, kam aber nach sieben Jahren wegen guter Führung frei. Danach verlor sich seine Spur, denn er verließ Reading. Letzte Woche entdeckte mein Chef die Meldung, dass ein Clark Kernick in Cornwall ermordet wurde, und da frage ich mich: Ist das derselbe Kernick? Der Name ist nicht gerade häufig."

„Darauf kann ich Ihnen leider keine Antwort geben, ich habe ihn nur einmal gesehen, ich lebe noch nicht lange in Lower Barton", antwortete Mabel, woraufhin Jonson eine alte Zeitung aus der Tasche zog und Mabel ein Foto des damals Verurteilten zeigte. „Ist er das? Das Foto wurde nach der Urteilsverkündung aufgenommen."

Mabel nahm ihre Lesebrille vom Tisch, setzte sie auf und betrachtete das Bild. In ihrem Kopf wirbelten die Gedanken durcheinander, und ihr Magen schien Aufzug zu spielen. Der Mann auf der Schwarz-Weiß-Fotografie war noch recht jung, mit vollem Haar und traurigen Augen. Es gab keinen Zweifel – es war Clark Kernick. Und noch etwas erregte Mabels Aufmerksamkeit, und sie versuchte, ihr Interesse so gut es ging zu verbergen. Es war nie gut, wenn Journalisten zu viel wussten, daher nickte sie nur leichthin. „Ja, das ist er. Ich verstehe trotzdem nicht, was Sie von mir wollen. Wie kamen Sie überhaupt auf meinen Namen, und woher haben Sie meine Adresse?"

Chris Jonson lächelte charmant, und unwillkürlich dachte Mabel, dass der junge Mann bei Frauen sicher gut ankam. „Um Ihre zweite Frage zuerst zu beantworten: Das gehört zu einer guten Journalistenarbeit. Wie ich auf Sie kam? Nun, wie ich bereits sagte: Sie haben Kernick tot aufgefunden."

„Ach, und diese Akten hat die Polizei Ihnen einfach so überlassen?" Die Ironie in Mabels Worten war unüberhörbar. Sie wusste aber, dass Jonson ihr darauf nicht antworten würde. Die Arbeit von Journalisten bewegte sich oft an der Grenze der Legalität. „Darf ich die Zeitungsseite behalten?"

Er zögerte kurz, dann überließ er Mabel die Seite. „Würden Sie mir jetzt erzählen, wie das war, als Sie die Leiche fanden?"

„Meiner Aussage gegenüber der Polizei habe ich nichts

hinzuzufügen", entgegnete Mabel kühl, obwohl alles in ihr in Aufruhr war. „Da sie offenbar Akteneinsicht haben, sind Sie ja bestens informiert. Außerdem werde ich nichts tun, was die Polizeiarbeit behindern könnte." Sie würde sich hüten, diesem jungen Schnösel auf die Nase zu binden, dass sie selbst auf der Suche nach Kernicks Mörder war.

„Die Arbeit der Polizei, was den Mord an Kernick angeht, ist abgeschlossen", sagte er leicht verwirrt. „Der Täter wurde gefasst und hat sich selbst gerichtet."

„Tja, wenn Sie alles schon wissen ..." Mabel ging zur Tür, ein deutliches Zeichen, dass sie das Gespräch für beendet hielt.

„Nur eine kurze Schilderung, Miss Clarence. Mir geht es nur darum zu erfahren, was Kernick nach seiner Freilassung gemacht hat und wie er hierher nach Cornwall gekommen ist."

„Wie ich bereits sagte, ich habe mit dem Toten keinen Kontakt gehabt. Bitte gehen Sie jetzt." Energisch öffnete Mabel die Tür, und Jonson blieb nichts anderes übrig, als an ihr vorbei nach draußen zu treten. Mabel verbarg sich hinter der Gardine und wartete, bis der Journalist in seinen Wagen gestiegen und nicht mehr zu sehen war. Dann hastete sie ins Wohnzimmer, stopfte die Zeitungsseite in ihre Handtasche, schlüpfte wieder in ihren Mantel und verließ eilig das Haus. Ein Blick auf die Uhr sagte ihr, dass sie Victor Daniels wahrscheinlich im „Three Feathers" finden würde, wo er samstags um diese Zeit gern seinen Lunch einnahm.

Die Bar des einzigen Hotels von Lower Barton war gut gefüllt, aber Mabel entdeckte Victor sofort. Er saß in einer

Nische direkt neben dem mannshohen Kamin, in dem ein loderndes Feuer brannte.

„Mabel?" Erstaunt blickte er auf und erkannte sofort, dass seine Haushälterin nicht ohne triftigen Grund gekommen war. „Sagen Sie nicht, es ist schon wieder etwas passiert? Geht es Ihnen gut?"

Von ihrem hastigen Gang erschöpft ließ sich Mabel auf einen Stuhl sinken. Manchmal machte sich ihr Alter eben doch bemerkbar, wie sie ärgerlich feststellte, als sie nach Atem rang. „Mir ist nichts geschehen, Victor, aber eben war ein Reporter einer Zeitung aus Reading bei mir." Bevor Victor fragen konnte, erzählte sie in wenigen Worten von der Begegnung.

„Kernick hat einen Menschen getötet?"

„Pst!" Warnend legte Mabel einen Finger auf die Lippen und sah sich in der Bar um. „Wenn heute jemand davon erfährt, wird Kernick morgen posthum zum Massenmörder erklärt. Sie glauben ja nicht, was im Ort so alles geredet wird." Sie nahm die Zeitungsseite aus der Tasche und senkte ihre Stimme. „Hier ist der Bericht über den Prozess und ein Foto des jungen Kernick, aber sehen Sie hier ..." Mit dem Finger deutete sie auf einen Mann, der nur schemenhaft hinter dem Verurteilten zu sehen war, Mabel hatte ihn dennoch sofort erkannt.

Victor kniff die Augen zusammen und starrte auf das Bild. Mabel kam nicht umhin, ihn zu beneiden, dass er trotz seines Alters keine Lesebrille brauchte.

„Ich verstehe nicht ..." Fragend sah Victor auf.

Sie nickte. „Natürlich, Sie sind Chenhill ja nur in aller Kürze auf Kernicks Beerdigung begegnet."

„Chenhill?" Victors Augen weiteten sich ungläubig. „Sie

meinen, bei dem Mann im Hintergrund handelt es sich um den Verleger David Chenhill?" Er las die Antwort in Mabels Gesicht und griff sich stöhnend an den Kopf. „Du meine Güte, dann kannten sich die Männer bereits vor zwanzig Jahren, und Chenhill wusste von Kernicks Fahrerflucht. Was für ein Zufall, dass zuerst Chenhill einen Verlag in Cornwall gründet, Kernick sich später hier ebenfalls ansiedelt und ausgerechnet bei Pixy Prints veröffentlicht."

„Ich glaube nicht an Zufälle", entgegnete Mabel. „Zumindest nicht, wenn es um Mord geht." Erneut sah sie sich um. Niemand schien sich für sie zu interessieren, trotzdem senkte sie die Stimme. „Wir müssen herausfinden, wann genau Pixy Prints gegründet wurde, wann Kernick nach Lower Barton zog und in welcher Beziehung die beiden Männer vor zwanzig Jahren zueinander standen. Ich bin sicher, da gibt es einen Zusammenhang."

Victor nickte nachdenklich. „Punkt eins ist kein Problem. Ein paar Klicks im Internet ..." Er lachte leise. „Keine Sorge, Mabel, darum werde ich mich kümmern, das World Wide Web ist für Sie ein Buch mit sieben Siegeln. Schwieriger wird es bei den anderen Nachforschungen. Wir haben keinen Zugang zum Melderegister, und wie sollen wir herausfinden, was Chenhill vor zwanzig Jahren getan hat?"

„Wir beide nicht, aber wir kennen jemanden, der über die nötigen Zugänge verfügt", sagte Mabel.

Victors Lippen wurden zu einem schmalen Strich. „Alan", presste er leise hervor. „Mabel, Sie wissen, wie ungern ..."

„Ach, papperlapapp!" Aufgeregt stand sie auf. „Lassen Sie uns sofort zu ihm fahren."

„Wie? Jetzt? Es ist Samstagnachmittag, er wird nicht in seiner Kanzlei sein, außerdem habe ich noch nicht gegessen ..."

„Ich habe Alans Privatadresse, und wir besorgen uns ein paar Sandwiches an der Tankstelle", konterte Mabel. „Wissen Sie, was ich glaube? Die Schüsse vorgestern waren doch für Chenhill bestimmt. Zwischen Kernick und dem Verleger gibt es etwas, das sie verbindet, und jemand wollte sie beide töten, was ihm bei Kernick leider gelungen ist. Und jetzt war Chenhill dran."

„Also nicht mehr die Idee, dass Chenhill auf die Tantiemen aus ist?", scherzte Victor, angelte dann aber nach seiner beigen Cordjacke, die er achtlos über die Stuhllehne geworfen hatte, und zog sie an. „Na gut, fahren wir. Gegen Sie komme ich ohnehin nicht an."

Mabel schenkte ihm ein dankbares Lächeln. „Als ob Sie nicht ebenso gespannt sind, was Alans Nachforschungen ergeben werden."

„Da haben Sie auch wieder recht."

Glücklicherweise war Victor kein Freund von langen Fußwegen und hatte seinen Jeep direkt vor dem Hotel geparkt. Sie verließen Lower Barton in Richtung Pelynt, wo sie über die B 3359 auf die A 390 fahren wollten, die sie direkt nach Truro bringen würde, als Victors Handy klingelte.

„Gehen Sie bitte ran", bat er Mabel und deutete auf seine linke Jackentasche.

Mabel nahm das Mobiltelefon, das zum Glück ihrem eigenen ähnlich war, und so fand sie sofort die grüne Taste, um das Gespräch anzunehmen. „Mabel Clarence, am Apparat von Doktor Daniels", meldete sie sich.

„Tremellin hier. Wo ist der Doc?“ Eine wütende Männerstimme dröhnte in Mabels Ohren.

„Doktor Daniels ist gerade unterwegs. Worum handelt es sich?“

„Der Kuh geht es wieder schlechter. Sagen Sie dem Doc, er soll sofort kommen. Tremellin Farm, er weiß, wo das ist.“

Mabel kombinierte sofort, dass es sich bei dem Anrufer um den Ehemann der Frau handelte, die sich offenbar in Victor verliebt hatte. Aus diesem Grund sagte sie freundlich, aber ablehnend: „Es tut mir leid, Doktor Daniels hat lediglich die Urlaubsvertretung Ihres Tierarztes übernommen. Bitte wenden Sie sich doch an ...“

Sie kam nicht dazu, den Satz zu Ende zu führen, denn Tremellin schrie regelrecht in den Hörer: „Der Doc soll seinen Arsch auf der Stelle hierher bewegen! Er hat meine Kuh behandelt, also soll er das jetzt auch zu Ende führen. Wenn das Viech verreckt, mache ich ihn dafür verantwortlich – sagen Sie ihm das!“

„Ich muss doch sehr bitten!“, empörte sich Mabel, Tremellin hatte jedoch aufgelegt. „Das war Tremellin. Seiner Kuh geht es wieder schlechter, und er bittet Sie, sofort zu kommen.“ Es war nicht nötig, Victor zu erzählen, mit welchen Worten der Farmer seine ärztliche Hilfe befohlen hatte.

„Auf keinen Fall!“ Mabel hatte Victors Reaktion erwartet. „Auf diese Farm setze ich keinen Fuß mehr!“

„Victor, bitte. Wenn es dem Tier wirklich schlecht geht, dürfen Sie es nicht im Stich lassen. Tremellin ist nicht gewillt, einen anderen Tierarzt zu rufen.“

„Sie haben recht.“ Victor zog seine buschigen Augenbrauen über der Nase zusammen. „Aber Sie kommen mit!“

Lächelnd lehnte Mabel sich zurück. „Nun gut, wenden Sie. Ihre Tasche haben Sie ja sicher im Auto. Unser Besuch bei Alan Trengove muss eben noch etwas warten."

Obwohl Victor schon von der Tremellin-Farm erzählt hatte, hatte Mabel nicht eine solche Verwahrlosung erwartet. Die grauen Steine des Farmhauses waren von Moos überwuchert, die Fensterläden benötigten dringend einen neuen Anstrich, und auf dem ungepflasterten Hof stand brackiges Wasser in großen Pfützen. Auf der linken Seite türmte sich allerlei Gerümpel – Reste eines alten Fahrrads, verbeulte Blecheimer, Plastikmilchflaschen und sogar ein verrosteter Öltank lagen hier wie auf einer Müllkippe herum. Auch das Fehlen jeglicher Dekoration stach ihr sofort ins Auge, dabei war in wenigen Tagen Weihnachten. Unwillkürlich schüttelte sich Mabel, die es gerne sauber und aufgeräumt hatte. Sie vermutete, dass hier an allen Ecken das Geld fehlte.

Jonathan Tremellin erwartete sie bereits. Breitbeinig, mit Gummistiefeln und grüner Wachsjacke, stand er vor der Stalltür. „Na, endlich, wurde auch Zeit."

Tremellin schenkte Mabel keine Beachtung, sondern stapfte voraus in den Stall. Sie überlegte, ob sie im Jeep warten sollte, denn es regnete in Strömen, da öffnete sich die Haustür und eine Frau trat heraus. Mabel glaubte, nicht richtig zu sehen, als sie in ihr die Frau aus der Metzgerei erkannte, die um einen weiteren Kredit gebeten hatte. Sie kombinierte, dass es sich um Linda Tremellin handelte. Mabel stieg nun ebenfalls aus und ging mit einem freundlichen Lächeln auf die Frau zu. „Guten Tag, Sie müssen Mrs Tremellin sein. Ich bin mit Doktor Daniels gekommen, er ist mit Ihrem Mann im Stall."

Abschätzend musterte Linda die Fremde von oben bis unten. „Sind Sie Vic... Doktor Daniels' Frau?"

Lachend hob Mabel die Hände. „Nein, bewahre, ich bin nur seine Haushälterin, Mabel Clarence. Victor ist ein alter Hagestolz, an dem hätte keine Frau ihre Freude, jedenfalls nicht als seine Ehefrau oder Geliebte. Glauben Sie mir, das Auskommen mit ihm ist nicht gerade einfach." So deutlich hatte Mabel eigentlich nicht mit der Tür ins Haus fallen wollen, doch die Gelegenheit war günstig.

„Kommen Sie herein, Sie werden ja ganz nass. Ich mach' uns Tee."

Dankend nahm Mabel das Angebot an. Unauffällig ließ sie ihren Blick durch den schmalen Hausflur und die altmodische Küche schweifen. Keine Blume, kein Foto, keine Gardine oder bunte Tischdecke durchbrach die Tristesse des Hauses. Wie kann man sich hier wohlfühlen?, dachte Mabel. Kein Wunder, dass Linda Tremellin Zerstreuung suchte, außerdem war ihr Ehemann zu ihr sicher genauso garstig wie vorhin am Telefon.

„Künftig müssen Sie wieder Ihren Tierarzt aus Liskeard rufen", setzte Mabel das Gespräch fort. „Die Strecke von Lower Barton zu Ihrer Farm ist weit, das wird auf Dauer zu teuer für Sie."

„Das ist Sache meines Mannes." Linda Tremellin drehte Mabel den Rücken zu, während sie Teeblätter in eine Kanne gab und mit kochendem Wasser aufgoss. „Wenn er will, dass Doktor Daniels kommt, dann muss das so sein. Jon bekommt immer das, was er will."

Die Bitterkeit in Lindas Stimme war unüberhörbar, und sie tat Mabel leid. Dennoch verwarf sie den Gedanken, die Farmersfrau könnte eine von Kernicks Geliebten gewesen sein, sofort. Linda war zwar nicht unattraktiv, doch sie schien auf ihr Äußeres keinen großen Wert zu legen. Mabel erinnerte sich an die Aussage der Kundin, dass Linda Tremellin eigentlich aus einem guten Haus stammte. Erneut empfand sie Mitleid, denn das Leben auf dieser Farm war sicher alles andere als leicht.

Gerade als Linda den Tee in zwei Steinguttassen goss, wurde draußen laut und nachdrücklich gehupt.

„Ach herrje, die Holzlieferung. Ich hatte völlig vergessen, dass sie heute Nachmittag kommt." Sie sah Mabel entschuldigend an. „Ich muss Sie leider ein paar Minuten allein lassen. Bitte, bedienen Sie sich."

Mabel war über den von Linda gewählten Tonfall überrascht. Er wollte so gar nicht zu der Verwahrlosung der Farm passen. Die Farmersfrau schob noch schnell einen Teller mit Plätzchen zu Mabel, dann eilte sie aus der Küche. Kaum war sie verschwunden, stand Mabel auf. Sie wusste, es war nicht richtig, konnte aber der Versuchung, sich ein wenig umzusehen, nicht widerstehen. Direkt neben der Küche befand sich die Speisekammer, eine zweite Tür führte in den Hauswirtschaftsraum mit Waschmaschine, Trockner und Bügelbrett. Mabel trat auf den Flur, spähte durchs Fenster und sah Linda mit zwei Männern sprechen, die begannen, Holzbretter von einem Anhänger abzuladen und in die Scheune zu tragen. Mabel hoffte, Linda würde noch eine Weile beschäftigt sein, denn ihre Neugierde war geweckt, auch wenn sie nicht wusste, was sie eigentlich zu finden hoffte. Indem sie hier herumschnüffelte, würde sie nichts dazu beitragen, dass Linda Victor nicht mehr mit schmachtenden Blicken und schwülstigen Liebesgeständnissen verfolgte.

Sie wandte sich nach links. Am Ende des dunklen, muffigen Flurs öffnete Mabel eine Tür und riss überrascht die Augen auf, denn das kleine Zimmer stand im krassen Gegensatz zur restlichen Farm. Offenbar wurde dieser Raum ausschließlich von Linda genutzt, denn er war gemütlich und mit einer deutlichen weiblichen Note eingerichtet. An drei Wänden befanden sich Regale, die bis zur Decke mit Büchern jeglicher Genres gefüllt waren. Ein Weihnachtsstern stand auf dem Fensterbrett, ein weicher Teppich bedeckte den Fußboden, und an der freien Wand hingen Kunstdrucke von kornischen Landschaften. Mabel trat an einen alten Schreibtisch heran, der aus einer längst vergangenen Epoche stammte und – obgleich an den Ecken ramponiert – ein richtiges Schmuckstück war. Was sie dann aber sah, ließ ihren Atem stocken. Auf dem Schreibtisch lagen drei aufgeschlagene Bücher. Als Mabel eines in die Hand nahm, murmelte sie: „Was hat das zu bedeuten?"

Nicht dass es sich um den historischen Roman von Clark Kernick handelte, überraschte Mabel, sondern dass mit rotem Filzstift quer über den Einband das Wort „SCHWEIN!" geschrieben stand. Sie blätterte in dem Buch. Auf den Seiten fanden sich immer wieder handschriftliche, kaum lesbare Kritzeleien, die eine große Wut auf den Schriftsteller zum Ausdruck brachten. Unter dem historischen Roman lagen die beiden älteren Werke Kernicks. In einem fand Mabel ein in zwei Teile gerissenes Foto des Autors und auf einem Teil der Rückseite die Notiz: „Ich hasse Dich!"

„Also doch", murmelte Mabel. Entweder war Linda Tremellin ebenfalls eine von Kernicks Gespielinnen gewesen oder sie hatte Gefühle für ihn gehegt, war aber von ihm abgewiesen worden. Und dann war ihre Zuneigung in Hass umgeschlagen. Und jetzt hatte Linda ihre verirrten Gefühle auf Victor übertragen ...

Mabel griff nach der Stuhllehne. Offenbar war die Frau in ihrer Ehe schrecklich einsam, fühlte sich von ihrem Mann nicht respektvoll behandelt oder gar geliebt, hatte aber auch nicht die Kraft, sich von Jonathan zu lösen, um ein neues Leben zu beginnen. Wenn es stimmte und Linda Tremellin früher ein besseres Leben geführt hatte, dann musste die jetzige Situation für sie schrecklich sein. Sie flüchtete in eine Fantasiewelt und übertrug ihre Wünsche und Sehnsüchte auf einen Mann, in der Hoffnung, von ihm aus der unglücklichen Ehe gerettet zu werden.

Schnell verließ Mabel das Zimmer. Sie mochte sich nicht vorstellen, wie Linda reagieren würde, wenn sie bemerkte, dass Mabel hinter ihr Geheimnis gekommen war. Im Haus war alles ruhig, Linda stand immer noch draußen und sprach mit den Holzlieferanten. Mabel fand Victor im Stall, wo er einer hellbraunen Kuh gerade eine Spritze gab.

„Beobachten Sie die Temperatur des Tieres. Wenn das Fieber bis heute Abend nicht gesunken ist, rufen Sie mich wieder an."

Mit grimmiger Miene beäugte Jonathan Tremellin jeden von Victors Handgriffen. „Es ist meine beste Milchkuh, wenn ich die verliere, bin ich ruiniert. Sorgen Sie dafür, Doc, dass sie bald wieder Milch gibt."

Victor war sichtlich erleichtert, Mabel zu sehen. Während er seine Jacke anzog und die Tasche nahm, sagte er zu dem Farmer: „Es steht Ihnen selbstverständlich frei, einen Kollegen zu Rate zu ziehen. Wenn ich noch öfter von

Lower Barton hier herauskommen muss, so wird das teuer für Sie, denn die Fahrtkosten muss ich Ihnen in Rechnung stellen."

Tremellin lachte meckernd und wurde Mabel zunehmend unsympathisch. „Das lassen Sie meine Sorge sein, Doc. Ich kürze meiner Alten einfach das Haushaltsgeld, damit geht die eh viel zu verschwenderisch um. Nee, nee, Sie sind schon der Richtige, Doc Brown hat wochenlang an dem Vieh herumgedoktert, die Entzündung wollte und wollte nicht zurückgehen."

Victor tippte an seine Schildmütze. „Ich muss jetzt fahren, wir haben noch einen Termin."

Der Farmer schenkte weder Victor noch Mabel einen Blick, es gab auch kein Danke oder einen Abschiedsgruß, sondern er wandte sich der Kuh zu und tätschelte beinahe liebevoll deren Maul.

Als sie aus dem Stall traten, atmete Victor erleichtert auf, und Mabel sagte nachdenklich: „Kein Wunder, dass Linda versucht, sich anderweitig zu orientieren. So, wie der Mann von seiner Frau spricht und mit ihr umgeht."

„Wir sind keine Psychologen", stellte Victor nüchtern fest. „Bin froh, dass ich die Frau heute nicht gesehen habe."

Mabel wartete, bis sie die Farm hinter sich gelassen hatten, bevor sie Victor von ihrer Entdeckung erzählte.

Er hörte aufmerksam zu, schüttelte immer wieder den Kopf und murmelte: „Unglaublich! Ich werde keinen Fuß mehr auf diese Farm setzen, so wahr ich Victor Daniels heiße!" Er lachte bitter. „Wir Tierärzte sind zwar ebenso wie Humanmediziner verpflichtet, kranken und verletzten Patienten zu helfen, aber ich werde gleich Montag mit meinem Kollegen Brown sprechen. Der soll die weitere Behandlung übernehmen. Tremellin kann mich nicht dazu zwingen."

Mabel nickte nachdenklich. „Das wird das Beste sein, wobei nicht ausgeschlossen ist, dass Linda Sie bis Lower Barton verfolgt. Denken Sie nur an die Pralinen."

Da die Straße eng und kurvig wurde, konzentrierte sich Victor aufs Fahren und schwieg. Erst als sie auf der vierspurigen A38 waren, sprach er wieder: „Was hatte dieser Kernick an sich, dass die Frauen ihm in Scharen nachliefen? Sagten Sie nicht, dass auch eine Frau aus Ihrem Schreibclub für ihn schwärmte?"

„Nun, er war sehr attraktiv", erwiderte Mabel. „Wahrscheinlich auch charmant, außerdem finden viele Frauen Gefallen an Künstlern. Das sehen Sie ja bei Sängern und Schauspielern."

Victor grinste und warf Mabel einen Seitenblick zu. „Nur gut, dass wir beide da anders gestrickt sind, nicht wahr?"

„Wie meinen Sie das, Victor?"

„Nun, ich schätze Sie nicht als Person ein, die sich in eine sinnlose Schwärmerei für jemand Unerreichbaren verrennt."

Mabel lachte laut. „Nein, gewiss nicht. Dafür stehe ich mit beiden Beinen zu fest im Leben. Ebenso wie Sie. Das mag ich ja so an Ihnen, Victor: Sie sind geradeheraus und direkt, manchmal zwar etwas schroff, dennoch ein liebenswerter Mensch."

Mabel hätte wetten können, dass eine zarte rosa Färbung Victors Wangen überzog, als er verlegen murmelte: „Allein, um das zu hören, hat sich die Fahrt heute gelohnt."

15

Vier Tage musste sich Mabel gedulden, bis Alan Trengove weitere Informationen über das Vorleben Clark Kernicks herausgefunden hatte. Nach dem Besuch auf der Tremellin-Farm waren Mabel und Victor gleich weiter nach Truro gefahren und hatten Alan informiert, der über den tödlichen Unfall, den Clark Kernick seinerzeit verursacht hatte, ebenfalls bass erstaunt war.

„Mehr herauszufinden, ist kein Problem", hatte Alan versprochen. „Langsam, aber sicher beginnt mich der Fall wirklich zu interessieren. Und ich bin der Meinung, dass ihr mit der Vermutung, Harrison Hickery war unschuldig, recht haben könntet."

Am Dienstagabend rief der Anwalt Mabel an und fragte, ob sie sich gegen Abend treffen könnten. Mabel lud Trengove zu sich ein, Victor wollte aber nicht kommen.

„Sie werden mir schon berichten, was Alan herausgefunden hat", hatte er nur gesagt. „Wenn er überhaupt etwas in Erfahrung bringen konnte. Heute Abend werde ich mir das Spiel Liverpool gegen Chelsea ansehen."

Mabel ahnte, dass es nicht allein das Fußballspiel war, das Victor davon abhielt zu kommen. Zwischen ihm und Alan herrschte zwar eine Art Waffenstillstand, ausgeräumt schienen die jahrelangen Missverständnisse jedoch noch nicht.

„Miss Mabel, ich weiß nicht, warum ich es mache", eröffnete Alan Trengove das Gespräch. „Ich bewege mich an der Grenze der Legalität, was mich im schlimmsten Fall meine Zulassung kosten kann, aber ich sagte bereits, die Sache beginnt mich zu interessieren."

„Für Ihre Hilfe bin ich sehr dankbar." Sie bat den Anwalt, Platz zu nehmen, und servierte den Tee, den sie schon vorbereitet hatte. „Sie trinken doch eine Tasse, nicht wahr? Vielleicht auch ein paar Lebkuchen?"

„Zum Tee sage ich ja, das Gebäck muss ich leider ablehnen." Alan lächelte und deutete auf seinen nicht vorhandenen Bauch. „Ich höre mich jetzt zwar an wie eine Frau, doch ich muss auf meine Linie und meine Kondition achten. An Neujahr findet das jährliche Benefiz-Tennisturnier der Anwaltskammer statt, dafür muss ich fit sein."

„Sie spielen Tennis?"

Er lächelte verschmitzt. „Im letzten Jahr habe ich das Turnier gewonnen."

„Dann drücke ich Ihnen die Daumen, dass Ihnen ein erneuter Sieg gelingt", sagte Mabel.

„Haben Sie und Victor nicht Lust zu kommen? Ich besorge Ihnen gerne zwei Eintrittskarten. Das Spiel findet in Newquay statt."

„Danke, das ist sehr freundlich von Ihnen. Wir kommen gern." Mabel war sich zwar nicht sicher, ob Victor ebenso dachte, es böte sich aber eine weitere Chance zur Annäherung zwischen den beiden Männern.

„Also, dann hören Sie, was ich über Kernick und Chenhill herausgefunden habe." Alan kam zum Grund seines Besuchs, und Mabel sah ihn erwartungsvoll an. „Mit Ihrer Vermutung, die beiden Männer kennen sich, lagen Sie völlig richtig, Miss Mabel. Fragen Sie mich bitte nicht, wie ich es herausgefunden habe, denn darüber spreche ich besser nicht, aber Kernick und Chenhill wurden beide in Reading geboren, lebten in derselben Straße und besuchten bis zum Abschluss dieselbe Schule. Während David Chenhill dann ein Studium der Betriebswirtschaft begann, absolvierte Kernick eine Schlosserlehre."

„Schlosser?" Mabel war überrascht. „Vom Handwerker zum Schriftsteller? Es wundert mich, dass ein Mensch mit so viel Fantasie einen derart bodenständigen Beruf wählt."

Alan zuckte die Schultern. „Kernick arbeitete nach Abschluss seiner Ausbildung nur für vier Monate in einem kleinen Betrieb in Reading, da geschah dieser furchtbare Unfall und er wurde inhaftiert. Als er nach sieben Jahren vorzeitig entlassen wurde, verlor sich seine Spur – nicht nur in Reading, sondern in ganz England. Wo er war und was er machte ..." Alan hob bedauernd die Hände. „Es tut mir leid, diesbezüglich haben meine Recherchen nichts ergeben. Es scheint, als hätte der Erdboden ihn verschluckt. Kernick trat erst wieder in Erscheinung, als er vor knapp drei Jahren das Haus in Lower Barton kaufte. Seitdem ging er keiner geregelten Arbeit nach und versuchte sich als Schriftsteller. Den Rest kennen Sie selbst."

Mabel nickte nachdenklich. „Und David Chenhill?"

„Nach dem Studium arbeitete er in verschiedenen Unternehmen. Bevor er vor acht Jahren den Verlag Pixy Prints gründete und sich in Liskeard niederließ, war er Geschäftsführer eines großen Publikumsverlages in Southampton. Er scheint eine blütenweiße Weste zu haben, jedenfalls konnte ich keine Gesetzeswidrigkeit feststellen. Chenhill wurde nie aktenkundig. Sein Verlag erzielt zwar keine großen Gewinne, schreibt aber auch keine roten Zahlen, das heißt, es handelt sich um ein gutgehendes mittelständisches Unternehmen mit Schwerpunkt auf lokalen Publikationen: Kartenmaterial, Reise- und Wanderführer, historische und allgemeine Literatur über Cornwall. Die Werke von Clark Kernick waren die ersten belletristischen Bücher, die bei Pixy Prints erschienen, und sind bisher die einzigen geblieben."

„Die Vermutung liegt nahe, dass Chenhill der alten Freundschaft zuliebe Kernicks Geschichten veröffentlichte", kombinierte Mabel. „Obwohl seine Erstlinge doch ein Verlustgeschäft gewesen sein mussten. Erst mit dem dritten Roman kam der Erfolg für Autor und Verlag."

Alan erschien diese Begründung ebenfalls naheliegend. „Wahrscheinlich hat Chenhill von seinem Freund eine Kostenbeteiligung verlangt, ebenso wie er es Ihnen anbot, Miss Mabel."

„Woher aber hatte Kernick das Geld?" Mabel sah Alan gespannt an. „Nicht nur, um ein Buch zu veröffentlichen, sondern auch für den Erwerb des Hauses? Es ist nicht gerade klein und hat ein großes Grundstück. Ich schätze, es wird mindestens dreihunderttausend Pfund gekostet haben."

„Das, liebe Miss Mabel, entzieht sich meiner Kenntnis." Alan sah sie entschuldigend an. „Wie ich bereits sagte, musste ich, um diese Informationen zu erhalten, einige ... Kontakte bemühen, über die meine Kollegen in der Anwaltskammer sicher nicht erfreut wären. Mir sind jedoch die Hände gebunden, bei Kernicks Bank zu recherchieren und etwas über seine Vermögensverhältnisse in Erfahrung zu bringen."

Mabel stimmte in sein Seufzen ein. „Danke, Alan, Sie haben mir wichtige Informationen geliefert. Wir wissen jetzt, dass es eine enge Verbindung zwischen den beiden Opfern gegeben hat, die nicht nur geschäftlicher Natur war. Ich kann es nicht begründen, aber ich spüre, dass es in der Vergangenheit ein weiteres Geheimnis gibt. Irgendetwas ist vor über zwanzig Jahren geschehen, etwas, das heute einen Mörder auf den Plan ruft."

„Miss Mabel, Ihre Fantasie geht mit Ihnen durch." Lachend schüttelte Alan den Kopf.

Mabel ließ sich jedoch nicht aus dem Konzept bringen. Eine Idee nahm in ihrem Kopf Gestalt an, und sie sagte langsam: „Was ist mit den Eltern des Kindes, das Kernick getötet hat? Ein Junge, nicht wahr? Den Tod eines Kindes verarbeiten Eltern niemals. Was ist, wenn sie Kernicks Strafe für unzureichend halten und Selbstjustiz geübt haben?"

Nachdenklich rieb sich Alan mit einem Finger über den Nasenrücken. „Das ist eine interessante These, Miss Mabel, doch warum erst jetzt? Nach über zwanzig Jahren? Man sollte meinen, die Eltern hätten sich unmittelbar nach Kernicks Haftentlassung an ihm rächen wollen."

Wie ein Blitz schoss Mabel die Erklärung durch den Kopf. Sie sprang auf und lief aufgeregt hin und her. „Sie sagten, Kernick wäre nach seiner Entlassung spurlos verschwunden. Vielleicht verließ er das Land, jetzt jedoch, durch seine kleinen Erfolge als Autor ..."

„Ich beginne zu verstehen." Alan stand ebenfalls auf und trat neben Mabel. „Vielleicht wurden Kernicks Name und auch sein Wohnort irgendwann in der Presse erwähnt, auch wenn seine früheren Romane keine Bestseller waren.

Oder er postete selbst im Internet und machte Werbung für seine Bücher. In den Zeiten von Twitter und Facebook ..."

Mabels Blick drückte Unverständnis aus.

„Sie müssen nicht wissen, was das ist, Miss Mabel." Alan grinste. „Was ich sagen wollte: Wenn Kernick nicht vorsichtig mit seinen Daten umging, könnten die Eltern des toten Jungen Kenntnis von seinem Aufenthaltsort erhalten haben."

Erleichtert strahlte Mabel den Anwalt an. „Sie halten es also nicht für eine fixe Idee? Keine Ausgeburt eines alten, verwirrten Gehirns?"

„Aber Miss Mabel", rief Alan im Brustton der Überzeugung. „Sie sind doch nicht alt! Selten habe ich eine Dame Ihres Alters kennengelernt, die geistig so beweglich war, wie Sie es sind. Beweglicher als viele jüngere Menschen. Wenn ich daran denke, wie unfreundlich ich bei unserer ersten Begegnung zu Ihnen war ..."

„Das ist längst vergessen. Immerhin haben Sie mir damals geholfen."

Plötzlich wurde Alan ernst, nahm Mabels Arm und führte sie zu dem bequemen Sofa. „Wenn Sie recht haben, könnten Sie wieder in die Schusslinie des Mörders geraten. Es wäre an der Zeit, die Polizei über unsere Erkenntnisse zu informieren."

„Warden?" Mabel runzelte die Stirn. „Mein Vertrauen in den englischen Polizeiapparat ist nicht gerade groß. Dieser Chefinspektor wird meine Vermutungen wieder als Hirngespinste abtun und in dieser Angelegenheit rein gar nichts unternehmen." In knappen Worten berichtete Mabel dem Anwalt von ihrer Begegnung mit Warden in Kernicks Haus, verschwieg auch nicht, dass sie ihn versehentlich niedergeschlagen und er großzügig auf eine Anzeige verzichtet hatte. „Allerdings habe ich die Vermutung, dass er der Spur der zahlreichen Affären Kernicks nicht nachgeht. Das ist mir auch egal, denn inzwischen glaube ich nicht mehr so recht daran. Nein, nein", vehement schüttelte sie den Kopf, „das wäre zu einfach und erklärt nicht den Anschlag auf David Chenhill."

„Es sei denn, die Schüsse galten nicht ihm, sondern Ihnen, Mabel", wandte Alan ein und wirkte äußerst besorgt. „Der Täter ahnt, dass Sie ihm auf der Spur sind, und wollte Sie aus dem Weg räumen."

„Ich ... wir haben aber ja gar keine Spur. Jedenfalls nichts Konkretes, keinen Menschen, von dem ich sagen würde, er oder sie hätte das stärkste Motiv."

„Nun, vielleicht sind wir mit unserem Verdacht einer späten Rache der Eltern des angefahrenen Jungen auf dem richtigen Weg."

Als Alan „wir" sagte, wurde es Mabel warm ums Herz. Allerdings gab es auch bei diesem Rachemotiv einen Punkt, der nicht so recht passen wollte. „Warum dann aber ein Anschlag auf den Verleger? Nur weil er ein Freund Kernicks war? Das scheint mir doch sehr unwahrscheinlich." Mabel setzte sich aufrecht hin, straffte die Schultern und hob ihr Kinn. „Wir haben jede Menge Arbeit vor uns, Alan. Zuerst aber möchte ich Victor von Ihren Neuigkeiten berichten. Am besten, ich fahre gleich zu ihm."

In diesem Moment fiel Mabel ein, dass ihr Auto von der Polizei noch immer nicht freigegeben war. Draußen war es nasskalt, und Victors Haus lag am anderen Ende von Lower Barton. „Ach, ich habe ja derzeit keinen Wagen", sagte sie bedauernd.

„Soll ich Sie fahren?", bot Alan sofort an.

„Danke, das ist nicht nötig", lehnte Mabel ab, obwohl das Angebot zu verlockend war. „Die frische Luft wird mir guttun. Bei einem Spaziergang kann ich am besten nachdenken, und es gibt jetzt eine Menge zu überlegen."

Fröstelnd zog Chefinspektor Randolph Warden seine dunkle Daunenjacke fester um die Schultern und wippte mit den Füßen unter dem Schreibtisch. „Wann, sagten Sie, kommt der Heizungsmonteur?", blaffte er unfreundlich. „Hier ist es ja wie im Eiskeller."

Sergeant Bourke zog den Kopf ein, als wäre es seine Schuld, dass die Heizungsanlage ihren Geist aufgegeben hatte. „Er versprach, so bald wie möglich zu kommen", antwortete er vorsichtig.

Mit seinem Chef war heute nicht gut Kirschen essen, das hatte Bourke bereits am Morgen bemerkt, als Warden das eiskalte Büro betreten hatte. Es gab ja auch keinen Grund, fröhlicher Stimmung zu sein. Im Fall des Anschlages auf David Chenhill kamen sie nämlich keinen Schritt voran. Die Spurensicherung hatte zwar die leeren Hülsen gefunden und damit die Waffe bestimmen können – es handelte sich um ein handelsübliches Gewehr –, die jedoch nicht registriert war. Sonst hatte der Täter keine Spuren hinterlassen, und bei der Suche nach einem Motiv, David Chenhill zu töten, liefen die Ermittlungen ebenfalls ins Leere.

„Noch nichts Neues aus dem Krankenhaus?", riss Warden den Sergeant aus seinen Gedanken.

„Leider nicht, Sir. Wir erhalten Meldung, sobald Chenhill vernehmungsfähig ist. Das kann aber noch ein paar Tage dauern, immerhin ist er über den Berg."

„Gut." Zufrieden nickte Warden. „Wenigstens hier hat der Mörder sein Ziel verfehlt, wobei wir nicht außer Acht lassen sollten, dass die Schüsse vielleicht gar nicht dem Verleger galten." Es widerstrebte Warden, Mabels Namen auszusprechen. Irgendwie hatte er das Gefühl, würde er dies tun, riefe er Mabel Clarence höchstpersönlich auf den Plan. Warden ärgerte sich über solche Gedanken. Wahrscheinlich hätte er die „Harry Potter"-Romane nicht lesen sollen, in denen es keiner außer Harry und Dumbledore wagte, den Namen Lord Voldemorts laut auszusprechen.

Bourke hatte diese Hemmung nicht. „Sir, sollten wir Miss Clarence nicht unter Polizeischutz stellen?", fragte er. „Wenn Sie mit Ihrer Vermutung recht haben, dann ist die Frau in größter Gefahr."

„In die sie sich mal wieder selbst hineinmanövriert hat", entgegnete Warden, und der Seufzer, der seinen Worten folgte, war bis auf den Flur hinaus zu hören. „Sie haben recht, Bourke. Auch wenn ich kein Verständnis dafür aufbringe, dass ... diese Frau überall herumschnüffelt, sollte ihr etwas geschehen, dann werde ich ... werden wir beide unseres Lebens nicht mehr froh. Veranlassen Sie also alles Notwendige und stellen Sie einen Beamten vor ihr Haus. Zumindest, bis wir Chenhill verhört haben. Vielleicht erfahren wir von ihm ja etwas Konkreteres."

In den letzten Tagen hatte sich Christopher Bourke viele Gedanken über die beiden Fälle gemacht. Allerdings äußerte er Warden gegenüber seine Vermutung, dass Chenhill Dreck am Stecken gehabt hatte und Mabel ihm auf die Schliche gekommen war, nicht, denn der Chefinspektor ließ sich von einem Untergebenen nur ungern etwas sagen. Auch Bourke war der Überzeugung, dass der Mord an Kernick und der Anschlag auf dessen Verleger kein Zufall gewesen war, sondern dass die beiden Fälle zusammenhingen. Allerdings ahnte er nicht, wie sehr sich seine Überlegungen mit denen Mabels deckten, außerdem waren ihm die Hände gebunden, ebenso wie er mit seinen privaten Ermittlungen über Kernicks zahlreiche Geliebten keinen Schritt weitergekommen war. Der Fall Clark Kernick war zu den Akten gelegt. Was konnte da ein kleiner Angestellter, wie Bourke einer war, ausrichten? Schließlich sah er einer Beförderung entgegen, und – bei allem Interesse an diesem Fall – er würde den Teufel tun, diese zu gefährden.

Es klopfte, und ein Constable, ebenfalls in eine dicke Uniformjacke gehüllt, trat ein.

„Was gibt es, Howard?“ Warden sah den Beamten unwillig an. „Sie wissen doch, dass wir nicht gestört werden möchten.“

„Verzeihen Sie, Sir, aber da ist eine Dame, die Sie dringend sprechen möchte. Ich sagte ihr, Sie wären nicht zu sprechen, sie lässt sich jedoch nicht abweisen, sondern meint, sie würde erst weggehen, wenn sie mit Ihnen persönlich geredet hat.“

Warden und Bourke tauschten einen Blick – beide dachten sie dasselbe, und Warden fragte: „Worum geht es?“

Der junge Constable wirkte deutlich verunsichert. „Das will sie partout nicht verraten. Da sie aber nicht mehr die Jüngste ist ... Was soll ich machen, Sir? Ich kann eine Lady doch nicht einfach hinauswerfen.“

Warden wusste nicht, wie oft er heute schon geseufzt hatte, dabei war es noch nicht einmal neun Uhr. Wenn er so weitermachte, könnte er sich um einen Eintrag ins Guinnessbuch der Rekorde im Dauerseufzen bewerben. Zudem fror er und hatte heute Morgen das Haus ohne Frühstück verlassen, da seine Frau auf einer Fortbildung weilte. All das drückte auf Wardens Stimmung, dennoch sagte er: „Dann schicken Sie Miss Clarence eben herein."

Howard stutzte. „Woher wissen Sie ...?"

Warden winkte ab. Er hatte geahnt, dass Mabel Clarence nicht lange auf sich warten lassen würde, als Bourke ihren Namen vorhin laut ausgesprochen hatte.

„Miss Clarence, Sie kommen bestimmt, um sich nach Ihrem Auto zu erkundigen", sagte Warden, als Mabel an dem erstaunten Constable vorbei ins Büro trat. „Ich denke, in zwei, drei Tagen können Sie es wiederhaben. Die Windschutzscheibe allerdings ..."

„Ich bin nicht wegen meines Wagens hier." Energisch schnitt Mabel dem Inspektor das Wort ab und nickte Bourke freundlich zu, dann sah sie sich in Wardens Büro um. „Du meine Güte, ist es hier kalt. Muss die Polizei jetzt Heizkosten sparen?"

Warden ging auf Mabels Frage nicht ein, sondern deutete mit einer grimmigen Geste auf den Stuhl. „Setzen Sie sich, bitte. Also, was haben Sie auf dem Herzen? Wer ist wo ermordet worden, und gibt es eine Leiche?"

„Sie können sich Ihren Zynismus sparen", gab Mabel zurück und blieb stehen. „Es bleibt mir leider keine andere Möglichkeit, als mich an Sie zu wenden, Sir. Ich muss nämlich eine Vermisstenanzeige aufgeben."

„Ach ja?" Warden bemühte sich um einen neutralen Gesichtsausdruck. „Dafür brauchen Sie eigentlich nicht mich. Das kann Constable Howard ebenso gut erledigen."

„In diesem Fall nicht." Wie eine Amazone stand Mabel vor Wardens Schreibtisch, die Arme in die Hüften gestemmt. „Victor Daniels ist verschwunden."

„Der Tierarzt? Seit wann?"

„Seit gestern Abend", antwortete Mabel. „Ich wollte ihn besuchen, da ich ihm etwas Wichtiges zu sagen hatte, er war aber nicht zu Hause. Alles war dunkel, und sein Jeep stand nicht in der Einfahrt."

„Er wird zu einem Patienten gerufen worden sein", warf Sergeant Bourke ein und stand auf. „Bitte, Miss Clarence, möchten Sie sich nicht setzen?"

„Danke, ich stehe lieber, bei dieser Kälte friere ich sonst noch am Stuhl fest." Mabel schenkte dem Sergeant ein freundliches Lächeln, während die Blicke, die Warden ihm zuwarf, wie Dolchstöße waren. „Gestern Abend, Chefinspektor, dachte ich auch, dass Victor unterwegs wäre, darum ging ich auch nicht ins Haus, obwohl ich einen Schlüssel habe. Am Morgen war er aber immer noch nicht zurück. Daraufhin bin ich natürlich hineingegangen und habe gesehen, dass sein Bett unberührt war. Mister Daniels war also die ganze Nacht nicht zu Hause."

Sichtlich bemüht, einen Rest Höflichkeit zu bewahren, entgegnete Warden: „Soviel mir bekannt ist, handelt es sich bei Doktor Daniels um einen erwachsenen Mann, der durchaus mal eine Nacht in einem anderen Bett als seinem eigenen zubringen kann und darf."

Über diese deutliche Anspielung errötete Mabel, und Bourke warf schnell ein: „Wahrscheinlich ist er zu einer kalbenden Kuh oder einem kranken Pferd gerufen worden, wo seine Anwesenheit die ganze Nacht erforderlich war."

„In diesem Fall hätte er angerufen oder eine Notiz hinterlassen. Doktor Daniels würde seine Patienten in der Praxis niemals ohne einen triftigen Grund warten lassen. Miss Scott, das ist seine Sprechstundenhilfe, hat keine Nachricht gefunden. Sie hat versucht, Victor anzurufen, aber sein Handy ist ausgeschaltet."

„Der Mann wird seine Gründe haben." Warden war nicht länger gewillt, sich die Sache anzuhören. „Miss Clarence, bei allem Respekt, aber Sie sehen wieder einmal Gespenster. Ihr Doktor hatte letzte Nacht einfach etwas anderes vor. Vielleicht ist er versackt, das kann ja mal vorkommen, und schläft nun irgendwo seinen Rausch aus. Er wird schon wieder auftauchen."

„Inspektor!" Mabel hob ihre Stimme und verbarg nicht ihre Verärgerung. „Sie können sich Ihre Anspielungen sparen, denn auch damals habe ich ganz gewiss keine Gespenster gesehen, wie Sie eigentlich wissen sollten. Aber lassen wir die Vergangenheit ruhen, heute geht es um Victor Daniels. Glauben Sie mir, in den letzten Monaten habe ich ihn sehr gut kennengelernt. Er ist kein Mensch, der einfach verschwindet, und gerade mir gegenüber hätte er gesagt, was er vorhat, oder mich zumindest angerufen. Nein, warten Sie", fuhr Mabel rasch fort, als Warden sie unterbrechen wollte. „Vielleicht hat der Mörder bemerkt, dass Victor ebenso wie ich Zweifel an Hickerys Schuld hegt, und befürchtet, er könne zu viel herausgefunden haben."

„Was herausgefunden?", blaffte Warden. „Wir waren uns doch einig, dass Sie sich aus der Sache heraushalten."

„Wie könnte ich das, nachdem auf mich und Chenhill geschossen wurde? Wenn Sie immer noch keinen Zusammenhang zwischen den Schüssen und dem Mord an Kernick sehen, dann tut es mit leid."

Nur mit Mühe verbarg Warden seinen Unwillen. „Ich nehme das durchaus ernst, Miss Clarence, sehe aber wirklich keinen Grund, den gesamten Polizeiapparat in Gang zu setzen, nur weil Ihr Tierarzt eine Nacht nicht in seinem eigenen Bett verbracht hat."

„Ich habe befürchtet, dass Sie mir nicht helfen wollen." Mabels graue Augen bohrten sich in Wardens. „Ich höre mich zwar an wie ein Papagei, muss aber wieder sagen, dass Sie einen Fehler begehen, einen schwerwiegenden Fehler, Inspektor. Der Mörder von Clark Kernick ist immer noch auf freiem Fuß, und er hat versucht, auch David Chenhill zu töten. Wenn Sie Ihre Arbeit gründlich machen würden, wüssten Sie längst, dass hinter dem Mord etwas ganz anderes steckt, als Sie vielleicht vermuten."

„Und was bitte?" Warden war nun doch alarmiert. „Wenn Sie mir nicht alles sagen – wie soll ich dann etwas für Sie tun?"

Wegen Wardens nach wie vor anlehnender Haltung war Mabel nicht bereit, ihn in ihre neuesten Erkenntnisse bezüglich der früheren Bekanntschaft zwischen Kernick und Chenhill einzuweihen, daher sagte sie nur: „Ich werde alles in meiner Macht Stehende tun, um Victor Daniels zu finden. Ich kann nur hoffen, dass ich nicht zu spät komme. Sollte ihm etwas zugestoßen sein, dann werde ich Sie, Chefinspektor, persönlich zur Rechenschaft ziehen."

„Sie hätten Schauspielerin werden sollen", sagte Warden und stand auf. „Bei Ihrem Hang zum Theatralischen hätten Sie auf der Bühne sicher großen Erfolg gehabt."

Mabel verzichtete auf einen Kommentar, obwohl ihr so einiges auf der Zunge lag. Sie wollte ihre Zeit nicht länger mit Warden verschwenden, sondern lieber Victor suchen. Instinktiv spürte sie, dass er wirklich in Gefahr war. „Es tut mir leid, Ihre Zeit in Anspruch genommen zu haben, ich hätte mir denken können, dass Sie auch diesmal meine Befürchtungen einfach zur Seite wischen. Leider sehe ich mich gezwungen, die Sache mal wieder selbst in die Hand zu nehmen."

„Das werden Sie hübsch bleiben lassen!", rief Warden, aber Mabel hatte das Büro bereits verlassen und die Tür lauter als nötig hinter sich ins Schloss geworfen.

„Sir ..." Vorsichtig versuchte Bourke etwas zu sagen. „Sollte ich nicht vielleicht ... Was ist jetzt mit dem Polizeischutz?"

Durch das Klingeln des Telefons wurde Warden einer Antwort enthoben. Er nahm ab, und was der Anrufer ihm zu sagen hatte, verbannte jeden weiteren Gedanken an Mabel Clarence aus seinem Kopf. „Das war das Krankenhaus. David Chenhill ist bei Bewusstsein, und sein Zustand stabil. Der Arzt meint, wir können ein paar Minuten mit ihm sprechen."

Sichtlich erleichtert sprang Bourke auf. „Ich hole den Wagen, Sir. Hoffentlich ist im Krankenhaus geheizt, dann können wir uns ein Weilchen aufwärmen."

Eine Stunde später saßen Warden und Bourke in der wohlig warmen Cafeteria des Krankenhauses in Bodmin und hatten jeweils einen heißen Caffè Latte vor sich. Obwohl sie auf dem schnellsten Weg zum Revier zurückfahren und ein Protokoll aufsetzen sollten, gönnten sie sich diese Kaffeepause, um für den restlichen Tag im kalten Büro gewappnet zu sein.

„Hätten Sie das erwartet, Sir?", fragte der Sergeant und schüttelte ungläubig den Kopf. „Chenhill hat einen anderen für sich in den Knast gehen lassen, um seine Karriere nicht zu gefährden."

Auch Warden war wegen des Geständnisses, das David Chenhill vor wenigen Minuten abgelegt hatte, immer noch fassungslos. Dem Verleger war bewusst, dass er dem Tod gerade noch von der Schippe gesprungen war, und er hatte wie ein Waschweib geplaudert, obwohl ihm jedes Wort schwergefallen war. „Ich muss die Wahrheit sagen", hatte Chenhill hervorgepresst. „Erst Clark und jetzt beinahe ich ... Jemand hat es auf uns abgesehen ... Bei Clark hat er sein Ziel erreicht. Dabei ist die Sache doch lange her ... über zwanzig Jahre ..."

Zunehmend fassungslos hatten Warden und Bourke gelauscht, wie Chenhill von seiner einstigen Freundschaft zu Clark Kernick berichtete.

An einem Tag im Herbst vor zwanzig Jahren war Chenhill nach Reading gekommen, um mit dem alten Schulfreund so richtig einen draufzumachen, wie er sich ausdrückte. Beide hatten sie getrunken – viel zu viel getrunken, um noch Auto fahren zu können. Großspurig setzte sich Chenhill dennoch ans Steuer. Der Morgen war bereits angebrochen, und dichter Nebel lag über der Landschaft.

„Ich habe den Jungen nicht gesehen!", beteuerte Chenhill. „Er lief mir plötzlich vor den Wagen, war auch ganz dunkel gekleidet, lediglich sein Schulranzen war rot. Er war sofort tot. Was hätten wir tun sollen? Wir waren in Panik, daher sind wir abgehauen."

Einige Stunden später, als die jungen Männer wieder einigermaßen nüchtern waren, überredete Chenhill seinen Freund Kernick, die Schuld auf sich zu nehmen, sollte die Polizei ihnen auf die Spur kommen.

„Kernick hatte Geldsorgen. Die hatte er eigentlich immer, während ich von Haus aus nicht gerade am Hungertuch nagen musste. Damals studierte ich noch, hätte meinen Abschluss aber vergessen können, wenn die Sache ans Licht gekommen wäre. Clark hingegen ... Er war mit seiner Arbeit ohnehin unzufrieden. Wir dachten, er würde mit einer Bewährungsstrafe davonkommen, da er sich zuvor nie etwas hatte zuschulden kommen lassen." Chenhill grinste spöttisch. „Ziemlich blauäugig, ich weiß, aber wir waren jung und unbedarft. Dafür versprach ich Clark Geld ... viel Geld, um anderswo neu anzufangen."

Der Plan ging schief, Kernick wurde zu elf Jahren Haft verurteilt. Trotzdem schwieg er vor Gericht und deckte seinen Freund. Als er nach sieben Jahren freikam, erinnerte er Chenhill an sein Versprechen, forderte allerdings die doppelte Summe.

„Ich zahlte, was hätte ich anderes tun sollen?", keuchte Chenhill mit krebsrotem Gesicht, denn das Atmen fiel ihm schwer. „Clark reiste ein paar Jahre durch die Welt, dann tauchte er plötzlich im Verlag auf und legte ein Manuskript auf den Tisch. Er verlangte von mir, das Buch zu verlegen, obwohl der Text frei von jeglichem schriftstellerischen Talent war. Er hatte mich jedoch in der Hand, also gab ich nach."

Inspektor Warden musterte den Verleger kühl und fragte sich, ob er sich jemals an die Kaltblütigkeit, mit der manche Menschen vorgingen, gewöhnen würde. „Das Haus haben Sie Kernick auch bezahlt, nicht wahr?"

Chenhill nickte und schloss die Augen.

Warden sah, dass es für heute genug war, mehr würden sie von Chenhill nicht erfahren. „Sie werden sich für diese Tat verantworten müssen, das ist Ihnen hoffentlich klar. Außerdem liegt die Vermutung nahe, dass Sie Kernick getötet haben, weil er sie weiter erpresst hat."

„Das ist Unsinn", begehrte Chenhill auf, und seine Haut verfärbte sich zusehens ungesund. „Es ist doch eindeutig, dass jemand erst Clark getötet hat und jetzt mich töten will."

„Bis Sie aus dem Krankenhaus entlassen werden, wird ein Beamter vor Ihrer Tür postiert", entgegnete Warden nur.

„Zu meinem Schutz oder zu meiner Bewachung?", fragte Chenhill leise. „Immerhin hat der Täter sein Ziel verfehlt und könnte es wieder versuchen."

„Für beides", entgegnete Warden und wandte sich ab.

„Was werden Sie jetzt unternehmen, Sir?", fragte Sergeant Bourke und nippte an seinem Milchkaffee.

„Mabel Clarence finden", presste Warden zwischen zusammengekniffenen Lippen hervor. „Verdammt, ich könnte wetten, dass diese Frau die Geschichte kennt. Keine Ahnung, woher und wieso, aber Miss Clarence ist tatsächlich etwas oder jemandem auf der Spur." Er hob den Kopf und sah Bourke an. Dieser las ehrliche Besorgnis im Blick seines Vorgesetzten. „Und wenn der Mörder von Kernick tatsächlich nicht Hickery war und auch für die Schüsse auf Chenhill verantwortlich ist, dann ist die Dame wieder einmal in großer Gefahr."

16

Am schlimmsten war die Kälte, die Victors Kleidung durchdrang und unaufhaltsam in seine Knochen kroch. Zwar lagen die Nachttemperaturen über dem Gefrierpunkt, das harte Stroh, auf dem er lag, war aber eiskalt und die dünne Wolldecke klamm. Schrecklicher Durst quälte ihn, während er das Hungergefühl bisher noch einigermaßen hatte ignorieren können. Zu alledem kam die Angst, die von Victor Stunde für Stunde mehr Besitz ergriff. Eine halbe Nacht und einen ganzen Tag lang war er nun schon gefangen, und seine Füße waren an einen Balken gekettet. Durch die Ritzen der groben Bretter, aus denen der Schuppen gezimmert war, bemerkte er die einsetzende Dämmerung, die eine weitere kalte und einsame Nacht ankündigte. In den ersten Stunden seiner Gefangenschaft hatte er noch laut um Hilfe gerufen, bis seine Kehle so ausgetrocknet war und schmerzte, dass kaum noch ein Laut aus ihr drang. Außerdem schien seine schlimmste Befürchtung bestätigt: Der Schuppen lag so einsam, dass ihn niemand hören konnte.

Victor stöhnte, als er versuchte, eine bequemere Lage einzunehmen, denn seine Beine waren eingeschlafen und er hatte kaum noch Gefühl in ihnen. Ein stechender Schmerz schoss durch seinen Hinterkopf, dort, wo ihn ein harter Gegenstand getroffen hatte. Erneut ging er die Ereignisse des vergangenen Abends durch, versuchte sich an ein Detail, an irgendeine Kleinigkeit zu erinnern, die ihm einen Hinweis auf seinen Entführer geben könnte oder ihm verraten würde, was dieser mit ihm vorhatte. Wollte er ihn hier verhungern oder verdursten lassen? Wenn ja, warum war er dann nicht gleich ermordet worden? Obwohl Victor gesund und kräftig war, wusste er mit erschreckender Deutlichkeit, dass er ohne Wasser höchstens noch zwei oder drei Tage durchhalten würde. Zusätzlich machte er sich Sorgen um Debby. Was war mit der Hündin geschehen? Hatte sein Angreifer das treue Tier etwa auch betäubt oder gar getötet? Debby war kein Kampfhund, obwohl sie groß und kräftig war, aber niemals darauf trainiert worden, einen Menschen anzugreifen.

Am Dienstagabend hatte Victor es sich mit einem Glas Chianti und einer Tüte Chips im Wohnzimmer bequem gemacht und sich auf die Liveübertragung des Fußballspiels gefreut. Als er den ersten Schluck getrunken hatte, klingelte das Telefon. Zuerst wollte Victor den Anruf ignorieren, schließlich hatte nicht er, sondern ein Kollege in Looe Nachtdienst. Dann nahm er doch ab, es könnte sich ja auch um etwas anderes handeln. In jeder Minute seiner Gefangenschaft hatte Victor diese Entscheidung bereut, auch wenn zuerst nichts auf eine Falle hingedeutet hatte.

„Sie müssen sofort kommen!“ Es war eine heisere, leicht verzerrte Stimme, die Victor nicht eindeutig einer Frau oder einem Mann zuordnen konnte. „Hier liegt ein Hund, er wurde angefahren. Er lebt noch, blutet aber furchtbar.“

Victor verwies auf seinen Kollegen. „Er hat heute Abend Dienst ...“, wurde jedoch brüsk unterbrochen.

„Bis der da ist, ist das Tier tot! Sie sind viel näher. Kennen Sie die Straße zwischen St Keyne und Herodsfoot?

Ja? Gut, direkt auf der Höhe der Abzweigung zur Combe Farm führt ein Fußweg nach rechts in ein Waldstück. Das Tier hat sich offenbar hierher geschleppt."

Der Anrufer hatte recht: Er konnte gut zwanzig Minuten früher an der Unfallstelle sein als sein Kollege aus Looe. Wenn der Hund schwer verletzt war, wäre es für das arme Tier eventuell zu spät. Victor hatte nur einen Schluck Wein getrunken, war also noch fahrtüchtig. „Also gut, bleiben Sie, wo Sie sind, und schalten Sie den Warnblinker Ihres Autos ein, damit ich Sie finde. Ich bin so schnell wie möglich da."

Was hätte ich anderes tun sollen?, fragte sich Victor. Ein Tier war in Not und er der nächste zu erreichende Tierarzt. Wenn er nicht sofort seine Tasche genommen hätte und in den Jeep gestiegen wäre, hätte er für den Rest seines Lebens gegrübelt, ob ein Hund vielleicht wegen seiner Bequemlichkeit hatte sterben müssen. Natürlich begleitete Debby ihn, die Hündin liebte es, Auto zu fahren, und saß stets auf dem Beifahrersitz.

Der Regen hatte dichtem Nebel, der in Cornwall typisch für die Herbst- und Winterzeit war, Platz gemacht. Stellenweise sah Victor kaum zwanzig Yards weit. Trotzdem fand er die beschriebene Straße problemlos, schließlich kannte er die Gegend wie seine Westentasche. Als an einer Abzweigung linker Hand ein Wegweiser auf die Combe Farm hinwies, tauchten auf der rechten Seite der schmalen Straße die Umrisse eines Jeeps aus dem Nebel auf.

„Ich sagte doch, er soll den Warnblinker einschalten", murmelte Victor, denn der Wagen war völlig unbeleuchtet. Er bremste und schaltete Fernlicht und Warnblinker ein. Obwohl die Straße besonders in der Nacht wenig befahren war, wollte er nicht riskieren, von jemandem gerammt zu werden. „Du bleibst hier", sagte er zu Debby, die kurz mit dem Schwanz wedelte, sich dann aber folgsam auf dem Sitz zusammenrollte.

Victor nahm seine Taschenlampe, stieg aus und suchte im Nebel nach dem beschriebenen Fußweg. Dieser war so schmal, dass nur eine Person zwischen dichten hohen Hecken gehen konnte, und der Boden mit Wurzelwerk durchgezogen. Langsam tastete Victor sich vorwärts. „Hallo? Wo sind Sie?"

Beinahe gespenstisch hallte Victors Ruf durch den Nebel, doch niemand antwortete. Die dicke, weiße Wand schien alle Geräusche zu schlucken. Im Licht seiner Taschenlampe suchte er den Weg nach dem verletzten Tier ab. Als sich der Heckenpfad weitete und der Fußweg auf einer Lichtung endete, erkannte er die Umrisse eines Schuppens. „Hallo! Ich bin es – Doktor Daniels."

Dann war da plötzlich ein heftiger Schmerz an seinem Hinterkopf, der wie aus dem Nichts gekommen war. Weder hatte Victor etwas gehört noch hatte er jemanden gesehen, wie er später überlegte. Es war, als würde seine Schädeldecke explodieren. Das Letzte, was Victor in diesem Moment wahrnahm, waren helle und bunte Sterne, die mit einem Mal vor seinen Augen tanzten.

Als er wieder zu sich kam, war es immer noch Nacht, und er lag in dem Schuppen – er nahm zumindest an, dass es derselbe war, den er im Nebel schemenhaft ausgemacht hatte –, von dem er allerdings in der Dunkelheit nichts Näheres erkennen konnte. Er fühlte, dass seine Beine an einen Balken gefesselt waren. Allerdings hatte der Täter ihn nicht geknebelt, was darauf schließen ließ, dass er schreien konnte, so viel er wollte – hier würde ihn ohnehin niemand hören. Auch seine Hände waren nicht gefesselt, trotzdem war es ihm unmöglich, sich zu befreien, denn das Schloss der Kette war massiv und gab keinen Millimeter nach, egal wie lange Victor auch daran rüttelte. Schließlich gab er erschöpft auf und versuchte, die aufsteigende Panik zu unterdrücken und nachzudenken.

Erst in der Morgendämmerung konnte Victor Einzelheiten seiner „Unterkunft" erkennen: Es war eine dieser typischen Hütten, in denen während des Winters Heu und Stroh für die Schafe gelagert wurde. Die Wände bestanden aus einfachen Holzlatten, das Wellblechdach wurde von einem Stützbalken in der Mitte gehalten. An eben diesen Balken hatte man Victor gefesselt.

Man hatte ihn niedergeschlagen und in den Schuppen geschleppt. Der verletzte Hund war nur eine Finte gewesen – dessen war Victor sich inzwischen sicher. Jemand hatte ihm eine Falle gestellt, um ihn am späten Abend in diese einsame Gegend zu locken. An eine Lösegeldforderung glaubte Victor nicht. Wer sollte ihn entführen, um Geld für seine Freilassung zu erpressen? Victor hatte zwar sein Auskommen, war aber alles andere als vermögend, und es gab niemanden, dem er wichtig genug wäre, dass er ihn freikaufte.

Mabel!, schoss es Victor durch den Kopf. Ein warmes Gefühl durchflutete ihn, als er an die Frau, die in den letzten Monaten zu einer Freundin geworden war, dachte. Ja, Mabel würde alles tun, damit er unversehrt freigelassen würde, und sie verfügte über ein nicht unerhebliches Vermögen. Er hatte keine Ahnung, was Higher Barton wert war, es war aber bekannt, dass Lady Abigail eine sehr vermögende Frau gewesen war. Und nun hatte Mabel alles von ihrer Cousine überschrieben bekommen.

Obwohl diese Überlegung nicht unwahrscheinlich war, hegte Victor Zweifel an seiner Theorie. Es wäre ein zu großer Zufall, dass er ausgerechnet jetzt, wo Mabel und er auf der Suche nach dem Mörder des Schriftstellers waren, einzig mit dem Ziel entführt worden war, Geld zu erpressen. Victor dachte an die Schüsse auf David Chenhill und den Verdacht, dass diese nicht dem Verleger, sondern womöglich Mabel gegolten hatten. Je länger er grübelte, desto überzeugter war er, dass er in die Fänge von Kernicks Mörder geraten war. Warum hatte dieser ihn bisher am Leben gelassen? Wollte er ihn hier erfrieren oder verdursten lassen? Ein Mensch, der kaltblütig einem anderen Menschen mit einem Schürhaken den Schädel zu Brei schlug, würde doch nicht zögern, dasselbe mit ihm zu tun.

Victor stöhnte laut und versuchte, ein wenig Speichel in seinem Mund zu sammeln, doch seine Zunge lag wie ausgetrocknet im Gaumen. Er konnte nichts anderes tun als abzuwarten. Entweder zeigte sich der Entführer in den nächsten Stunden bei ihm oder ...

„Das war es dann wohl, Victor Daniels", sagte er und erschrak, wie schwach seine Stimme bereits klang. Du hast ein gutes Leben gehabt, fuhr er in Gedanken fort. Nicht aufregend, ohne große Höhepunkte, aber auch ohne gravierende Tiefschläge. Wenn man die Geschichte mit Alan Trengoves Mutter und die anschließende Entfremdung von seinem Patensohn ausklammerte. Victor wünschte, er und Alan hätten sich richtig ausgesprochen und er hätte ihm gesagt, wie leid ihm alles täte. Vielleicht war es jetzt zu spät, Alan um Verzeihung zu bitten, auch wenn er, Victor, keine Schuld am Tod seiner Mutter trug. Was zählten schon Schuld oder Unschuld, wenn man durch eine Entschuldigung einen Menschen, den man von Herzen mochte, zurückgewinnen konnte? Victors Stolz hatte ihm einen Strich durch die Rechnung gemacht, und wahrscheinlich war es jetzt zu spät, diesen Fehler zu korrigieren.

Ruhig und besonnen hatte Mabel den Weg nach Truro zurückgelegt. Dafür hatte sie sich bei Lanson & Finn, der einzigen Tankstelle Lower Bartons, die gleichzeitig Reparaturwerkstatt und Autovermietung war, einen Wagen geliehen. Als sie von Alan Trengoves Sekretärin erfahren hatte, dass der Anwalt den ganzen Tag bei Gericht sein würde, hatte sie sich entschlossen, ihn dort abzupassen. Alans Handy war ausgeschaltet, doch Mabel konnte nicht warten, bis er es einschaltete und eine Nachricht von ihr las. Sie musste sofort handeln! Wenn es nötig war, würde sie den ganzen Tag vor dem Gericht warten, irgendwann ging jede Verhandlung zu Ende.

Mabel war noch nie eine schnelle Fahrerin gewesen, jetzt jedoch schlich sie regelrecht über die A 390 und veranlasste den Fahrer hinter sich zu einer Lichthupe nach der anderen. Sie musste sich mit der ungewohnten Ausstattung des Mietwagens vertraut machen, das brauchte seine Zeit.

Lunchtime war vorbei, als Mabel endlich Truro erreichte. Der County Court of Justice, Cornwalls Hauptgerichtsgebäude, lag zentral in der Stadt, keine fünf Gehminuten von Alan Trengoves Kanzlei entfernt. Es war ein hässlicher Bau aus hellem Beton, doch mit einem großzügigen Parkplatz direkt vor dem Haupteingang. Als Mabel ein Parkticket lösen wollte, bemerkte sie, dass sie kein Kleingeld dabeihatte und der Automat keine Scheine annahm.

Egal, dachte sie, und ließ den Wagen einfach stehen. Auch wenn sie damit Gefahr lief, das Auto später mit einer Kralle versehen vorzufinden – sie hatte jetzt andere Sorgen.

Der Herr am Informationsschalter gab ihr die Auskunft, dass die heutige Verhandlung nach der Mittagspause wieder aufgenommen worden war. „Sie ist aber nicht öffentlich", wies er Mabel zurecht, als diese sich zum Sitzungssaal begeben wollten. „Wenn Sie den Anwalt sprechen möchten, müssen Sie warten, bis die Herrschaften fertig sind."

„Wie lange wird das dauern?"

„Keine Ahnung, kann aber Abend werden." Skeptisch musterte er Mabel von oben bis unten. „Was wollen Sie denn von Mr Trengove? Am besten, Sie setzen sich mit seiner Kanzlei in Verbindung und vereinbaren einen Termin. Mr Trengove ist ein viel beschäftigter Mann."

Mabel verzichtete auf eine Antwort, sah sich um und entdeckte eine Besuchersitzgruppe. Nun, dann würde sie eben warten. Sie traute sich nicht, das Gerichtsgebäude zu verlassen, aus Sorge, Alan womöglich zu verpassen. Sie wusste zwar nicht, ob und wie er ihr bei der Suche nach Victor würde helfen können, aber Alan war der Einzige, an den sie sich wenden konnte. Mabel war der festen Überzeugung, dass Victors Verschwinden mit dem Mordfall Kernick in engem Zusammenhang stand. Alles andere wäre ein zu großer Zufall.

„Bitte, lass ihm nichts geschehen sein", betete Mabel leise, obwohl sie Gott sonst selten um Hilfe bat. Zwar war sie nach den Lehren der anglikanischen Kirche erzogen worden und glaubte auch an Gott, mit seinem Bodenpersonal kam Mabel jedoch nicht so gut zurecht, und es zog sie nur selten in eine Kirche.

Immer wieder warf der Pförtner ihr einen Blick zu, bis er sich gegen vier Uhr bequemte zu fragen: „Möchten Sie vielleicht einen Tee? Ich gehe in die Kantine und hole mir einen Becher."

Dankend nahm Mabel das Angebot an. Wenig später brachte der Mann ihr den Tee, der kaum besser als abgestandenes Wasser roch. Sicher war er mit den billigsten Teebeuteln aus dem Supermarkt aufgebrüht worden. Mabel störte es jedoch nicht. Der Tee war heiß und stark und belebte sie zusehends.

Die Dämmerung war längst hereingebrochen, und immer mehr Gerichtsangestellte in schwarzen Anzügen oder dunkelgrauen Kostümen verließen des Gebäude, als endlich eine Gruppe Herren die breite, geschwungene Treppe aus dem ersten Stockwerk herunterkam.

Mabel erhob sich und rieb sich den schmerzenden Rücken, dessen Muskeln durch das lange Sitzen völlig verspannt waren. Zum ersten Mal sah sie Alan Trengove in seiner Anwaltsrobe, er trug auch noch die grau gepuderte Perücke. Unwillkürlich musste Mabel schmunzeln, obwohl ihr vor Sorge um Victor alles andere als zum Lachen zumute war. „Alan." Sie trat einen Schritt auf ihn zu.

„Miss Mabel? Was ... Ist etwas geschehen?" Alan ahnte sofort, dass Mabel ihn nicht ohne schwerwiegenden Grund im Gericht aufsuchen würde.

„Victor ist verschwunden." Sie sprach leise, damit niemand von Alans Kollegen es hören konnte. „Seit gestern Abend ist er weg, und es gibt keine Nachricht."

Alan Trengove verstand sofort. Er wandte sich an einen älteren Herrn und sagte: „Tut mir leid, Hector, aber wir müssen unser Abendessen verschieben. Ich habe einen wichtigen Fall, um den ich mich unverzüglich kümmern muss."

Der Angesprochene grüßte in Mabels Richtung und wünschte Alan einen schönen Abend, dann waren sie allein.

In knappen Sätzen berichtete Mabel von Victors Verschwinden und der mangelnden Hilfsbereitschaft der Polizei. „Dieser Warden hat mich behandelt, als wäre ich eine eifersüchtige Ehefrau, die ihren untreuen Mann sucht." Der Ärger über den Inspektor stand Mabel deutlich ins Gesicht geschrieben. „Dabei würde Victor niemals so lange fortbleiben, ohne jemandem eine Nachricht zu hinterlassen. Schon gar nicht, wenn er eigentlich in der Praxis sein sollte."

„Warden hat aber nicht unrecht", wandte Alan ein. „Einen Erwachsenen kann man erst vermisst melden, wenn dieser länger als achtundvierzig Stunden verschwunden ist, und dann kann das auch nur ein naher Verwandter machen. Warten Sie, Miss Mabel", sagte er schnell, als er sah, dass sie ihn unterbrechen wollte. „Ich hege auch nicht die größten Sympathien für Inspektor Warden und denke, dass er seine Arbeit gründlicher machen könnte. In diesem Fall jedoch sind ihm die Hände gebunden."

„Sollen wir etwa noch einen Tag warten?", rief Mabel erregt. „Dann ist es vielleicht zu spät, und der Mörder hat ihn längst ..." Sie konnte nicht weitersprechen, denn die Vorstellung, Victor Daniels könnte etwas passiert sein, schnürte ihr die Kehle zu.

Sanft legte Alan einen Arm um ihre bebenden schmalen Schultern. „Beruhigen Sie sich, Miss Mabel. Ich bin sicher, Victor geht es gut." Er versuchte ein Lächeln, das jedoch schief geriet. „Ich kenne meinen Patenonkel, den haut so schnell nichts um."

Trotz ihrer Angst hatte Mabel bemerkt, wie Alan Victor genannt hatte, und ihre Anspannung wich ein wenig. „Helfen Sie mir, ihn zu finden?"

„Natürlich, ich lasse ihn nicht im Stich." Zur Bekräftigung seiner Worte nickte er mehrmals. „Wir müssen überlegen, wo wir anfangen. Sie haben keine Nachricht, keine Notiz oder sonst etwas gefunden, dass Victor vielleicht doch zu einem kranken Tier gerufen wurde?"

Mabel schüttelte den Kopf. „Seine Tasche, die er immer bei Hausbesuchen bei sich hat, ist allerdings nicht mehr da, ebenso sein Wagen."

Alan kaute nachdenklich an seiner Unterlippe, nahm dann seine Perücke ab, als würde ihm erst jetzt bewusst, dass er sie immer noch trug. „Wir sollten seine Patientenkartei abtelefonieren. Nur, um ganz sicher zu gehen, ob nicht doch jemand Victor gestern Abend zu sich gerufen hat."

Sie traten aus dem Gerichtsgebäude, und Mabel sah, dass sich niemand an ihrem Auto zu schaffen gemacht hatte. Wenigstens blieb ihr eine Strafe wegen Falschparkens erspart. Alan bot an, ihren Wagen zu fahren. „Sie sind nicht in der Verfassung, um selbst am Steuer zu sitzen", mahnte er streng, als Mabel protestieren wollte.

Schnell und sicher lenkte Alan den Wagen über die freien Straßen in Richtung Lower Barton, der Berufsverkehr war inzwischen vorüber. Auf der Höhe von St Blazey sagte er plötzlich: „Was ist eigentlich mit dieser Frau, die Victor nachstellt?"

„Linda Tremellin? An die habe ich überhaupt nicht mehr gedacht. Ehrlich gesagt schließe ich aus, dass Victor es sich anders überlegt hat und letzte Nacht ein Stelldichein mit Linda hatte. Sie hätten ihn hören sollen, wie unangenehm ihm diese Schwärmerei war."

Nachdenklich zog Alan für einen Moment die Unterlippe zwischen die Zähne, bevor er sagte: „Ich denke auch nicht an ein freiwilliges Treffen, aber vielleicht hat diese Linda meinen Patenonkel unter einem Vorwand zu sich gelockt?"

„Damit könnten Sie natürlich recht haben", erwiderte Mabel und erzählte Alan von dem Nachmittag, als Linda Victor zu sich gerufen hatte, weil ihr Hund angeblich krank war. „Dabei gibt es auf der Farm gar keinen Hund."

„Wo befindet sich die Farm? Wir sollten unverzüglich hinfahren und mit Linda sprechen."

Mabel beschrieb Alan den Weg, soweit sie sich daran erinnern konnte, denn sie war ja nur einmal mit Victor bei den Tremellins gewesen. „Denken Sie nicht auch, dass Victors Verschwinden etwas mit dem Mord an Kernick zu tun hat? Oder halten Sie es für einen Zufall, dass ausgerechnet jetzt so etwas geschieht?"

Alan teilte Mabels Sorge, daher nickte er. „Generell glaube ich nicht an Zufälle oder gar Schicksalsfügungen. Sonst hätte ich nicht Jura studiert. Ich arbeite nach Fakten, und wir müssen jetzt jeden einzelnen Umstand überprüfen."

Entspannt lehnte Mabel sich im Sitz zurück und erzählte Alan von dem seltsamen Zimmer auf der Tremellin-Farm und den Schmierereien in Kernicks Büchern. Alan nahm Mabels Überlegungen, Linda könne etwas mit der Sache zu tun haben, ernst, wofür Mabel ihm dankbar war. Die Angst um Victor blieb zwar bestehen, Alans Anwesenheit und seine Bereitschaft, ihr bei der Suche zu helfen, nahmen ihr jedoch eine große Last von den Schultern.

Die Tremellin-Farm lag in völliger Dunkelheit, obwohl es gerade erst acht Uhr war. Niemand schien den Wagen zu bemerken, und Alan sagte: „Vielleicht sollte ich erst einmal allein mit der Frau sprechen? Sie kennt Sie, Miss Mabel, und wenn sie wirklich etwas mit Victors Verschwinden zu tun hat, könnte sie Verdacht schöpfen."

„Wie Sie meinen, Alan. Allerdings fürchte ich, es ist niemand zu Hause."

Alan schaltete die Scheinwerfer aus und stieg aus. Im diffusen Licht des Halbmondes beobachtete Mabel, wie er zum Haus ging und mehrmals an die Tür klopfte. Nichts regte sich. Dann drückte Alan auf die Klinke, die sich zu seiner Überraschung nach unten bewegte. Die Tür sprang auf. „Hallo?", rief er mit erhobener Stimme in den dunklen und muffig riechenden Flur. „Ist hier jemand?"

Es blieb alles still, offenbar waren die Bewohner nicht zu Hause. Alan Trengove wusste, er riskierte hier nicht nur seinen guten Ruf als Anwalt, sondern auch seine Zulassung, wenn er einfach in das Haus eindrang. Auch wenn die Tür unverschlossen war – es war und blieb Hausfriedensbruch. Er nahm jedoch Mabels Sorge um Victor ernst, und sie durften keine Möglichkeit außer Acht lassen. Alan tastete sich zu dem von Mabel beschriebenen Zimmer vor, das er ebenfalls unverschlossen und verwaist vorfand. Er wagte es, das Deckenlicht anzuschalten, auch wenn er nicht wusste, wonach er eigentlich suchen sollte.

„Ist hier etwas?“

Wie vom Blitz getroffen fuhr Alan herum, es war jedoch Mabel, die auf einmal hinter ihm stand.

„Ich bat Sie, im Wagen zu warten!“, herrschte er sie strenger an, als es sonst seine Art war.

„Entschuldigen Sie, aber ich lasse es nicht zu, dass Sie sich allein strafbar machen.“ Energisch schüttelte Mabel den Kopf. „Wenn man uns hier entdeckt, dann nehme ich die Schuld auf mich.“

Alan atmete mehrmals ein und aus, bevor er sagte: „Also gut, ich schaue mich oben um, Sie hier unten. Wir sollten auch nachsehen, ob es einen Keller gibt. Danach sind die Stallungen dran. Wir können nur hoffen, dass das Ehepaar Tremellin heute irgendwo einen angenehmen Abend verbringt und nicht so bald nach Hause kommt.“

Mabel war froh, dass sie über ein gesundes Herz-Kreislauf-System verfügte, denn so schnell, wie ihr Blut durch die Adern rauschte, könnte sie am Rande eines Infarktes stehen. Als Alan nach oben ging, sah sie sich in dem kleinen Zimmer um. Seit ihrem letzten Besuch hatte sich kaum etwas verändert. Immer noch lagen Kernicks Romane auf dem wackligen Schreibtisch und dazwischen das zerrissene Foto des Schriftstellers. Obenauf fand sich zusätzlich ein Schreibblock, auf dem allerdings nichts notiert worden war. Mabel wollte das Zimmer gerade verlassen, um sich in den anderen Räumen umzusehen, als ihr Blick auf ein Blatt Papier fiel, das aus einer Schublade ragte. Offenbar hatte es jemand hastig hineingesteckt. Mabel musste ein wenig zerren, bis es ihr gelang, die Lade zu öffnen. Sie fand einen dicken, von zwei Gummibändern zusammengehaltenen Packen dicht beschriebener Blätter vor. Die Handschrift war klein und eckig, und Mabel erkannte sofort, dass es dieselbe Schrift war wie die auf der Karte zur Pralinenschachtel.

Er hörte die Feinde nahen, konnte schon das Beben der Hufe ihrer Pferde auf dem Waldboden spüren und wusste, dass es nur einen Ausweg gab: Er musste in den Fluss springen und versuchen, das andere Ufer zu erreichen. Obwohl er ein schlechter Schwimmer war und der Fluss durch die tagelangen Regenfälle zu einem schlammigen Strom angeschwollen war, bedeutete es seine einzige, seine letzte Chance, wollte er sein Leben retten ...

Mabel erstarrte, blätterte ein paar Seiten weiter, las wieder einen Abschnitt und dann wieder und wieder. Ihr Atem ging heftig, denn plötzlich setzte sich alles wie aus tausend Mosaiksteinchen zusammen. Hastig raffte sie den Papierstapel zusammen und stolperte aus dem Zimmer.

„Alan", rief sie lauf. „Alan, kommen Sie! Ich habe etwas gefunden. Ich glaube, ich weiß jetzt, wie alles zusammenhängt."

Wie hatte sie nur so blind sein können? Mabel wunderte sich, dass sie die Zusammenhänge nicht schon früher erkannt hatte. Es erklärte zwar immer noch nicht, was mit Victor geschehen war, doch jetzt, da sie die Wahrheit ahnte, war höchste Eile geboten, denn wenn sie recht hatte, schwebte Victor in Lebensgefahr!

17

Mabel war nicht gerade streng, aber nach dem Grundsatz erzogen worden, stets die Contenance zu wahren, und sie hatte sich bisher immer ihrem Alter entsprechend verhalten und selten etwas Unüberlegtes getan. Jetzt jedoch kauerte sie neben Alan Trengove in einer dunklen Ecke hinter dem Stall, wo sie niemand auf den ersten Blick entdecken würde, und dachte, dass sie sich wie ein Teenager benahm, der seiner ersten großen Liebe hinterherspionierte.

„Wir sollten die Polizei rufen", sagte Alan und warf Mabel einen zweifelnden Seitenblick zu, den sie aber aufgrund der Dunkelheit nicht wahrnahm. „Wenn Sie mit Ihrem Verdacht richtig liegen, dann ist das Sache der Polizei."

„Wenn, Alan, wenn!" Mabel seufzte verhalten. „Inspektor Warden wird mir kein Wort glauben, wir haben keine Beweise. Sie hätten seine Impertinenz, als ich ihm von Victors Verschwinden berichtete, erleben sollen."

Alan nickte nachdenklich. „Selbst wenn Warden Ihnen oder vielmehr uns beiden Glauben schenken würde, befürchte ich, er könnte wie ein Elefant im Porzellanladen zu den Tremellins marschieren, und damit wäre diese Linda gewarnt."

„Das darf nicht geschehen, solange Victor nicht in Sicherheit ist!", rief Mabel.

„Pst!", mahnte Alan sogleich. „Es scheint zwar niemand

hier zu sein, aber sicher ist sicher." Er merkte, wie Mabel neben ihm zitterte und griff nach ihrer Hand. „Keine Sorge, wir werden meinen Patenonkel noch heute Nacht finden, da bin ich sicher."

Alans Zuversicht tat Mabel zwar gut, trotzdem legte sich die Angst um den Freund wie eine eiserne Klammer um ihren Brustkorb.

Zehn Uhr war gerade vorbei, als endlich ein Wagen auf den Hof der Farm fuhr. Im Licht der Scheinwerfer erkannten Mabel und Alan, dass die Tremellins nach Hause gekommen waren.

„Das war wohl der langweiligste Abend, den ich je verbringen musste." Missmutig schlug Jonathan Tremellin die Autotür zu und machte keine Anstalten, seiner Frau aus dem Wagen zu helfen. „Eines sage ich dir, lass mich in Zukunft bloß mit solchen Feiern in Ruhe. Ich habe keine Lust, deine seltsame Mischpoke wiederzusehen."

„Es war immerhin Janes fünfzigster Geburtstag." Schüchtern und so leise, dass Mabel Mühe hatte, die Worte zu verstehen, sprach Linda. „Es ist nett, dass uns meine Schwester eingeladen hat, obwohl du und sie ..."

„Was?"

„Ähm ... Jane weiß ganz genau, dass du sie nicht magst, trotzdem schien sie sich zu freuen, dass du mitgekommen bist."

Jonathan erwiderte etwas, das Mabel und Alan in ihrem Versteck nicht verstehen konnten, und stapfte, die Hände in den Hosentaschen, direkt auf den Stall zu, während Linda ins Haus ging. Unwillkürlich hielt Mabel die Luft an, als der Mann nur wenige Schritte von ihrem und Alans Versteck entfernt war, doch Jonathan Tremellin hatte keine

Veranlassung zu vermuten, dass er beobachtet wurde. Er ging in den Stall, wahrscheinlich um noch einmal nach der kranken Kuh zu schauen. Im Farmhaus flammten Lichter auf, aber es waren nur wenige Minuten vergangen, da stürmte Linda Tremellin wieder heraus. Sie war sichtlich aufgeregt und hielt etwas in den Händen, was Mabel erst nach mehrmaligem Blinzeln erkennen konnte, woraufhin es ihr zugleich heiß und kalt wurde. Linda sprang ins Auto, der Motor heulte auf, und die Gänge knirschten zwei-, dreimal, bis sie den Wagen gewendet hatte und vom Hof raste, als säße ihr der Teufel persönlich im Nacken. Offenbar saß die Farmersfrau nicht oft hinterm Steuer, denn beim Tor schlingerte der Wagen so sehr, dass Mabel befürchtete, Linda würde in den Zaun knallen.

„Was, zum Teufel!" Tremellin stürmte aus dem Stall. „Linda, verdammt!"

Angespannt mussten Mabel und Alan warten, bis der Farmer laut vor sich hinschimpfend wieder im Stall verschwunden war.

„Jetzt aber schnell!", rief Alan, nahm Mabels Hand, und sie liefen zu ihrem Wagen, den sie vorher an einer dunklen, uneinsehbaren Stelle versteckt hatten.

„Ich glaube, sie hat ein Gewehr." Mabel spürte, wie ihr das Blut in den Adern gefror. „Haben Sie das auch erkannt?"

Alan schüttelte den Kopf. „Nicht richtig, es könnte sich aber durchaus um eine Waffe gehandelt haben. Wir müssen uns beeilen!"

Die Farm lag am Ende einer asphaltierten Straße, die in einen unbefestigten Feldweg überging, somit konnte Linda Tremellin nur den Weg in Richtung Hauptstraße gewählt haben. Trotz der Dunkelheit ließ Alan die Scheinwerfer aus. Auf keinen Fall durfte Linda merken, dass sie verfolgt wurde. Erst als sie die breitere B 3254 erreicht hatten, wagte er, das Licht einzuschalten. Die Gefahr, von einem entgegenkommenden Fahrzeug gerammt zu werden, war zu groß. Auf der Verbindungsstraße zwischen Liskeard und Looe herrschte normaler Verkehr, und nach einer knappen Meile konnten sie Lindas Auto sehen. In gebührendem Abstand folgte Alan, der sich in dieser Gegend gut auskannte, dem Wagen. Linda missachtete alle Geschwindigkeitsbeschränkungen, und mehr als einmal dachte Mabel, dass sie schleudern und aus der Kurve fliegen würde. Nach etwa drei Meilen bremste Linda scharf und bog links ab. Nun befanden sie sich auf einer an beiden Seiten von übermannshohen Hecken gesäumten Straße, die so schmal war, dass nur ein Auto sie passieren konnte. Alan schaltete das Licht aus und ließ sich absichtlich etwas zurückfallen. Mabel hoffte, dass Linda viel zu aufgeregt war, um zu bemerken, dass ihr ein Wagen folgte. Nach einer scharfen Rechtskurve sahen sie ihren Wagen mitten auf der Straße stehen. Es war ihr offenbar gleichgültig, ob sie den Weg blockierte, obwohl sich hundert Yards zuvor eine Ausweichstelle befand. Alan parkte korrekt in der Bucht, dann stiegen sie aus, doch von Linda fehlte jede Spur.

„Was machen wir jetzt?" Ernst sah Alan Mabel an.

„Sie haben nicht zufällig eine Taschenlampe dabei?", fragte sie.

Alan schüttelte den Kopf. „In meinem Wagen befindet sich immer eine, aber ..."

Mabel ärgerte sich, keine Taschenlampe in den Mietwagen gelegt zu haben, währen sie in ihrem eigenen Auto immer eine mit sich führte. Der Halbmond spendete nur wenig Licht, und immer wieder zogen dicke Wolken über den Himmel und verdeckten auch diesen kleinen Lichtschein. Trotzdem erkannte Mabel direkt neben Lindas Auto ein kleines Holzschild. „Puplic Footpath", murmelte sie und zeigte auf den dunklen Pfad, der sich zwischen Hecken hindurchschlängelte. „Es ist der einzige Weg, der von der Straße wegführt. Wir müssen es versuchen."

„Gut, aber wir müssen leise sein." Plötzlich packte Alan sie fest am Arm. „Da! Hören Sie es auch?"

Mabel lauschte in die Dunkelheit, und tatsächlich, ganz in der Nähe bellte und jaulte ein Hund. Das war in einer solch ländlichen Gegend zwar nichts Ungewöhnliches, aber Mabel meinte, das Bellen zu erkennen. „Das ist Debby!", flüsterte sie. „Es kommt von weiter vorne ... von der Straße."

So schnell Mabel konnte, hastete sie, gefolgt von Alan, zurück und die Straße entlang, und nach nur einhundert Yards sahen sie Victors Auto. Aufgeregt jaulte die Hündin und kratzte mit den Vorderpfoten an den Scheiben. Der Wagen war nicht verschlossen, und als Alan die Fahrertür öffnete, sprang Debby laut bellend heraus. Mabel packte sie am Halsband und streichelte ihr den Kopf. „Ist gut, meine Kleine. Wir sind ja da. Wo ist dein Herrchen?"

„Der Hund muss schon lange eingesperrt gewesen sein", sagte Alan mit einem Blick in den Wagen und rümpfte die Nase. „Er hat nämlich auf den Sitz gemacht, und das tut ein Hund nur, wenn es gar nicht mehr anders geht."

Obwohl ihre Nerven zum Zerreißen gespannt waren, musste Mabel lachen. „Das wird Victor wenig freuen."

Sie tastete nach dem Schalter der Innenbeleuchtung des Wagens. „Sehen Sie, Alan, Victors Mütze! Geben Sie sie mir, schnell!" Mabel hielt Debby die Schildkappe vor die Nase und sagte eindringlich: „Such, Debby! Guter Hund, such Herrchen!"

Obwohl die Hündin noch nicht lange bei Victor lebte, schien sie jedes Wort zu verstehen, denn sie wedelte aufgeregt mit dem Schwanz und rannte dann auf der Straße zu der Stelle, wo Linda Tremellin verschwunden war.

„Ich glaube, sie hat eine Spur", flüsterte Alan.

Debby bog in den schmalen Fußweg ein. Mit klopfendem Herzen und so angespannt, dass Mabel glaubte, ihr Kopf würde gleich zerspringen, tastete sie sich hinter Alan über den Weg, der nicht mehr als ein Trampelpfad war. Bemüht, auf keinen Zweig zu treten, um jedes Geräusch zu vermeiden, kamen sie nur langsam voran, und Mabel drehte sich immer wieder erschrocken um, wenn es in den Hecken knackte und raschelte. Als würde Debby spüren, dass es um Leben oder Tod ging, lief sie zwar mit der Schnauze auf dem Boden schnüffelnd voraus, gab aber keinen Laut mehr von sich.

„Guter Hund", murmelte Mabel. „Später bekommst du einen extra dicken und saftigen Knochen."

Es bestand jetzt kein Zweifel mehr, dass Linda Tremellin Victor in ihrer Gewalt hatte. Inzwischen ahnte Mabel auch, dass die Farmersfrau Victor keineswegs entführt hatte, weil er ihre Liebe zurückwies, sondern weil sie befürchten musste, er wäre hinter ihr schreckliches Geheimnis gekommen. Mabel und Alan hatte keine Ahnung, was sie machen sollten, wenn sie auf Linda stießen, aber immerhin waren sie zu zweit, und die Frau war allein. Allerdings war sie bewaffnet. Trotzdem war Mabel fest entschlossen, die Frau zur Strecke zu bringen, und hoffte, Victor unversehrt zu finden.

Als Victor ein Geräusch vor dem Schuppen hörte und gleich darauf die Tür geöffnet wurde, war seine Erleichterung, endlich jemanden zu hören, größer als seine Angst. In der Dunkelheit konnte er allerdings nur einen Schatten erkennen, der sich ihm vorsichtig näherte.

„Na, endlich!", blaffte Victor unfreundlich. „Wollen Sie mich verhungern und verdursten lassen?"

„Das wäre vielleicht das Beste."

Zum ersten Mal hörte Victor die Stimme seines Entführers. Überrascht stellte er fest, dass es eine Frau war, und zwar eine, die er kannte ...

„Linda Tremellin!" Keuchend stieß er ihren Namen aus und zerrten an den Ketten. „Was, zum Teufel, soll das? Machen Sie mich sofort los!"

Das Licht einer Taschenlampe flammte auf, und Linda legte die Lampe auf einen Strohballen, sodass der Schein sie und Victor erfasste. Erst jetzt sah Victor das Gewehr in ihrem Arm.

„Victor Daniels ..." Leise sprach sie seinen Namen aus und musterte ihn abschätzend. „Was soll ich jetzt mit Ihnen machen?"

„Machen Sie das Schloss auf", sagte Victor bestimmt, deutete auf seine Fesseln und überlegte sich seine nächsten Worte genau. „Hören Sie, Linda, es lag nie in meiner Absicht, Sie zu brüskieren oder gar zu verletzen. Sie sind eine sehr attraktive Frau und unter anderen Umständen ..."

„Was für Umstände?" Von einer Sekunde auf die andere

änderte sich ihr Gesichtsausdruck. Hasserfüllt starrte sie Victor an und hob den Lauf des Gewehres. „Sparen Sie sich Ihre banalen Erklärungen, dass Sie meine Aufmerksamkeiten nur abgewehrt hätten, weil ich verheiratet bin."

„Linda, bitte", unterbrach Victor. Er kannte sich in der komplizierten Gefühlswelt von Frauen nicht aus und überlegte krampfhaft, welche die richtigen Worte in dieser Situation waren. „Linda ... ich verstehe Sie ja", fuhr er langsam fort. „Aber Sie und ich ... das würde niemals gut gehen. Das liegt nicht an Ihnen, sondern ganz allein an mir. Ich war noch nie verheiratet, ich bin ein eingefleischter Junggeselle."

Victor fand seine Worte gut und diplomatisch gewählt, Linda lachte jedoch nur. Es war ein bitteres Lachen. „Halten Sie den Mund, Victor. Es ist ohnehin zu spät, denn es geht längst nicht mehr darum."

„Worum geht es dann?", fragte Victor erstaunt.

Linda antwortete nicht gleich. Aus der Tasche ihres Parkas fischte sie ein Päckchen Zigaretten und ein Feuerzeug und zündete sich eine an. Tief inhalierte sie den Rauch, und Victor dachte, dass er sie noch nie hatte rauchen sehen. „Kann ich auch eine haben?", fragte er leise.

„Sie rauchen?" Überrascht sah sie ihn an, zündete dann aber eine weitere Zigarette an und reichte sie Victor. Vorsichtig nahm er einen Zug und unterdrückte ein Husten. Er hatte vor über zwanzig Jahren mit dem Rauchen aufgehört, jetzt jedoch war es vielleicht hilfreich, sich mit Linda zumindest in einem Punkt auf eine Stufe zu stellen. Seine einzige Chance, hier heil herauszukommen, lag im Gespräch mit ihr. Er musste Zeit schinden. Linda Tremellin war offenbar geistig gestört, und Victor hatte einmal gelesen, man solle versuchen, Psychopathen so lange wie möglich in ein Gespräch zu verwickeln.

„Lassen Sie mich frei", bat er leise. „Ich verspreche Ihnen, dass alles, was hier geschehen ist, unter uns bleibt. Wir vergessen einfach, dass Sie mich niedergeschlagen und eingesperrt haben."

„Sie würden mich nicht anzeigen?" Erstaunt weiteten sich Lindas Augen.

Victor nickte. „Ich verspreche es Ihnen. Und ich verstehe, dass Sie in Ihrer Ehe unglücklich sind, denn Ihr Mann ist ein sehr schwieriger Mensch. Es gibt aber Hilfe. Sie brauchen professionellen Beistand, um sich von ihm zu lösen, dann werden Sie auch wieder glücklich werden."

„So ein dummes Geschwätz!" Erregt lief Linda auf und ab, dabei legte sie das Gewehr keinen Moment aus den Händen. „Sie hören nicht zu, Victor. Es geht längst nicht mehr darum, dass Sie meine Aufmerksamkeiten zurückgewiesen haben, sondern um etwas ganz anderes. Etwas, wobei mir niemand helfen kann. Kein Mensch auf dieser Welt. Sie haben es herausgefunden, nicht wahr? Na los, geben Sie es zu, ich weiß es ohnehin. Sie und Ihre ... Haushälterin haben bei mir herumgeschnüffelt, aber ich gehe nicht ins Gefängnis. Wenn ich Sie erledigt habe, dann ist sie dran."

Victor hatte keine Ahnung, wovon Linda sprach, sah aber, dass ihre Augen fanatisch funkelten. Warum hatte er nicht schon früher gemerkt, dass die Frau nicht zurechnungsfähig war und am Rande des Wahnsinns stand? „Lassen Sie Mabel in Ruhe", forderte er energisch. „Sie hat mit der ganzen Sache nichts zu tun."

Linda ging so dicht vor Victor in die Hocke, dass ihre Gesichter auf einer Höhe waren. Aufmerksam sah sie ihm in die Augen, und Victor hielt dem Blick stand, ohne zu blinzeln. Langsam, als würde sie in Zeitlupe handeln, hob sie das Gewehr. Victor hörte, wie sie die Waffe entsicherte, und ihm wurde kalt vor Angst.

„Ich werde Sie jetzt erschießen müssen." Aus Lindas Stimme schwand jegliche Emotion, sie klang wie klirrendes Eis. „Eigentlich möchte ich es nicht tun, ich habe aber keine andere Wahl. Ich glaube, Sie sind ein sehr wertvoller und liebenswerter Mensch, trotzdem kann ich nicht zulassen, dass Sie mein Geheimnis ausplaudern. Das verstehen Sie doch, nicht wahr, Victor?"

Am Rande einer Panik zerrte Victor an den Ketten, obwohl es hoffnungslos war, und rief: „Ich sagte doch, dass ich niemandem auch nur ein Wort erzählen werde!"

Ein kaltes, hartes Lachen war die Antwort. „Sie verstehen immer noch nicht. Ich muss Sie töten, Sie wissen einfach zu viel."

„Ich weiß wirklich nicht, was Sie meinen." Victor wurde es abwechselnd heiß und kalt, er verstand nun überhaupt nichts mehr. Schnell fuhr er fort: „Ich möchte noch eine rauchen, das können Sie mir nicht verwehren, bevor Sie mich töten."

Linda zögerte, und Victor dachte schon, sie würde den Lauf auf seinen Kopf richten, dann jedoch zündete sie eine Zigarette an, nahm einen Zug und reichte sie Victor, der die Kippe mit zitternden Händen entgegennahm.

„Also gut, sehen Sie es als Henkersmahlzeit." Sie entzündete sich ebenfalls eine weitere Zigarette. „Es tut mir wirklich leid, das müssen Sie mir glauben, Victor."

Verzweifelt suchte Victor nach einem Ausweg. Wie er es jedoch drehte und wendete, er blickte dem Tod ins Auge. Linda war zu allem entschlossen und er ihr hilflos ausgeliefert. Seine Angst stieg ins Unermessliche, und seine Finger zitterten so heftig, dass ihm die brennende Zigarette auf einen Teil des trockenen Strohs fiel, das sofort zu glimmen begann.

Linda sprang auf, starrte auf die Glut und lachte schrill. Anstatt die kleine Flamme auszutreten, eilte sie zum Rand des Schuppens, wo trockenes Stroh lagerte, nahm zwei Handvoll und warf es auf Victors Zigarette. Doch damit nicht genug: Als Nächstes hielt sie ihre eigene Zigarette an das Stroh, das auch sogleich Feuer fing. „Das ist gut! Sehr gut! Sie werden sich selbst töten, ich brauche es nicht zu tun. Danke, Victor!"

Als er erkannte, was sie vorhatte, brüllte er: „Sie sind ja verrückt! Völlig durchgeknallt! Die Hütte ist feucht, es hat tagelang geregnet, so leicht wird sie nicht brennen."

Sich rückwärts entfernend antwortete Linda leise: „Sie haben recht, es wird wahrscheinlich sehr stark qualmen, bevor die Hütte in Flammen aufgeht. Mit Feuer kenne ich mich aus. Auf der Farm gibt es andauernd etwas zu verbrennen. Sie sollten darüber glücklich sein, denn im Rauch zu ersticken ist ein angenehmerer Tod, als bei lebendigem Leib zu verbrennen."

„Das können Sie nicht tun!"

Binnen einer Minute wurde der Rauch dichter, und die Flammen suchten sich züngelnd ihren Weg durch das Stroh. Bald würden sie feuchte Nahrung erreichen, dann aber nicht erlöschen, sondern – wie Linda richtig erkannt hatte – einen beißenden, tödlichen Qualm entwickeln. Sie zuckte nur gleichgültig mit den Schultern, und das Letzte, was Victor hörte, bevor sie verschwand, waren die Worte: „Leben Sie wohl, Victor, es hätte so schön mit uns sein können."

Die Nachtkälte drang durch Mabels Jacke, doch sie fröstelte und schwitzte zugleich. Der Trampelpfad schien kein Ende nehmen zu wollen, und nirgends war eine Spur von Linda Tremellin zu sehen.

„Vielleicht ist sie doch nicht hier entlanggegangen", gab Alan zu bedenken. „Wir sollten besser umkehren."

„Debby scheint Victors Fährte aufgenommen zu haben", wandte Mabel ein.

„Wer weiß, welcher Fährte die Hündin nachjagt", erwiderte Alan. „Wir wissen nicht, ob sie sich schon so sehr an Victor gewöhnt hat, um ihn wirklich zu suchen."

Mabel wollte ihm gerade zustimmen und vorschlagen, umzudrehen und ihre Suche auf die andere Seite der Straße auszudehnen, da stieg ihr ein Geruch in die Nase, der nicht in die sonst klare Nachtluft passte. „Warten Sie!" Angespannt schnupperte Mabel in die kalte Nachtluft. „Riechen Sie das auch? Hier brennt doch etwas!"

Alan roch es nun ebenfalls. „Das kommt von da vorne. Los, weiter! Können Sie noch, Mabel?" In seiner Aufregung ließ er die Anrede „Miss" weg.

Sie stolperten weiter, plötzlich lichteten sich die Büsche, und sie erreichten eine Lichtung. Aus einer Holzhütte quoll dunkler Qualm, Flammen schimmerten durch die Spalten in den Bretterwänden.

„Bleiben Sie zurück, Mabel!", rief Alan. Er rannte zu der Hütte und trat mit einem Fuß die Tür ein.

Mabel hatte keinesfalls vor, seinem Befehl Folge zu leisten. Sie ahnte, dass sich Victor in dem Schuppen befand, zumal Debby aufgeregt bellend um die Hütte rannte.

Ein Taschentuch vor Mund und Nase gepresst tastete Alan sich durch den beißenden Rauch.

„Hier!", hörte er plötzlich eine Stimme. „Ich bin hier, genau in der Mitte, aber ich bin an einen Balken gefesselt." Verzweifelt zerrte Victor an der Kette, die ihn an den massiven Dachträgerbalken band. Das Atmen fiel ihm zusehends schwerer. Alan überlegte nicht lange. Er griff in die Innentasche seines Jacketts, und nicht nur Victor, sondern auch Mabel, die an der Tür stehen geblieben war, sahen fassungslos, dass Alan eine Pistole in den Händen hielt. Zuerst hielt es Mabel für eine Sinnestäuschung, da durch den Rauch kaum etwas zu erkennen war, als dann jedoch ein lauter Schuss fiel, wusste sie, dass sie sich nicht geirrt hatte. Alan war ein guter Schütze – mit nur einem Schuss hatte er das Schloss der Kette zerstört. Er packte seinen Patenonkel unter den Schultern und zog ihn zum Ausgang. „Weg hier! Schnell!", keuchte er, und Mabel hob Victors Beine an, um Alan die Last zu erleichtern.

Gemeinsam schleppten sie sich bis zum Waldrand, wo sie keuchend ins Gras sanken. Minutenlang war keiner der drei in der Lage, ein Wort zu sprechen. Das Prasseln der Flammen, die jetzt das Dach erreicht hatten, war das einzige Geräusch in der dunklen Nacht. Dann kam Debby angerannt, winselte und leckte Victors rußverschmiertes Gesicht.

Als Mabel wieder einigermaßen zu Atem gekommen war, sah sie Alan erstaunt an. „Sie haben eine Pistole? Die haben Sie die ganze Zeit bei sich gehabt?"

Alan versuchte ein Lächeln, was gründlich misslang, zu sehr war er noch von dem eben Geschehenen entsetzt. „Da ich oft in Kreisen ermitteln muss, wo sich, sagen wir mal, recht suspektes Gesindel herumtreibt, gibt mir mein kleiner Freund eine gewisse Sicherheit. Selbstverständlich habe ich einen Waffenschein."

„Das habe ich auch nicht anders erwartet, so korrekt, wie du immer bist", sagte Victor, immer noch nach Atem ringend. „Du hast ... mir das Leben gerettet. Trotz allem ..." Er stöhnte. Ob vor Schmerzen oder vor Erleichterung, war nicht zu erkennen.

Beruhigend drückte Alan Victors Hand. „Sprechen wir nicht mehr davon, Onkel. Die Vergangenheit soll ruhen. Ich bin froh, dass wir rechtzeitig gekommen sind."

Obwohl die Situation alles andere als fröhlich war, lächelte Mabel. Dann fiel ihr Linda wieder ein. „Jetzt können Sie die Polizei verständigen, Alan", sagte sie. „Sie haben doch sicher Ihr Handy dabei?"

Alan nickte und zog sein Mobiltelefon aus der Jackentasche. Nach einem Blick auf das Display runzelte er die Stirn. „Mist, kein Empfang hier im Wald. Wir müssen zurück zur Straße. Kannst du laufen, Victor?"

Der nickte, kniete sich zuerst hin und stand dann langsam auf. „Mich haut so schnell nichts um. Außerdem müssen wir Linda aufhalten." Er sah von Mabel zu Alan. „Sie hat mich in eine Falle gelockt, niedergeschlagen und eingesperrt. Und heute ..." Victor schluckte mehrmals, bevor er fortfahren konnte. „Sie wollte mich töten. Sie hat ein Gewehr. Ich hätte nie gedacht, dass Frauen aus verschmähter Liebe derart durchdrehen können."

„Das war es nicht allein", entgegnete Mabel ernst.

„Dazu später mehr, jetzt müssen wir sehen, dass wir Sie so schnell wie möglich in ein Krankenhaus bringen. Um Linda Tremellin wird sich die Polizei kümmern. Sie kommt nicht weit."

„Die Frau ist verrückt", stöhnte Victor, dem die aufgescheuerten Fußgelenke starke Schmerzen bereiteten. „Völlig verrückt, sie faselte dauern etwas von einem Geheimnis."

„Später, Victor, später", wiederholte Mabel und half Alan, Victor zu stützen.

Nach einer halben Stunde erreichten sie die Straße, wo immer noch Lindas Wagen stand.

„Vorsicht!" Warnend verharrte Alan im Schritt. „Vielleicht ist sie noch in der Nähe."

Langsam gingen sie auf Lindas Auto zu, in dem die Innenbeleuchtung angeschaltet war. Die Fahrertür war geöffnet, und auf dem Sitz saß Linda, das Gewehr im Arm. Alan zog seine Pistole, entsicherte sie, Mabel hielt ihn jedoch zurück. „Warten Sie", flüsterte sie und ging langsam auf Linda zu.

Als Linda Mabel erkannte, hob sie das Gewehr, richtete es jedoch nicht auf ihr Gegenüber, sondern hielt sich selbst den Lauf an den Kopf. „Gehen Sie weg! Sonst drücke ich ab."

„Linda ..." Mabel senkte ihre Stimme. Mit einem Blick erkannte sie, dass die Frau psychisch am Ende war. Während ihrer Arbeit als Krankenschwester hatte sie oft diese Traurigkeit und Hoffnungslosigkeit in den Augen von Menschen gesehen, die glaubten, alles verloren zu haben, daher hatte sie keine Angst. Linda würde nicht wieder töten – allenfalls sich selbst, jetzt, da sie erkannte, dass ihr

Spiel vorbei war. „Geben Sie mir das Gewehr. Die Polizei wird gleich hier sein."

„Ich gehe nicht ins Gefängnis." Lindas Stimme klang brüchig wie Glas. „Lieber töte ich mich selbst."

„Das ist keine Lösung." Sanft sprach Mabel auf sie ein. „Ich verstehe, warum Sie es getan haben. Ich an Ihrer Stelle wäre ebenso wütend gewesen, und mir wären vielleicht auch die Sicherungen durchgebrannt."

Langsam hob Linda den Kopf, senkte das Gewehr ein paar Zentimeter und sah Mabel in die Augen. Plötzlich, als wäre ein Damm gebrochen, sprudelte sie los. „Er hat gesagt, dass er mich liebt, und ich habe ihm vertraut, dabei wollte er nur das eine. Als er mich ins Bett bekommen hatte, leugnete er, mich überhaupt zu kennen. Dabei wollte ich doch nur auch mal ein Stück des Kuchens, das man Leben nennt. Sie wissen nicht, wie es ist, an Jonathans Seite zu vegetieren. Tagein, tagaus seine griesgrämige Miene zu ertragen, seine Wutausbrüche, wenn auch nur eine Tasse schräg im Schrank steht oder das Essen eine Minute zu spät auf den Tisch kommt. Dazu sein Geiz. Das Haushaltsgeld, das er mir zuteilt, reicht vorne und hinten nicht. Der gnädige Herr will aber jeden Tag ein feines Mahl serviert bekommen, dabei steht die Farm vor der Pleite. Dabei wurde ich ganz anders erzogen – ein großes Haus, die besten Schulen und die feinsten Kleider. Ich wollte Geschichte und Literaturwissenschaft studieren, dachte, mir stünde die ganze Welt offen, doch dann waren wir plötzlich arm. Meine Eltern drängten mich, Jonathan zu heiraten, denn er besaß schließlich eine Farm. Sie dachten, mit ihm wäre ich gut versorgt. Sie haben sich gründlich geirrt."

„Sie hätten sich scheiden lassen können", sagte Mabel. Inzwischen hatte sie Linda erreicht, streckte langsam die Hand aus und berührte sie vorsichtig an der Schulter.

Lindas Körper versteifte sich zwar, sie wich aber nicht zurück. „Wohin hätte ich gehen sollen? Wovon leben?" Linda lachte bitter. „Meine Eltern sind tot, und meine Schwester hat ihre eigenen Sorgen. Dabei habe ich tief in mir gespürt, dass ich etwas ganz Großes geschaffen habe. Etwas, das mir ermöglicht, unabhängig zu sein und zu gehen, wohin ich will. Dann jedoch kam er und hat es mir gestohlen! Ich habe versucht, für mein Recht zu kämpfen, aber das Recht ist nur auf der Seite derer, die Geld für gute Anwälte haben. Da musste ich mich doch wehren, das verstehen Sie doch, nicht wahr?"

„Ich verstehe Sie, Linda." Mabel nickte beruhigend. „Geben Sie mir jetzt bitte das Gewehr."

Victor und Alan waren in einigem Abstand stehen geblieben und verfolgten die Szene gespannt. Zur Sicherheit hielt Alan die Pistole in der Hand, bereit, jeden Augenblick zu schießen, sollte Linda Mabel angreifen.

„Hast du eine Ahnung, wovon sie spricht?", raunte Victor seinem Patensohn zu.

Alan nickte bedächtig. „In etwa, aber das wirst du alles noch erfahren."

„Es wird alles gut, und Sie werden zu Ihrem Recht kommen", sagte Mabel leise. „Sie dürfen sich jetzt nicht noch unglücklicher machen, also geben Sie mir bitte das Gewehr."

Mit Bewegungen, als wäre sie eine Marionette und von fremder Hand gelenkt, legte Linda beide Hände um den Lauf des Gewehrs, zögerte einen Moment und reichte es dann Mabel. Mit einem Schritt war Alan an ihrer Seite und nahm ihr die Waffe ab. Linda starrte auf den Boden.

„Ich rufe jetzt die Polizei", raunte Alan Mabel zu.

„Kommen Sie." Mabel streckte Linda die Hand hin, die diese zögernd ergriff. Schließlich stieg sie aus dem Wagen, schwankte und wäre gestürzt, hätte Mabel sie nicht aufgefangen. Plötzlich klammerte sich Linda an Mabel, sie zitterte am ganzen Körper, und von einer Sekunde auf die nächste begann sie haltlos zu weinen. Beruhigend strich Mabel ihr über den Rücken und hielt sie ganz fest. Mitleid ergriff sie, auch wenn die Frau schwere Schuld auf sich geladen und auch Victors Tod in Kauf genommen hätte.

Als Mabel den Kopf hob und sie die Verwirrung in Victors Augen las, sagte sie leise: „Linda Tremellin hat Clark Kernick getötet und auch versucht, Chenhill zu erschießen."

18

Als die Polizei, die eine halbe Stunde nach Alans Anruf eingetroffen war, Linda Tremellin verhaftet hatte, fuhren Alan und Mabel Victor ins nächste Krankenhaus. Drei Stunden warteten sie auf dem Flur, während ihr Freund gründlich untersucht wurde. Dann kam er ihnen lächelnd entgegen. „Nur eine leichte Rauchvergiftung und ein paar Schürfwunden", sagte er und grinste. „Sie wollten mich dabehalten, aber ich habe darauf bestanden, nach Hause zu gehen. Mir geht es gut, und in einem Krankenhaus wird man doch nur noch kränker."

„Sie sind hart im Nehmen." Mabel machte keinen Hehl aus ihrer grenzenlosen Erleichterung. „Trotzdem sollten Sie sich die nächsten Tage ein wenig schonen."

„Das geht nicht." Vehement schüttelte Victor den Kopf. „Zwei Tage habe ich meine Patienten allein gelassen, außerdem ist Arbeit die beste Medizin, um nicht zu viel zu grübeln."

Mabel ließ es bei dieser Aussage bewenden, denn sie spürte, dass Victor während seiner Gefangenschaft große Angst gehabt haben musste. Irgendwann vielleicht würde er darüber sprechen, und Mabel wollte ihm die Zeit geben, die er dafür brauchte.

Man hatte Linda Tremellin in die geschlossene Abteilung der Psychiatrie gebracht. Unfähig, auch nur einen zusammenhängenden Satz von sich zu geben, weinte sie stumm vor sich hin, ihr Blick war leer. Unter dem Einfluss von Medikamenten besserte sich ihr Zustand nach zwei Tagen, und sie legte ein umfassendes Geständnis ab, das erschütternder war, als Mabel es vermutet hatte. Sie, Victor und auch Alan Trengove wurden zu Warden ins Büro gerufen, da der Chefinspektor höchstpersönlich die jeweiligen Protokolle aufnehmen wollte. Bei dieser Gelegenheit erfuhr Mabel auch das Geheimnis, das Clark Kernick und David Chenhill über Jahrzehnte verbunden hatte.

„Ich ahnte gleich, dass da mehr war als nur eine alte Schulfreundschaft", sagte sie.

„Sie haben also nicht gewusst, dass Kernick für die Tat seines Freundes büßte und ihn später erpresste?"

Mabel beschloss, bisherige Unstimmigkeit mit Warden zu vergessen, und schenkte ihm ein freundliches Lächeln. „Nein, das wusste ich tatsächlich nicht. Diesbezüglich haben Sie wirklich gute Arbeit geleistet, Inspektor, und ich scheue mich nicht, das zuzugeben. Trotzdem ist das Motiv des Mordes und des Anschlages auf Chenhill ein völlig anderes und hat nichts mit den Ereignissen der Vergangenheit zu tun."

„Was beinahe ein weiteres Menschenleben gefordert hätte", brummte Warden und wich Mabels Blick aus.

„Machen Sie sich nichts draus, Sir, darauf wäre ich auch nicht gekommen", bemerkte Alan Trengove, was ihm einen missbilligenden Blick Wardens einbrachte. Alan hob die Hände und sagte versöhnlich: „Es war natürlich ein glücklicher Zufall, der Miss Clarence auf die richtige Spur brachte."

Warden verzichtete auf einen Kommentar und wandte sich wieder Mabel zu. „Sie hätten mich über Ihren Verdacht informieren müssen, Miss Clarence." Warden war heute ausgesprochen höflich, denn ganz konnte er sein schlechtes Gewissen, Mabel wieder einmal keinen Glauben geschenkt zu haben, nicht ignorieren. Hätte er Mabels Überlegungen nicht völlig von der Hand gewiesen, hätte er den Fall schneller aufklären können. Zum Glück hatte es keine zweite Leiche gegeben. Erst gestern hatten ihm die Ärzte versichert, dass vor David Chenhill zwar noch eine lange Zeit der Genesung lag, er aber wieder völlig gesund werden würde. Die Tatsache, dass Mabel Clarence einen Mordfall aufgeklärt hatte, den er längst zu den Akten gelegt hatte, nagte an Wardens Selbstbewusstsein, auch wenn er alles tat, sich das nicht anmerken zu lassen.

„Das wollte ich ja, Inspektor", griff Mabel seinen Hinweis auf. „Berichtigen Sie mich bitte, wenn ich mich irren sollte, aber ich meine mich zu erinnern, dass Sie alle meine Vermutungen mal wieder als Hirngespinste abtaten. Von Anfang an bat ich sie, Harrison Hickery nicht vorschnell als Mörder zu verurteilen, sondern auch andere Spuren zu verfolgen."

Schmunzelnd sah Victor von Mabel zu Warden, dessen Wangen eine ungewohnt rötliche Färbung annahmen. Eine offizielle Entschuldigung allerdings brachte der Chefinspektor nicht zustande, daher forderte er Mabel auf zu erzählen, wie sie auf den Verdacht, Linda Tremellin habe Clark Kernick getötet, gekommen war.

Bereitwillig schilderte Mabel, wie sie das handgeschriebene Manuskript in Linda Tremellins Schreibtisch gefunden hatte. „Sie müssen wissen, Inspektor, dass ich gleich, als ich Clark Kernicks Roman las, an einigen Stellen dachte, die Wortwahl passe nicht zu einem Mann. Jedenfalls nicht zu einem Mann, der ein solcher Chauvinist war wie Kernick. Dann las ich seine ersten Werke, die in einem völlig anderen Stil verfasst waren als ‚Der Thron und die Rosen'. Natürlich weiß ich, dass in einem Lektorat der Text mehrmals redigiert, oft auch umgeschrieben wird, dennoch war die Diskrepanz in Qualität und Schreibstil der Werke nicht zu übersehen."

„Als Sie dann das Manuskript bei Mrs Tremellin fanden, war Ihnen sofort klar, dass sie die Verfasserin dieses Romans ist?"

„Zuerst dachte ich, die Frau hätte aus irgendeinem Grund Kernicks Buch abgeschrieben, aber warum hätte sie das tun sollen?" Mabel sah Warden fest in die Augen.

„Linda Tremellins Foto war auch in Kernicks ... Schmierenheft. Da ich Ihnen das jedoch übergeben hatte, waren mir nicht mehr alle Gesichter und Namen im Gedächtnis geblieben. Erst als ich das Manuskript fand, erinnerte ich mich wieder daran. Bei meiner ersten Begegnung mit Linda erkannte ich sie nicht, was wahrscheinlich daran liegt, dass eine, nun ja, unbekleidete Frau, die für ihren Liebhaber posiert, doch etwas anders aussieht als die verhärmte Farmersfrau, auf die ich traf." Mit einem leisen Vorwurf in der Stimme fügte Mabel hinzu: „Hätten Sie die Frauen in dem Heft überprüft, wären Sie schon eher auf Linda Tremellin gestoßen."

„Miss Clarence, mir waren die Hände gebunden", machte Warden einen schwachen Versuch der Rechtfertigung, und Sergeant Bourke sprang für seinen Chef in die Bresche, indem er ablenkte: „Und so zählten Sie eins und eins zusammen."

Mabel nickte. „Zuerst vermutete ich, Kernick habe Lindas Idee gestohlen und den Roman selbst geschrieben. Er hat jedoch das gesamte Manuskript an sich genommen und unter seinem Namen veröffentlicht."

„Was nicht allein Kernick zuzuschreiben ist", warf Sergeant Bourke ein. Am Morgen war er bei Chenhill im Krankenhaus gewesen und hatte ihn über die neuen Erkenntnisse informiert, woraufhin Chenhill gestand, was er am Tag vorher verschwiegen hatte.

Mabel schüttelte ungläubig den Kopf und sagte: „Chenhill und Kernick wussten sofort, dass es sich um eine außergewöhnlich gute Geschichte handelt. Genau das, was derzeit auf dem Markt der historischen Romane gefragt ist. Gemeinsam wollten sie den großen Reibach machen."

Victor schnaubte verächtlich. „Ich bin immer wieder entsetzt, zu was Menschen aus Geldgier und Erfolgssucht in der Lage sind.“

„Linda suchte Kernick in seinem Haus auf“, fuhr Mabel fort. „Sie erzählte ihm von ihrer Romanidee und suchte seinen Rat als Schriftsteller. Der einzige, von dem sie wusste, dass er in Lower Barton lebte. Sie wollte wissen, wie sie am besten ihr – damals bereits fertiges – Manuskript einem Verlag anbot.“

„Kernick erkannte sofort, dass die Geschichte das Zeug zum Bestseller hatte“, ergänzte Warden grimmig.

„Daraufhin gaukelte er Linda nicht nur Interesse, sondern auch Gefühle vor, einzig aus dem Grund, in den Besitz des Manuskriptes zu gelangen“, fuhr Mabel fort. „Lindas Vertrauen in Kernick ging tatsächlich so weit, dass sie ihn ihr ganzes Manuskript lesen ließ, mit dem Kernick dann sofort zu Chenhill ging und ihn zwang, den Roman unter seinem Namen zu veröffentlichen. Linda gab er die Seiten zurück und meinte, der Text wäre zwar nett geschrieben, für eine Veröffentlichung jedoch nicht gut genug. Die Beziehung zu ihr brach er dann schnell ab, und Linda musste ihren Wunsch, als Schriftstellerin unabhängig von ihrem despotischen Mann zu werden, begraben. Von dem verachtungswürdigen Handel zwischen Kernick und Chenhill erfuhr sie erst, als der Roman groß angekündigt und die Präsentation auf Higher Barton vorbereitet wurde.“

Warden nickte. „Mrs Tremellin sagte aus, dass sie Kernick nicht töten, sondern nur zur Rede stellen wollte. Aus diesem Grund hat sie ihn nach der Lesung in seinem Haus aufgesucht. Natürlich stritt Kernick alles ab, meinte, sie hätte keine Beweise, und so kam es zum Streit. Er scheint Linda auch verhöhnt und beleidigt zu haben."

„Wie jedoch konnte eine kleine Frau wie Linda Tremellin den Schriftsteller erschlagen?", warf Victor ein. „Er war doch gut und gerne zwei Köpfe größer als sie."

Nun antwortete Bourke an Wardens Stelle: „Kernick fiel das Glas aus der Hand. Als er sich bücken wollte, um es aufzuheben, griff Linda Tremellin nach dem Schürhaken und schlug zu. Sie meinte, sie hätte gar nicht bemerkt, was sie tat. Sie war furchtbar wütend. Erst später wurde ihr bewusst, dass sie ihn getötet hatte."

„Warum auch noch David Chenhill?", fragten Mabel und Victor wie aus einem Mund, sahen sich an und grinsten.

Auch darauf wusste Bourke eine Antwort: „Nachdem Mrs Tremellin Kernick getötet hatte, schoss der Roman auf den Bestsellerlisten nach oben. Sie erkannte, dass sie mit ihrer Tat alles nur noch schlimmer gemacht hatte. Gut, Kernick war tot, der Verleger jedoch machte den großen Reibach. Sie suchte das Gespräch mit Chenhill, wurde aber mehrmals abgewiesen. Daraufhin drehte Linda Tremellin durch und wollte nur noch eines: Rache."

„Was ihr beinahe gelungen wäre." Victor rieb sich stöhnend die Schläfen, dann sah er zu Mabel und fuhr fort: „Oder aber jemand anderes wäre zu Schaden gekommen."

„Ich bin geneigt", sagte Warden, „Linda Tremellin zu glauben, dass sie den Schriftsteller ursprünglich nicht töten wollte, es also kein kaltblütiger Mord, sondern Totschlag war. Darüber werden aber die Richter und die Geschworenen zu entscheiden haben. Der Anschlag auf Chenhill war jedoch eindeutig durchdacht und perfekt geplant. Mrs Tremellin wird auf jeden Fall einem psychologischen Gutachter vorgestellt."

„Schön und gut." Mit gerunzelter Stirn sah Victor in die Runde. „Aber dass sie mich deshalb tatsächlich töten wollte ...!"

„Verschmähte Liebe, Onkel Victor?" Alan zwinkerte ihm zu. „Frauen, deren Gefühle zurückgewiesen werden, neigen dazu, diese in Hass umzuwandeln. Wenn Linda dich nicht haben konnte, dann sollte es auch keine andere Frau."

„Frauen! Pah!" Victor schüttelte den Kopf. „Ich kann meinem Schöpfer nur dankbar sein, dass er mich als Mann auf die Welt hat kommen lassen, und ich weiß, warum ich nie geheiratet habe. Die Psyche einer Frau ist mir einfach zu kompliziert."

Bei diesen Worten zeigte sich zum ersten Mal ein Lächeln auf Wardens Gesicht. „Scheren Sie nicht alle Frauen über einen Kamm, Doktor Daniels. Miss Clarence scheint doch recht vernünftig zu sein."

„Ach, jetzt auf einmal?" Diese Spitze konnte Mabel sich nicht verkneifen. Auch stimmte sie nicht in das allgemeine Gelächter der Männer ein, sondern sah ernst von einem zum anderen. „Linda muss bemerkt haben, dass ich in ihrem Zimmer gewesen bin und die Hassparolen auf Kernicks Büchern entdeckt habe. Sie dachte, dass ich ihr auf die Schliche gekommen wäre, zumal sie mich mit Chenhill zusammen gesehen hat. Und da sie wusste, dass Victor und ich befreundet sind, befürchtete sie, dass er die gleichen Schlüsse ziehen würde. So versuchte sie, zwei Fliegen mit einer Klappe zu schlagen."

„Hm", machte Victor.

„Und indem sie den Doktor tötet, hätte sie auch ihre

Genugtuung wegen der Zurückweisung", vollendete Warden Mabels Überlegungen. Auch der Inspektor war wieder ernst geworden und sah Mabel eindringlich an. „Miss Clarence, als Nächste wären Sie dran gewesen. Das ist Ihnen schon klar, nicht wahr?"

„Durchaus, Inspektor, durchaus." Jetzt, nachdem alles vorbei war, lief es Mabel eiskalt den Rücken hinunter, obwohl die Heizung in Wardens Büro wieder einwandfrei funktionierte und es mollig warm war. Mabel war sich bewusst, in welche Gefahr sie nicht nur sich, sondern auch Victor gebracht hatte. Schlussendlich war zwar niemand zu Schaden gekommen, was aber nur reines Glück war. Trotzdem konnte sie sich nicht verkneifen, einen Punkt anzusprechen: „Dennoch muss ich darauf hinweisen, dass ich ... dass Doktor Daniels und ich mit unserer Vermutung, Harrison Hickery sei kein Mörder, recht hatten. Bei allem Respekt, Inspektor, hier haben Sie die Akte viel zu schnell geschlossen und Ihre Arbeit nicht ganz korrekt gemacht."

„Wenn Sie jetzt grinsen, Bourke, lasse ich Sie in den Streifendienst versetzen!" Ein warnender Blick traf den jungen Sergeant, der sich nur schwer um den nötigen Ernst bemühte. Zu Mabel gewandt fuhr Warden fort: „Gut, Sie haben wieder einmal den richtigen Riecher gehabt, Miss Clarence."

„Wobei Hickerys Suizid durchaus für seine Schuld hätte sprechen können." Alan Trengove sprang für Warden in die Bresche. „Miss Mabel, versuchen Sie bitte, Verständnis für die Beamten aufzubringen. Soweit ich informiert bin, hatte Hickery ein starkes Motiv und kein Alibi."

Mabel wusste, wann es besser war, eine Angelegenheit ruhen zu lassen, etwas brannte ihr aber noch unter den Nägeln. „Wissen Sie, warum Hickery sich umbrachte, obwohl er unschuldig war?" Fragend sah sie von Warden zu Bourke. „Hatte er so wenig Vertrauen in die Justiz?"

Wardens Wangen färbten sich rot. Verlegen wich er Mabels Blick aus, während der Sergeant murmelte: „Sagen Sie es Ihr, Sir. Miss Clarence hat ein Recht darauf, die Wahrheit zu erfahren."

„Welche Wahrheit?" Gespannt lehnte Mabel sich vor und fixierte Warden, der nervös mit einem Kugelschreiber spielte.

„Nun, ja", er räusperte sich, „als Sie, Miss Clarence, mir Kernicks Aufzeichnungen über seine zahlreichen Affären gaben, hegte ich durchaus Zweifel an Hickerys Schuld, konnte mir aber keinen Reim darauf machen, warum er sich das Leben nehmen sollte, wenn er nichts getan hatte. Daraufhin sprach ich mit seinem Arzt. Hickery hatte Bauchspeicheldrüsenkrebs im Endstadium und nur noch kurze Zeit zu leben. Ein paar Wochen, vielleicht Monate, länger hat ihm der Arzt nicht gegeben."

„Ich verstehe." Mabel nickte langsam. „Er wusste, dass er nicht die Kraft haben würde, einen langen Prozess durchzustehen, außerdem wollte er nicht elendig in der Haft sterben."

Warden atmete sichtlich erleichtert auf. Seit einer Woche wusste er von Hickerys Krankheit. Seitdem war kein Tag vergangen, an dem er sich nicht Vorwürfe gemacht hatte, diesen Mann vorschnell verurteilt zu haben. Hätte er von Anfang an auch noch andere Spuren verfolgt, wäre Hickery wahrscheinlich noch am Leben. Wenn auch nicht mehr lange, aber Warden fühlte sich indirekt schuldig an seinem vorzeitigen Tod.

Das Gespräch wurde durch eine junge Polizeibeamtin unterbrochen, die ein Tablett mit Kaffee und Tee ins Büro brachte. Dankbar nahm Mabel eine Tasse entgegen und trank den heißen, starken Tee.

„Ich glaube, wir haben dann alles", sagte Inspektor Warden nach einigen Minuten. „Natürlich müssen Sie alle noch mal beim Prozess aussagen, wohl aber erst in einigen Monaten. Wir müssen abwarten, wie das psychologische Gutachten über Linda Tremellin ausfällt."

„Vielleicht ist sie schuldunfähig", mutmaßte Alan, der im Laufe seiner Karriere ähnliche Fälle erlebt hatte. „Auf jeden Fall können wir alle jetzt wieder ruhiger schlafen."

Sie standen auf, und während Alan Mabel in den Mantel half, sagte Warden: „Miss Clarence, ich hoffe, Ihr Bedarf an Toten und Mördern in unserem beschaulichen Lower Barton ist nun gedeckt. Versuchen Sie künftig bitte so zu leben wie jede andere Dame Ihres Alters. Wir haben hier einen netten Kirchenkreis, einen Chor, wenn Sie singen können, und noch weitere Angebote für Senioren. Ich bin sicher, da ist etwas für Sie dabei ..."

„Damit ich beschäftigt bin und mich nicht mehr in Ihre Arbeit einmische?" Mabel lachte laut. „Das liegt nicht in meiner Hand, Inspektor. Bei der nächsten Leiche müssen Sie eben von Anfang an in alle Richtungen ermitteln."

„Gott bewahre!" Warden und Bourke sprachen die Worte gleichzeitig, und Warden fuhr fort: „Ich hoffe doch sehr, dass es keine weiteren Morde geben wird. Schließlich haben wir noch andere Fälle, um die wir uns kümmern müssen, nicht wahr, Bourke?" Er zwinkerte seinem Mitarbeiter zu. „Was macht eigentlich der Diebstahl des Traktors?"

„Ähm ... ich bin dran, Sir ..."

Mabel, Victor und Alan verließen schnell das Büro.

„Was haltet ihr davon, wenn ich euch ins ‚Three Feathers' zum Lunch einlade?", schlug Victor vor, als sie auf die Straße traten. „Schließlich verdanke ich euch mein Leben."

Mabel und Alan stimmten gerne zu, denn allen dreien knurrte heftig der Magen. Zu dritt eingehakt gingen sie in das Hotelrestaurant, um endlich einen Schlussstrich unter die nervenaufreibenden Tage zu ziehen.

„Es ist zauberhaft." Staunend blieb Mabel stehen und blickte auf das Hafenbecken, das mit Tausenden von bunten Lichtern geschmückt war. Ein halbes Dutzend Schiffe schien auf dem Wasser zu dümpeln, deren Segel sich wie durch einen Windhauch bewegten – eine äußerst kunstvolle Illumination. Daneben schwamm das Ungeheuer Nessie, das immer wieder seine grüne Schwanzspitze hob und senkte, und die scharfen Zähne eines Hais schienen nach allem zu schnappen, was ihm vors Maul kam. Die Häuser, die den Hafen von drei Seiten umgaben, erstrahlten nicht minder in weihnachtlichem Glanz. Auf den Hügeln über dem Ort leuchtete eine Kirche, vier Engel sangen, und die Worte „Merry Christmas" prangten gut und gerne drei Meter hoch in den Himmel.

„In der Zeitung habe ich schon Fotos aus Mousehole gesehen, aber so beeindruckend habe ich es mir nicht vorgestellt." Mabel hängte sich bei Victor ein. „Danke, dass Sie mich zu diesem Ausflug eingeladen haben."

Es war der 25. Dezember, Christmas Day, und das Wetter hatte ein Einsehen, denn es war angenehm mild und trocken. Hunderte von Besuchern waren in das kleine Fischerdörfchen Mousehole im äußersten Westen Cornwalls gekommen, das für seine Weihnachtslichter weit über die Grenzen der Grafschaft hinaus bekannt und beliebt war. Staunend drängten sich die Leute durch die engen Gässchen, die kein Auto passieren konnte, überall wurde gelacht und gefeiert, Buden boten warmen Tee, Kakao, Früchtepunsch mit und ohne Alkohol, heiße Maronen und köstlich duftende Waffeln an. Auch die Pubs waren gut gefüllt, aber weder Mabel noch Victor verspürten den Wunsch, an einem solch herrlichen und sternenklaren Abend ein Gasthaus aufzusuchen. Mabel, die zum ersten Mal in Mousehole war, ließ sich von Victor durch das Städtchen führen. Hier schien seit Jahrhunderten die Zeit stehen geblieben zu sein. Ebenso wie in Polperro oder East Looe wurde auch in Mousehole die Geschichte an jeder Ecke lebendig. Fasziniert stand Mabel vor dem ältesten Haus des Dorfes, Keigwin Arms, dessen beeindruckendes Säulenportal vom einstigen Reichtum der Besitzer zeugte.

„Man sagt, es wurde bereits im Mittelalter erbaut, darüber gibt es aber keine Aufzeichnungen. Im Jahr 1595 überstand Keigwin Arms als einziges Haus unbeschadet den Angriff der Spanier. Seine meterdicken Mauern schützten aber nicht seinen Eigentümer, den die Spanier kaltblütig ermordeten. Danach wurde es eine Gastwirtschaft, daher rührt sein heutiger Name, jetzt ist es wieder ein Wohnhaus."

„So schön es auch von außen ist, im Winter muss es schwer zu heizen sein." Mabel dachte wie so oft an die praktische Seite. „Da ist mir mein Cottage doch wesentlich lieber. Das ist zwar auch alt, aber gut isoliert."

Eingehakt schlenderten sie durch eine schmale Gasse, die gerade so breit war, dass sie nebeneinander gehen konnten.

„Dem kleinen Hafen sieht man heute nicht mehr an, dass er einst für den Fischfang wie für den Handel mit der ganzen Welt von großer Bedeutung war", fuhr Victor in seinen Erklärungen fort. „Fremde machen übrigens oft den Fehler, den Namen des Ortes falsch auszusprechen. Der hat nämlich nicht das Geringste mit einem Mäuseloch zu tun, sondern wird ‚Mausell' ausgesprochen. Das wiederum leitet sich von dem alten kornischen Wort ‚mowzel' ab, dessen Bedeutung heute unbekannt ist. Manche sagen, es hieße so viel wie ‚An der Mündung des Flusses der jungen Frauen', andere wiederum behaupten, der Name bezöge sich auf einen kleinen Hafen oder auf eine Höhle in der Nähe des Dorfes."

„Eigentlich ist es doch schön, wenn nicht alle Fragen der Vergangenheit geklärt werden können, nicht wahr, Victor?"

Er nickte, und sie kehrten zum Hafenbecken zurück. Noch stundenlang hätte Mabel die Illuminationen über dem Wasser betrachten können, doch es war schon spät, und vor ihnen lag noch eine lange Fahrt von rund sechzig Meilen zurück nach Lower Barton.

„Was geschieht jetzt eigentlich mit Ihrer Manuskriptidee?", fragte Victor plötzlich. „Diese Geschichte von dem angeblichen Geist ... Also, ich finde sie gar nicht so schlecht, und das, was ich gelesen habe, das haben Sie recht gut hinbekommen."

„Danke, Victor." Mabel lächelte still in sich hinein. Victor machte selten Komplimente, und wenn doch, dann kamen sie von Herzen. „Ich werde es verbrennen, denn zur Schriftstellerin eigne ich mich nun wirklich nicht."

„Wer weiß?" Er zwinkerte ihr zu. „Bei Kernick haben wir gesehen, wie leicht man mit einer solchen Tintenkleckserei reich werden kann."

„Aber nur durch Lug und Betrug", erinnerte Mabel. „Ich habe mein Auskommen und überlasse das Romanschreiben lieber Leuten, die etwas davon verstehen. Außerdem: Ruhm kann auch gefährlich werden, wie wir feststellen mussten."

„Was ist eigentlich aus dem Schreibclub geworden?", fragte Victor.

Ein wehmütiges Lächeln zuckte um Mabel Mundwinkel. „Noch am selben Tag, als die Wahrheit über Kernicks Bestsellerroman in Lower Barton die Runde machte, hat Penelope Jennings alle seine Romane im Kamin verbrannt. May tat es ihr gleich. Die beiden Frauen waren wohl am stärksten von ihrem Idol enttäuscht. Ich hoffe für Penelope, dass ihre Affäre zu Kernick nicht noch im Nachhinein öffentlich wird. Ein solches Gerede hat sie wirklich nicht verdient. Was Joyce und Sue betrifft ..." Nachdenklich runzelte Mabel die Stirn. „Die beiden wissen, dass sie nie mehr als schreibende Hausfrauen sein werden, darum denke ich, dass der Schreibclub nicht wieder zusammenfindet."

„Clark Kernick hat so viel zerstört", warf Victor ein. „Auch wenn ich nur knapp dem Tod entkommen bin – so richtig wütend kann ich auf Linda nicht sein. Sie tut mir sogar leid, denn wahrscheinlich wird sie viele Jahre in der Psychiatrie verbringen. Oder im Gefängnis."

Seit mehreren Tagen hatten Mabel und Victor nicht mehr über die Ereignisse der letzten Wochen gesprochen.

Besonders Mabel vermied es, Victors Entführung anzusprechen, denn sie spürte, dass das eine Sache war, die ihr Freund noch lange nicht verarbeitet hatte.

Während sie zum Jeep gingen, den Victor an der Straße zwischen Mousehole und Newlyn hatte parken müssen, da bei ihrer Ankunft alle Plätze in der Ortschaft belegt gewesen waren, sagte er plötzlich: „In einem Punkt muss ich Inspektor Warden recht geben."

„Und der wäre?" Gespannt sah Mabel Victor an.

„Sie müssen damit aufhören, hinter Verbrechern herzujagen, Mabel. Zwei Mal ging es gut aus, aber Sie sollten das Schicksal nicht zu sehr herausfordern. Immerhin sind Sie nicht mehr die Jüngste."

Mabel überhörte seinen letzten Satz, denn sie wusste, er sprach aus Sorge. „Sie tun gerade so, als ob ich darauf erpicht sei, Leichen zu finden. Sie können mir glauben, Victor, ich hoffe wie Warden, dass es zu keinen weiteren ungeklärten Todesfällen in Lower Barton kommen wird. So viele Einwohner hat der Ort auch wieder nicht. Trotzdem war es eine spannende Zeit, nicht wahr?"

Victors Antwort war zwar nur ein undeutliches Gemurmel, weder Zustimmung noch Ablehnung, Mabel wusste jedoch, dass er insgeheim ebenso wie sie Gefallen an der Aufklärung von Verbrechen gefunden hatte.

Sie drückte seinen Arm, und im Schein einer Straßenlampe konnte Victor Mabels schelmischen Gesichtsausdruck sehen, als sie sagte: „Allerdings ... Heißt es nicht: Aller guten Dinge sind drei?"

Orte und Personen in Rebecca Michéles Cornwallkrimis

Orte

Lower Barton: Fiktive kleine Ortschaft nördlich von Polperro.

Higher Barton: Fiktives Herrenhaus, drei Meilen westlich von Lower Barton. Erbaut im 16. Jahrhundert, seitdem ununterbrochen im Besitz der Familie Tremaine.

The Three Feathers: Einziges Hotel in Lower Barton, angeschlossenes Restaurant.

The Sailors' Rest: Beliebtester Pub in Lower Barton.

Personen

Mabel Clarence: Geboren 1949. Lebte in London und arbeitete dort als Krankenschwester. Als Rentnerin übernahm sie den Besitz Higher Barton von ihrer Cousine Abigail Tremaine, die sich nach Südfrankreich zurückzog. Arbeitet als Haushälterin bei Victor Daniels.

Victor Daniels: Geboren 1948. Einziger Tierarzt in Lower Barton, ewiger Junggeselle, oft mürrisch. Für Tiere tut er alles, während er bei Menschen länger braucht, um warm zu werden.

Alan Trengove: Geboren 1971, Anwalt mit Kanzlei in Truro und Patensohn von Victor Daniels. Steht Mabel und Victor helfend zur Seite, wobei er sich manchmal am Rande des Gesetzes bewegt.

Lady Abigail Tremaine: Geboren 1951. Lebt in Südfrankreich. Cousine von Mabel Clarence und frühere Eigentümerin des Landsitzes Higher Barton. Ist stets auf ihren guten Ruf bedacht.

Emma Penrose: Geboren 1963. Seit 1984 auf Higher Barton – zuerst als Hausmädchen, ab Mitte der Neunzigerjahre als Haushälterin und, seit Mabel Clarence Eigentümerin von Higher Barton ist, als Verwalterin.

George Penrose: Geboren 1961. Kam 1980 als Stallbursche nach Higher Barton, übernahm schließlich gemeinsam mit seiner Ehefrau die Verwaltung des Hauses und ist für alle Reparaturen zuständig.

Randolph Warden: Geboren 1968. In Lower Barton seit 2004, war vorher in Manchester tätig. Von Mabel Clarence und ihren eigenmächtigen Ermittlungen genervt.

Christopher Bourke: Geboren 1986 und Mitarbeiter von Chefinspektor Warden. Hat eine Schwäche für Mabel Clarence, die ihn an seine früh verstorbene Großmutter erinnert.

Eric Cardell: Geboren 1974 und Vorsitzender des historischen Vereins Lower Bartons. Regisseur des jährlichen Theaterstückes „Verrat in Lower Barton".

Diana Scott: Geboren 1980. Sprechstundenhilfe in Teilzeit beim Tierarzt Victor Daniels.

Auf den Spuren von Mabel und Viktor durch Cornwall:

Fans von Mabel oder Cornwall (oder auch beidem) können auf den Spuren der Heldin reisen. Der Reiseführer mit den wichtigsten Orten zum Roman kann kostenlos unter www.guidewriters.de heruntergeladen werden. Entweder als App für das Smartphone (Apple und Android) oder für den PC, einfach kostenlos einloggen, nach „Cornwall" suchen und herunterladen.
(http://bit.ly/cornwall-mabel)

Zur Autorin:

Rebecca Michéle, geboren 1963 in Süddeutschland, lebt mit Ihrem Mann in der Nähe von Stuttgart. Seit 11 Jahren widmet sie sich ausschließlich dem Schreiben und hat bereits mehrere historische Romane veröffentlicht. Mehr unter:
www.rebecca-michele.de

goldfinch verlag